威 尔 斯 科 幻 小 说 集

H. G. WELLS

[英]H.G.威尔斯/著 王之光/译

THE FOOD OF THE GODS

AND HOW IT CAME TO EARTH

神 食

大连理工大学出版社
Dalian University of Technology Press

图书在版编目（CIP）数据

神食 /（英）赫伯特·乔治·威尔斯（H.G.Wells）著；王之光译. — 大连：大连理工大学出版社，2018.9

（重读经典·科幻大师作品集 / 许钧，吴文智主编. 威尔斯科幻小说集）

ISBN 978-7-5685-1553-5

Ⅰ. ①神… Ⅱ. ①赫… ②王… Ⅲ. ①科学幻想小说—英国—现代 Ⅳ. ①I561.45

中国版本图书馆 CIP 数据核字（2018）第 135996 号

神食

SHEN SHI

大连理工大学出版社出版

地址：大连市软件园路 80 号　　邮政编码：116023

发行：0411-84708842　邮购：0411-84708943　传真：0411-84701466

E-mail:dutp@dutp.cn　　URL:http://dutp.dlut.edu.cn

大连金华光彩色印刷有限公司印刷　　大连理工大学出版社发行

幅面尺寸：130mm×185mm　　印张：9.75　　字数：191 千字

2018 年 9 月第 1 版　　2018 年 9 月第 1 次印刷

责任编辑：于建辉　田中原　　责任校对：李宏艳

封面设计：奇景创意

ISBN 978-7-5685-1553-5　　定价：36.00 元

目录

下篇 神食丰收

生命因阅读经典更精彩

——《重读经典·科幻大师作品集》序

记得在三年前，有几位记者朋友来我家，说要看我的藏书。我和他们说，我的书不是拿来藏的，是用来读的。书架是开敞式的，架上的每一本书都像我的朋友，我都触摸过，阅读过，与之交流过，大部分书上还留下了我写下的或长或短的心得与体会。我喜欢读哲学，因为哲学探究人何以为人；我也喜欢读历史，因为历史阐明人何以成其为人；我更喜欢读文学，因为文学给人启迪，指明人何以丰富人生。昆德拉在《不能承受的生命之轻》中有一句话，说人生“没有草图”。无论精彩与否，人生都只有一次，不能重来。那么，如何了解人生，领悟人生，创造人生，让有限的人生活出无限的精彩呢?

回望走过的人生之路，我发现自己命中与书有缘：读书，教书，译书，编书，写书，评书。人生之精彩，各有各的理解与领悟，况且在技术高度发展的今天，人生在现实世界与虚拟世界中仿佛拥有了丰富的双重性，导向了无限的疆域。我的生命之花的确因书而绽放。我爱书，尤其爱经典。经典不应该是供奉在殿堂里的“圣经”，而应在阅读、理解与阐释中敞开生命之源。经典是读出来的，常读常新，在阅读与阐释中生成永恒的生命之流。

因为爱经典，所以我读经典，译经典。我译过雨果的《海上劳工》，巴尔扎克的《贝姨》与《邦斯舅舅》，参加翻译过普鲁斯特的《追忆似水年华》，还翻译过已然成为经典的当代作家昆德拉的《不能承受的生命之轻》与诺贝尔奖得主勒·克莱齐奥的《沙漠》与《诉讼笔录》。我还组织翻译“法国文学经典译丛”，主编法国浪漫主义大师《夏多布里昂精选集》以及已经进入法国文学殿堂的著名作家杜拉斯十五卷本的《杜拉斯文集》。在经典的阅读与翻译中，我得到了双重收获：一是经典滋养着我的人生；二是通过我的翻译与阐释，也在参与经典的创造。为此，我说过一句话：阅读参与创造，翻译成就经典。

正是基于这样的认识，我和老朋友吴文智先生经过多次交流，商定依托我主持的中华译学馆，组织全国优秀的翻译力量，译介一套《科幻大师作品集》，向广大读者倾心推荐威尔斯、凡尔纳、阿西莫夫等科幻文学大家的作品，一起重读科幻文学经典，让科学与幻想互动，拓展我们的想象世界，丰富我们的现实人生。有学者评论说：“科幻历来有两大经典主题，一为星际旅行，一为生命智能。前者以宇宙为舞台，拓展人类生存空间的广度；后者以人为核心，探索生命自身生存的意义。”循着这两大主线，我们也许可以更好地把握科幻文学的发展脉络，但在不同的科幻大师的笔下，会呈现出异样的精彩与深刻。我一直觉得，只要人类有梦想，文学就不会死。重读科幻文学经典，放飞想象，拓展生命的空间，相信你的人生会闪现出属于你的精彩光芒。

许 钧

2018 年春

现代科幻文学的奠基者

——赫伯特·乔治·威尔斯

自 1818 年《弗兰肯斯坦》[1] 问世以来，科幻文学已经整整走过了 200 个年头。200 年来，科幻文学由浪漫主义催生的科学传奇逐步转变为由现实主义启发的现代科幻文学。作为将科幻文学由浪漫主义过渡至现实主义的一代大师，赫伯特·乔治·威尔斯自创作以来便在其别具一格的作品中融入对社会与科学的深刻思考，因而无论是在主流文学领域还是在科幻文学领域，都有着令人惊叹的成就与地位。在主流文学领域，威尔斯曾先后四次获得诺贝尔文学奖提名，与阿诺德·贝内特、约翰·高尔斯华绥并称作“20 世纪英国现实主义文学三杰”。在科幻文学领域，威尔斯

1 1818年，英国作家玛丽·雪莱出版了《弗兰肯斯坦》，该书被誉为第一部科幻小说。

被称为“科幻小说界的莎士比亚”，与儒勒·凡尔纳并称作“科幻大师中最闪亮的双子星”。

一

走进威尔斯

1866年9月21日，威尔斯出生于伦敦城外东南部的肯特郡。父亲约瑟夫是一位园丁，同时也是一名职业板球手，后靠经营一家小店为生；母亲莎拉是一家名为“上花园”宅邸里贵妇人的女佣。父母低微的社会地位和童年清贫的生活使威尔斯深切体会到底层社会的艰辛。

7岁那年，威尔斯意外跌断了胫骨。在养病期间，他在酷爱阅读的父亲的影响下养成了阅读的习惯。同年，威尔斯进入小学学习，阅读的兴趣伴随着他进入接下来的学生时代。10岁时他开始对写小说、画插画产生了浓厚的兴趣。

1877年，他的父亲在一次意外事故中成了跛子。这次事故产生的高额医药费使一家人的生活变得愈发艰难，家庭的收入越来越不足以支付孩子们的读书费用。两年后，13岁的威尔斯便早早进入社会谋生。

1880—1881年，威尔斯先后做过布店伙计、药店学徒、信差和小学助教，但都没做多久就被辞退。被辞退后，威尔斯便来“上花园”投靠母亲。而他就是利用在“上花园”这短短的接触上层社会的时间，琢磨出了使用望远镜观测天体的方法，并通过宅邸丰富的藏书，阅读了诸如伏尔泰的散文、斯威夫特的《格列佛游记》以及柏拉图的《理想国》等对其后来思想及文学创作具有启发作用的名家名著。在这期间，威尔斯还接受了不系统的教育，在一所中学寄读，以高于同龄人的禀赋学习了各种基础科学知识。

1883 年，在最后一次做学徒后没多久，威尔斯想重回校园当助教。他曾经寄读的那所中学的校长很欣赏威尔斯，主动给他提供了职位。在当助教期间，威尔斯既是教员又是学生。在校长的热心协助下，他仅仅用了两年时间，便修习了文学、数学、地质学、无机化学、物理学、天文学、人类生理学、植物生理学等学科，不但通过了考试，还获得了奖学金。

就在优异的成绩换来奖学金的回报时，英国教育部门下发了一则通告：集合各地科学教员，统一组织到科学师范学校（后来的英国皇家科学院）的“教师训练班”进行培训，以提高其素质。当时这所学校恰好有一定的免费生名额，且每人每星期还能得到生活补助。对于一直在贫困中挣扎的威尔斯来说，这是一次从底层社会翻身的契机。

1884 年，18 岁的威尔斯顺利进入科学师范学校学习。这一年最令他兴奋的是他的生物学教师由大名鼎鼎的“达尔文斗士”托马斯·赫胥黎担任。在自传中，威尔斯曾饱含钦佩地回忆道：

“他用一种清晰而坚定的声音讲解着，不慌不忙，也不踌躇，不时转身在后边黑板上画些图解。在他继续讲之前，常常要把手指间的粉笔灰拂得干干净净，他是颇有洁癖的……由赫胥黎任教的生物学课程，在性质上是纯粹而精确地属于科学的。他除了充实、研究、完成在他范围内的知识以外，没有其他（如经济利益上的）目的……”[1]

然而，之后两年所修的物理学、地质学课程，由于教师授课的枯燥乏味，威尔斯的学习热情消耗殆尽，他将这种热情逐步转移到了创作上。在一次学生辩论会上，威尔斯偶然听到一个关于四维时空的宇宙理论的新观念，这对于当时的物理学宇宙观可谓一种新见解。他把握住了这种思想，在将其作为《时间机器》的理论设定基础之前，尝试着写了一篇题为《刚性宇宙》的思辨性论文。在大学期间，他还创办并主编了名为《科学学派杂志》的刊物。在 1887 年的学年测验中，他因地质学成绩不及格，没能在当年拿到学位，只好放弃学业回去教书。在教书期间，威尔斯曾试图锻炼瘦弱的身体，却伤病不断。他在一次足球比赛中遭到撞击，导致肾破碎和肺出血，被迫辞去了教职。在接下来的一段时间，威尔斯静心休养，并全身心投入写作。

1888 年，受纳撒尼尔·霍桑的作品《红字》的影响，威尔斯在《科学学派杂志》上连载了一部名为《时空长河中的寻金羊毛者》的小说，这就是他的成名作《时间机器》的前身。

---

1 H.G.Wells. 韦尔斯自传. 方土人，林淡秋，译. 上海：光明书局，1933.

1890 年，威尔斯通过了伦敦大学的考试，被授予理学学士学位。随后，他开始在大学函授学院教书，并尝试着给期刊与报纸投稿。他的《独特之物的重新发现》一文很快经由一个名叫弗兰克·赫里斯的编辑发表到了《半月评》上。威尔斯深受鼓舞，于是乘胜追击，将《刚性宇宙》一文寄出，并很快被赫里斯主动约见。赫里斯言辞激烈地表达了对《刚性宇宙》所涉及的四维时空理论的费解，并将论文底稿就此销毁。直到 1894 年，当赫里斯成为《星期六评论》主编后才回忆起那篇稿件的价值，又悔不当初地向威尔斯约稿，并使其成为期刊的长期撰稿人之一。

这一阶段的威尔斯除了教师的身份外，还成了伦敦的一名记者。他担任的是类似今天公共知识分子的角色，对各领域的问题发表看法，甚至对通灵术也有见解。[1] 可以感受到的是，那时的他力图通过独到的理解力将科学知识加以通俗化表达，通过敏锐的察觉将社会问题予以深刻化呈现。

1893 年起，在做新闻记者的同时，威尔斯开始在伦敦各类刊物上发表短篇小说、评论以及各类主题的文章。这一年，威尔斯在工作的压力下又一次咳血，不得不在病床上休养数周。他最终决定放弃教学工作，专攻写作。

1895 年，威尔斯开始在《新评论》上连载《时间机器》，并于同年结集出版。《时间机器》为威尔斯赢得了巨大的声誉，他也以此为起点，创作出了一系列脍炙人口的科幻小说。

---

1 江晓原．科学外史Ⅱ．上海：复旦大学出版社，2014.

威尔斯十分关注社会问题，并于1903年受邀加入费边社，参与英国的社会主义改良运动，与萧伯纳等人结为好友。但最终因政见分歧而分道扬镳。

在第一次世界大战期间，威尔斯参与了国家联盟活动，前往各国访问并宣扬“世界国”理念，他的采访文章常常引起世界性的轰动。在第一次世界大战后，威尔斯用一年时间编写出了100多万字的《世界史纲》，这部历史著作一经问世，便使威尔斯名气大增，它的销量无论在当时还是在以后的数十年都位列前茅。[1]

诚如布赖恩·奥尔迪斯[2]所言：“到了30年代，小说家威尔斯让位于世界名人威尔斯。他成了一个大名人，忙于规划一个更好的世界。他同高尔基交谈，与乔治·萧伯纳斗嘴，飞往白宫与罗斯福会谈，或者飞往克林姆林宫与斯大林会谈。”

1939年，73岁的威尔斯给自己写了一句简短的墓志铭：“上帝将要毁灭人类——我警告过你们。”这句墓志铭深刻地反映了他对人类未来、科学未来的关注和担忧，也表明他的科幻小说具有警示灾难的意义。

即便是到了将要踏上人生归途时，威尔斯仍旧热心于公共事务。1946年8月13日，威尔斯在伦敦病逝，享年79岁。

个人之于宇宙犹如一粟之于沧海。威尔斯知道，无论走访多少国家，途经多少城市，结交多少名人，其所能带来的影响、留

---

1 赫伯特·乔治·威尔斯．世界史纲．吴文藻，冰心，费孝通，译．南京：译林出版社，2015.

2 布赖恩·奥尔迪斯（1925—2017），英国著名科幻作家。

下的印迹与书籍传播的力量相比都将是微不足道的。书籍作为那个时代的最佳思想载体，有着无可比拟的延展性，而思想对于人类塑造文明、改变周遭环境的启迪无疑引领着我们一路走到了今天。

二
解读威尔斯

在威尔斯所处的时代，第二次工业革命如火如荼，社会生产力突飞猛进，划时代发明目不暇接，引发了人类社会各方面的空前变革。在科学技术和生产力发展的同时，国际形势风云变幻，帝国主义殖民地扩张与争夺空前激烈，维多利亚晚期的英国社会阶级分化严重，劳资冲突不断加剧。在这一时代背景下，威尔斯以其广博的自然科学知识、深刻的思想性、超凡的预见性及卓越的想象力，创作出了一部部引人入胜的科学传奇，开创了“时间旅行”“外星人入侵”“反乌托邦”等一系列题材的范式，并在作品中融入了富有预见性的观点和对人类社会深刻的洞察。

本套丛书选取了威尔斯最具代表性的中长篇科幻小说和短篇小说。这些中长篇科幻小说有科幻史上里程碑式的经典，也包括一些稍显冷门但仍然很具代表性的作品。其中，有广为流传的科幻经典《时间机器》和《隐身人》，也有知名度极高、曾在美国引起巨大恐慌的《世界大战》，还有被多次改编成电影的《莫罗博士岛》和《神食》，更有启发了“反乌托邦小说三部曲”的《昏睡百年》和影响了 C.S. 刘易斯“空间三部曲”的《月球上的第一批来客》，以及预言了原子弹的《获得自由的世界》、预言了“空中战争”的《大空战》、与《世界大战》有着千丝万缕联系的《新人来自火星》、威尔斯的第一部乌托邦小说《彗星来临》和寄托了威尔斯后期乌托邦理想的《神秘世界的人》。威尔斯的中长篇科幻小说读者并不陌生，一直被认为是现代科幻小说的先驱之作；而他的另一类短篇小说名篇，如《水晶蛋》《盲人乡》等则知者较少，但在他的整个创作中有着特殊的意义。下面按威尔斯创作这些作品的时间顺序做以介绍。

《时间机器》(1895)是威尔斯最早获得成功的一部科幻小说。威尔斯利用早在《刚性宇宙》就已阐述的观点，借“时间旅行者”之口解释了四维时空的概念，探讨时间旅行的可能性。故事的主人公“时间旅行者”发明了一部“时间机器”，乘上它就能够自由驰骋于过去和未来的世界。当他乘着机器来到公元 802701 年时，发现人类已分化为两个人种：一种是住在颓败宫殿中悠闲优雅、娇小柔弱的艾洛伊人；另一种是生活在地下的面目狰狞、终日劳动的莫洛克人。不劳而获的生活使艾洛伊人的体力和智力明显退化，而莫洛克人白天为艾洛伊人制造生活的必需品，夜晚却到地面上到处捕食他们。“时间旅行者”还来到了几百万年之后，那时人类已经灭绝，沙滩上只有巨蟹、蝴蝶、日食等复古图景。善于科学思辨的威尔斯对当时高度工业资本化而极度缺乏人文关怀的英伦社会有着丰富的阅历。他自幼就对斯威夫特的讽刺小说如痴如醉，因而在《时间机器》中继承了《格列佛游记》的衣钵，以斯威夫特式的辛辣讽喻风格，尖锐地揭示了艾洛伊人与莫洛克人的畸形共生关系，并从进化论的角度出发，将人类历史演进中所要面对的冷酷现实与阶级暴力予以生动的体现，为社会分工最终演化为某种或然存在的恶性循环做出警示。

《莫罗博士岛》（1896）讲述了一个名叫莫罗的科学家，在一个无名的小岛上对各种动物进行活体解剖和器官移植，将其改造成兽人。这些兽人能直立行走，能讲话，具备人的某些特性，并且能够进行一些人类活动。莫罗试图对兽人进行肉体和精神的双重控制，却惨遭失败，最后和助手双双被兽人杀死。《莫罗博士岛》从古老神话传说与当时争议颇大的活体解剖实验中汲取灵感，结合威尔斯师从赫胥黎的经历以及对达尔文进化论的认识，从生物学角度构想出了“兽人合体”与“动物人化”的可能性。小说借由疯狂科学家莫罗的所作所为警示读者，却也为当今跨物种器官移植的动物培育技术提供了一个新的方向。

《隐身人》（1897）描写了穷困的研究员格里芬怀着极大的热情发明了一种隐身术，把自己变成了来去无踪的隐身人。这种“超能力”使他渐渐迷失了自我，企图依靠此发明建立一个“恐怖王朝”，使自己成为凌驾于社会之上的超人。最终隐身人在与人们的对抗中，跌入了犯罪的深渊，走向了毁灭的末路。《隐身人》异常大胆地想象了存在一种理论上可以改变身体折射率的药物，人服下后可以实现真正意义上的肉身隐形。如今隐形技术广泛地运用在军事上，却不是真正意义上的可见光波段隐形。而一种具有负折射率的人工合成材料——超颖材料——已经能够在微观条件下实现可见光波段的隐形。《隐身人》这部小说在某种程度上暗示了隐藏于社会之外的边缘人群的潜在矛盾，也从另一面揭示了受制于社会陈规约束的常人在脱离社会约束后可能带来的社会威胁，为社会忽视边缘人群提供了警示。

当《莫罗博士岛》和《隐身人》这两部作品将自玛丽·雪莱的《弗兰肯斯坦》以来塑造的“疯狂科学家”形象再度演绎时，我们会发现威尔斯笔下的两位科学家已然抛弃了弗兰肯斯坦还曾仅存的关乎伦理道德的愧疚之情，反而像斯蒂文森的《化身博士》里的海德先生一般，成为脱离社会约束的法外之徒。威尔斯或许从来都不会质疑科技的力量，却一度对科技力量之外所涉及的道德挑战与社会问题感到焦虑，并尽其所能地对个体获得科技力量后可能带来的负面影响做出令人赞叹的预想与反思。

《世界大战》（1898）据说源于威尔斯与兄长弗兰克的一次对话，这次对话中两兄弟讨论到了 19 世纪装备先进的英国殖民者对塔斯马尼亚土著实行种族屠杀这一话题。当时，弗兰克在讨论中设想了当天外来客如英国殖民者一般对待地球人类的情境，令威尔斯印象深刻，此后便将其通过《世界大战》呈现给世人。

故事中，入侵者并非敌国，而是地球以外的火星人。火星人被叙述成狰狞的怪物，且依靠吸食人类的血液为生。这些怪物在英国进行大肆破坏，而威尔斯却从一个寻常之极的市民视角，以荒芜萧索的笔触营造了一种凄凉的绝望，在平淡与挣扎中呈现世界由人间堕入地狱的恐怖末日……故事的结尾将末日的转折交给了为人所忽略的细微之物，着实耐人寻味，令人眼界大开。威尔斯所设想的突袭地球的火星人所使用的物理武器“热线”，尤似几十年后才实现的激光武器，而激光的理论基础——受激发射理论——在《世界大战》出版将近 20 年后的 1917 年，才由爱因斯坦发表的论文《关于辐射的量子理论》正式提出。

《昏睡百年》（1899）讲述的是主人公格雷汉姆在长期失眠后终于昏睡过去，醒来时却发现自己已然身处两百年后的世界。存款复利的神秘增长使他牢牢控制了世界经济，从而“莫名其妙”地成为世界之主，且有 12 名受托人以他的名义组成管理团体。管理团体对格雷汉姆的苏醒毫无准备，以至为了维护统治地位，试图隐瞒和控制格雷汉姆的行动。然而东窗事发，格雷汉姆最终还是成为反抗管理团体统治的人民领袖，与管理团体决一死战。而对抗管理会的革命者实际上也是为了私利在利用他。故事的结局，作为首领的格雷汉姆亲自架机阻击敌军——“尽管他不敢向下看，但骤然意识到大地已近在咫尺。”这是一部出彩的作品，其近乎反乌托邦的故事架构相当引人入胜。反乌托邦文学作为社会科幻小说中备受重视的子类型，以其颠覆人性长久以来对乌托邦的美好幻想而见长。在反乌托邦科幻小说中，极端化的政治、经济、宗教等意识形态是常见的社会背景，而《昏睡百年》虽然用了一个谈不上严肃的“长眠苏醒”设定，却能将两百年后的社会体系置于一个初看合理却极其恐怖的意识形态中预演。

《月球上的第一批来客》（1901）或许可以称为威尔斯版的《真实的故事》[1]。故事幻想了一位天才科学家卡沃尔研制出了一种“反重力”金属，在制成飞行舱后卡沃尔携朋友柏德福进行了登月实验。两位冒险者在成功登月后遭遇月球人追捕的惊险遭遇，展现了威尔斯天马行空的丰富想象力。小说中对于月球表面奇幻景色的描写与半个多世纪后人类真正登上月球时发回的照片也不无相似之处。威尔斯笔下的月球人是一种近似蚂蚁的“虫族”生物，它们十分脆弱，不堪一击。小说意在通过月球人的蜂巢思维剖析维多利亚时代的社会分工，将抹杀个人自由的管理体制进行戏剧化表达。

《神食》（1904）乍看之下很容易被误认作《莫罗博士岛》和《隐身人》的延续，从而被认为是对科技盲目发展和滥用的警示寓言作品，实则不然。故事讲述的是两位科学家发明了一种新的营养品“神食”，这种营养品能让食用者生长加速且变得巨大：鸡吃了后大得能食人，黄蜂和老鼠吃了后也能大得攻击人，婴儿

1 卢奇安的这部作品对威尔斯影响匪浅。卢奇安，又译琉善，古希腊讽刺散文作家、无神论者，其主要代表作品是讽刺散文《真实的故事》。在《真实的故事》中，主人公越过大西洋去旅行，经历了一连串令人难以置信的历险，如乘船时意外被吹到月球，之后还遭遇了太阳与月球军队争夺金星的战役等。

吃了后则很快长成巨婴乃至巨人。然而就在读者眼看着故事中的世界即将陷入一场恐怖的危机、人类社会将可能被斯威夫特笔下的“巨人国”所取代之时，威尔斯却笔锋一转，描绘起被排挤的巨人。这些巨人在人类的压迫下组成了一种“新人类”团体，为了突破传统人类的各种约束壁垒，最终决定奋起反抗，为自由而战。这种剧情上的转变与威尔斯那段时间世界观的转变是有联系的。在威尔斯看来，人类社会的矛盾冲突不是纯粹的利益之争，更不是简单的正邪对立、善恶分明，归根到底还是人性本质中的排异心理与人类社会日益演化形成的阶级隔离屏障作祟，这就使得吃下“神食”的巨人成了原始人类社会“党同伐异”的对象。而威尔斯则借巨人的抗争打通了这种社会阶级隔离屏障，意欲唤起人类在形成文明后所具有的同理心，从而实现某种意义上的阶级融合。“新人类”的存在将逐步消解人类的阶级隔阂，这样一场自由之战也将预示着人类在通过“神食”诱发人体改良后，将迎来一个或然存在的乌托邦。

《彗星来临》（1906）以一种散文式的记述，缓步推进着一个看似俗套的三角恋故事，却在关键节点上通过一条漫不经心的暗线将一次情杀危机反转，而故事也最终走向了一个充满光明、友爱等良善品质的乌托邦。故事背景是一颗彗星即将接近地球的消息不断在剧情中跟进，而情节上讲述的则是一位四处碰壁的主人公，在接连的失败与对刚刚分手不久的女友立即寻获归宿的妒意之下，决定谋杀前女友及其情夫。但就在下手的当晚，一颗彗星的尾巴扫过地球，通过与空气中的氮气反应产生“绿色烟雾”，给予世间人心以光明、友爱等良善品质。于是，世界变成了乌托邦，故事变成了大团圆。在《彗星来临》中，威尔斯最终想要表达的主旨，可以说就是在《神食》中还未到来的乌托邦图景。这种乌托邦式的理想社会在小说中最显著的一点即男、女主人公在彗星来临后消除私欲的过程。而在更深层次，威尔斯真正想要探索的还是一种破除传统道德束缚、打破阶级壁垒的美好新世界。

《大空战》（1908）一方面受莱特兄弟于1903年首次试飞成功后，各国精英对战场制空权思考的影响；另一方面又显然受到了M.P.希尔的小说《黄祸》（1898）以及1905年日俄战争的影响。故事讲述了身处社会中下阶层的主角意外卷入了德国空袭美国的战争，随之引发了一场飞艇对飞艇、飞机战飞机的世界性战争，整个世界陷入了空战。这样的战争最终无疑会把世界拖入万劫不复的末日之境，《大空战》中关于“废土世界”的结局书写与《时间机器》一般开放悲凉。《大空战》为我们呈现了另一种与《世界大战》相悖的末日殊途。具有敏锐洞察力的威尔斯再度通过小人物的视角预想出他想象的空中战场，并以其出色的社会寓言性指代了某种群体或团体在获得科技力量后对平民的威胁。

《获得自由的世界》（1914）以当时拉姆齐、卢瑟福、弗雷德里克·索迪等科学家的理论与发现为指导，并从索迪的《镭的介绍》（1908）一书中获取灵感，设想了一个人类广泛使用核能后的未来图景。威尔斯充分预见了核能产生后人类将其运用在武器上的可能性，并开创性地使用了“原子弹”一词来给故事中的一种能够加速核物质衰变、引发连锁反应的持续性燃烧弹式核武器命名，而故事中的“原子弹”也正如现实中一般，给世界带来了极大的震慑性后果。在小说后半段，当人类即将因滥用核武器而走向无可挽回的深渊时，威尔斯又借由一位具有远见卓识的政治家在各大国家中积极斡旋，最终让故事中那个硝烟四起的世界获得了自由。《获得自由的世界》以其在预想核武器的使用及应对核管控等方面的先见之明而显得格外不同寻常，但这部作品在展现威尔斯极为敏锐的洞察力的同时，也充满了对反战思想及世界主义的说教。这种立足于技术官僚与权威主义的乌托邦构想，几乎成为威尔斯中后期幻想作品的核心思想，这些小说也逐渐成为一种传播这类思想的说教工具。当然，尽管小说中那些饱含感染力的说教不可避免地削弱了阅读观感，但读者依然可以追寻到它的时代意义。

《神秘世界的人》（1923）可以看作威尔斯在积极投身反对战争、维护人权的国际联盟建设事业后，对重建人类文明满怀信心的蓝皮书。在《神秘世界的人》中，威尔斯将其中后期日渐成型的乌托邦蓝图描绘得细致考究。这部作品再次借助《时间机器》的四维时空理论设定，讲述了一位旅行者因为神秘世界的一次物质空间循环实验意外，莫名进入了一个被称为“乌托邦”的神秘星球。在这个“乌托邦”中，威尔斯通过旅行者的所见所闻，将这个神秘星球的美妙境况和盘托出，向世人展现一个曾经与人类面对过相同灾害与命运的世界，是如何依托于技术官僚的运作，发展出属于他们的高度发达的技术文明，以及仍在不断完善建设的"动态"乌托邦的。《神秘世界的人》所描绘的这种"动态"乌托邦，无疑是给同样存在诸多社会问题的世人提供了一种建设理想社会的参考。小说中对于人类科技发展带来的物质财富的激增所引发的生态灾害及人口爆炸等社会问题提供了理论指导，也深刻反映了威尔斯重视心理教育、关注生态环保等理念。

《新人来自火星》（1937）再次展现了《世界大战》中火星人的先进技术。《世界大战》中的火星人以激进暴力的方式对人类进行"革命式"入侵，而《新人来自火星》中的火星人则以渐进温和的手段对人类进行"改良式"渗透，从对社会变革角度的思考来看，简直与威尔斯一直身体力行的政治改良思想如出一撤。作品间接描述了一种来自火星人的长期外部干预。火星人通过发射宇宙射线的形式诱导地球人实现改良性质的突变，将人类转化为智力超群且足以构建地球乌托邦的新人类。主人公在听闻火星人发射宇宙射线对人类影响的坊间传闻后，对即将降生的孩子可能产生的变异感到不安。直到他最终发现，自己早已是被改良的新人类，而新世界的秩序与乌托邦未来，由他们这些伟大的新人类联合起来方能重塑。有评论家认为，这部充满超人式设定的作品在欧洲法西斯主义盛行时期，"不合时宜"地表露出了威尔斯对权威主义的改良幻想。倘若仔细观察作品中极富隐喻色彩的预言与文字，读者也能从另一角度感受到威尔斯真诚而严肃地探讨摆脱现实世界纷乱秩序的努力。

像众多科幻名家一样，威尔斯在进行中长篇科幻小说创作之前，也是通过在各类刊物上发表短篇小说积累写作经验的。从 1893 年起，威尔斯发表了一系列短篇幻想作品。其中最具野心的早期作品是在《蓓尔美尔街公报》发表的短篇——《公元 100 万年之人》（1893）。这篇小说大胆地描述了一种在自然选择下最终重塑的人类：一种因为太阳冷却后被迫撤离到地下的生物，他们有着硕大的头颅、巨大的眼睛、纤细的双手，躯干部分则占其中的一小部分，这种人类只能永久沉浸在营养液中。这种新人类的设定很容易令人联想起《时间机器》里生活在地上的艾洛伊人与生活在地下的莫洛克人的部分特征，从而奠定了威尔斯在创作初期对于人类异化或演化主题探索时频频涌现的社会寓言特质。其他作品还有《飞人现世》（1893）、《人的灭绝》（1894）、《浅游太阳》（1894）等，其中《浅游太阳》讨论了硅基生命的可能性。他早期集中出版的短篇小说集《失窃的细菌与其他事件》（1895）中收录的《失窃的细菌》《奇兰花开》《怪物大闹天文台》等作品在惊险程度上虽然不如前述短篇，却也对后世作品产生了一定的影响，如克拉克的短篇作品《扭捏的兰花》就提到了《奇兰花开》。

19 世纪末，威尔斯在短篇主题创作上的想象愈发大胆。这在其 1895 年以后的短篇《手术刀下》（1896）、《天外来客撞击地球》（1897）、《一个石器时代的故事》（1897）、《水晶蛋》（1897）、《能够创造奇迹的人》（1898）中足以见得。《天外来客撞击地球》

讲述的是不明天体向地球逼近的灾难故事。值得注意的是，类似的情节在《彗星来临》亦有体现，相信两者之间在创作上也联系匪浅。在《水晶蛋》中，威尔斯通过一种“以小见大”“以平凡见证奇迹”的叙事策略，将科幻小说中揭示未知世界时的惊奇感，在与之形成鲜明反差的平凡现实中进行演绎，并从中下阶层的小人物视角出发，见证“水晶蛋”中诡异神秘的世界。

到了 20 世纪，威尔斯的短篇幻想作品同样不乏佳作。《新时间加速剂》（1901）以一种漫不经心的方式对科技新发明可能带来的社会问题进行了探讨。《盲人乡》（1904）被许多西方评论家认为是威尔斯最好的短篇小说。尽管这篇小说并不描述未来，而是描述遥远的山谷，但它具备了科幻小说的全部要素，使读者动摇对传统的信心，并引发人们去思考事物的本来面貌。[1]《墙上之门》（1911）以主人公的成长为线索，通过对比在“梦幻花园”内、外的成长过程，揭示了工业革命对现代文明生活方式的影响。

威尔斯把科学幻想和人类的发展结合起来，以深切的忧患意识关注人类未来和科学未来。其远见卓识的抗争意识与精雕细琢的艺术追求，又体现了其不囿于特定时空的超越精神。威尔斯的科幻小说体现了在所处时代对人类未来的想象与思考，其思想源于维多利亚时代的历史环境与文化土壤，因而有一定的局限性。我们应该从其生活的时代出发，取其精华，对所涉及的政治性、思想性内容进行辩证的思考与择弃。

1　詹姆斯·冈恩．过眼云烟：英国科幻小说．北京：北京大学出版社，2008.

三

重读威尔斯

经典作品是那些你经常听人家说“我正在重读……”而不是“我正在读……”的书。即使我们初读也好像是在重温以前读过的东西，每次重读都好像初读那样会带来发现。我们越是道听途说，以为懂了，当实际读时，就越是觉得它们独特、意想不到和新颖。[1] 威尔斯的科幻小说就是这样的经典。科幻小说作为一种与科技发展有密切联系的文学类型，犹如一架人类的望远镜，遥望着浩瀚的天河，对科技发展带来的种种可能性，对社会的潜在影响进行提问、预测、探讨与思辨——这亦是现代科幻小说的核心精神。而这一精神的源头正是威尔斯。

威尔斯所处的时代正值人类历史的转折点。他出生的那一年，德国工程师西门子发明了世界上第一台大功率发电机，标志着人类进入了电气时代；他逝世的那一年，世界上第一台电子计算机诞生，掀开了信息时代的序幕。其人生横跨的两次工业革命颠覆性地改变了人类文明的发展进程，科技、政治、经济的变迁使得世界发生着难以想象的变化。正是在这种时代背景下，威尔斯对科技前景和社会现实进行了可信的分析与预测，对当时的诸多问

1 伊塔洛·卡尔维诺．为什么读经典．黄灿然，李桂蜜，译．南京：译林出版社，2012.

题都有深入的探究与思考。他一方面肯定科学技术的巨大作用，另一方面也意识到当科技被枉顾伦理道德之辈利用时，人类将会为此付出惨痛的代价。除了创作针砭时弊、充满寓言色彩的作品外，胸怀社会改良理想的威尔斯还身体力行地参与政治活动。尽管威尔斯的作品及其对社会问题的思考具有一定的历史局限性，但无疑对那个时代产生了深远的影响。

正是由于这种特殊的生平背景，以及艺术想象、科学警示、社会批评相结合的创作手法，使得威尔斯的作品具有深刻的思想性和恒久的生命力。在 100 多年后的今天，人类文明又一次面临重大拐点，随着以人工智能为核心的“第四次工业革命”的到来，各项重大技术创新即将在全球范围内掀起波澜壮阔、势不可挡的巨变[1]。作为曾经变革浪潮的亲历者和预言者，威尔斯在作品所展现出的预见性和对科技、社会问题的思索，在照亮那个时代的同时，也冥冥中关照了人类未来相似的发展境遇。也因此，时至今日，我们依然需要去聆听这位科幻先知的思想，去感受现代科幻小说发轫阶段所寄托的希望与沉思，去体会在激荡的洪流中一个知识分子的理想与信念。

或许，当 1895 年威尔斯写出《时间机器》的那一刻，他便真的发明了一台“时间机器”，并乘着它到达了未来，带回了警示的讯息。后世的科幻作家无不踏着这位前辈的脚印，乘坐这台机器，开启了一次又一次抵达未来的旅程，捎回一封又一封来自

1　施瓦布．第四次工业革命．北京：中信出版社，2016.

未来的信，谱写了科幻200年间一段又一段波澜壮阔、气象万千的乐章。如今，与未知同行的这一代人，或许很渴望也有一台这样的“时间机器”，以便到达未来一探究竟，用更有远见的视野指导今天的生活。若真是这样，拜访这些乘坐过“时间机器”的科幻作家或许是一个不错的方法。当然，最应该拜访的当然是那个发明了“时间机器”的人。他是社会科幻的领路人，更是现代科幻的奠基者，他是H.G.威尔斯。

《科幻世界》 陈 俊

2018年夏

上篇

初试神食

第一章
发现神食

一

19世纪中叶，在我们这个奇怪的世界里，这样一类人开始多了起来：他们一般年高德劭，尽管极不乐意，但还是恰如其分地被冠以“科学家”的称谓。他们很不喜欢这个叫法，以至在《自然》专栏中，这个词尽可能被杜绝使用，就好像本国所有难听话皆发端于此似的。《自然》自古以来就是他们的特色论文专刊嘛。然而还是大众和媒体明白事理，他们就是“科学家”。只要有露脸的机会，他们就肯定是“杰出的科学家”和“声望卓著的科学家”，我们至少也得称他们为“著名科学家”。

当然，本辛顿先生和赖德伍得教授在本书所述之神奇发现前，早已具备这些称呼的条件。本辛顿先生是英国皇家学会的会员，化学学会前会长。赖德伍得教授是伦敦大学邦德街学院生理学教授，曾多次受到反活体解剖论者的诽谤。他俩均少年得志，在学术界颇有声望。

与此同时，像所有真正的科学家那样，他俩显然也没有值得称道的外表。相形之下，当今最平庸的演员，也要比整个皇家学会显得长相鲜明些。本辛顿先生五短身材，秃顶发亮，背有些驼，戴着金丝边眼镜，脚踏布靴。由于他长了很多鸡眼，布靴上开了很大的口子。赖德伍得先生则完全是一副普通人的外表。在发现神食（这肯定是名副其实的神食）之前，他们埋头钻研，不事张扬，几乎没什么值得和读者介绍的。

本辛顿先生是因为他那精彩的超级毒生物碱的研究而飞黄腾达（请允许我使用这种措辞来形容这位靴子开口的先生）的。赖德伍得先生则是一夜成名——记不清他怎么一下子就出了名。反正他的风头十足，就是这么回事。不过，我猜，一锤定音的是他在《反应时报》上发表的长篇大论，上面配有大量的脉搏描记器自动记录的照片（欢迎纠正我的话），外加一个令人羡慕的新名词。

公众要一瞻两位绅士的风采还真不容易。有时，在皇家科学研究所和文艺学会这类地方倒可以见到本辛顿先生，至少人们可以看到他涨红的秃顶，瞥见他的领子和外套，还可听到他讲座或论文的只言片语——他以为别人都能听清他在讲什么。至于赖德伍得先生，我记得有一次听过他讲课。那是很久以前的一个正午，当时不列颠科学协会还在多佛尔。那天，该协会在 C 区或 D 区或差不多字母的某个地区的一家酒吧聚会。纯粹是出于好奇，我跟着两位拎着购物纸袋的一脸严肃的贵妇，穿过一扇标有“台球”和“弹子游戏”的门，进入一个黑咕隆咚的场所。只见赖德伍得播放的描记器幻灯片打破了那里的黑暗。

我看到幻灯片被来回地抽动，听到一个声音在讲，我相信这是赖德伍得教授的声音，但忘了他说了些什么。幻灯机发出嗞嗞的响声，还有一种声响令我好奇不已，不忍离席。直到灯光突然亮起我才发现，这种声响原来出自人的咀嚼。集会的科学协会会员们在放映幻灯时黑暗的掩护下，正在此地大嚼特嚼果子面包和三明治一类的东西。

而赖德伍得，在灯亮之后仍在滔滔不绝，还轻轻敲打着理应显示图表的幕布——黑暗又一次降临，图表又出现了。我记得，那个时候的他，尽管看起来普通得不能再普通，略微显得有些紧张，肤色黑黑的，却若有所思，讲课只不过是受了某种莫名的责任感的驱使。

我也听过一回本辛顿先生的课，也是很久以前的事了，是在布卢姆斯伯里[1]的一次教育会议上。与多数知名的化学家和植物学家一样，本辛顿先生一上课就显得煞有权威。但我敢担保，他要是去普通的寄宿学校上半个小时课，准会被吓得魂不附体。我记得，他当时正针对阿姆斯特朗教授的启发式教育法提出改进意见。阿姆斯特朗教授的启发式教育法要靠操作价值三四百英镑的仪器来完成，并完全忽视其他课程。他这套方法需要一名天才老师聚

1 伦敦市中心大英博物馆所在地。

精会神地贯彻，即便如此，一名普通儿童也要花十到十二年，在孜孜不倦的态度下，才能掌握一个人从当时随处可见的并不值得称道的廉价教材上就能学到的化学……

你可能会认为，这两个人在他们的科学研究之外，简直就是凡夫俗子。如果非要说有什么特别，那就是他们要比普通人更加不切实际。而且你会发现，这种“科学家”作为一个阶层，在全世界都是一个样。他们的可爱之处往往表现在同行相轻，以及在公众面前所保持的神秘感。与此同时，不可爱的地方也不言自明。

从人际交往上来看，他们生活在一个狭小的圈子里。他们的研究需要无休止的专注和几乎修道士般的退隐，剩下的生活内容则贫乏得可怜。我们会发现，那些奇怪的、羞涩的、畸形的、白头发的、妄自尊大的矮小的重大发现者，特意挂着可笑的骑士勋章的宽大绶带，主持同行的招待会；如果生日庆典的天使没有垂青英国皇家学会，那么读一读《自然》专刊，就会领略他们对不讲科学这种现象的苦恼；有时也不妨听一听某位孜孜不倦的地衣学家评说另一位努力不懈的同行的作品。这些现象不禁会让我们想起人类的渺小。

此外，还有这些小“科学家”已经设下和正在设置“科学暗礁”。这些“科学暗礁”设得很妙，充满了不祥的先兆和对人类伟大未来的神秘应许！他们似乎并没有意识到自己在做什么。毋庸置疑，很久以前，即使是本辛顿先生，在他选择了现在这个行业、立志献身生物碱及其同源化合物时，他对愿景也有些模糊的认识，甚至还不止于此。假如没有这种灵感，什么样的人会把青春奉献给这项工作呢？这些荣耀和地位只有作为一名“科学家”才会希望获得。不，他们一定看到了荣耀，一定拥有了愿景，可又因为看得太近太切，前景令他们盲目啊。也幸亏这光彩使他们睁不开眼，这些科学家才能终其一生心泰神宁地高举知识的明灯，照亮我们的前程！

或许这就是赖德伍得心事重重的原因。这一点现在已经毫无疑问了——他在同行中可谓独树一帜，因为有个愿景之类的东西仍然在他眼前来回徘徊嘛！

二

我称之为“神食”的东西，是本辛顿先生和赖德伍得教授合作研制的一种物质，就其已经产生的影响和必将产生的影响而言，这个名字毫不夸张。所以在全书中，我会始终不渝地这样称呼。但是，本辛顿先生绝不会不露声色地叫它这个名字，就像他决不会身穿庄严的大红外衣，戴着桂冠走出他在斯隆街的公寓一样。这个词语只是他脱口而出的第一声惊叹。他是出于一腔热情称之为“神食”的。前后总共叫了一个小时左右。这以后，他觉得自己有点荒谬可笑。一想到面前的这个东西，他就仿佛看见了一连串的巨大可能性——确确实实的巨大可能性。但是，面对令人炫目的前景，他愣了一会儿神。然后，作为一名谨慎的科学家，他决意不再浮想联翩。此后，“神食”听起来太夸耀了，简直有点恬不知耻。他吃惊地发现自己居然有此用语。尽管如此，心明眼亮时节的情景老是在他脑海里徘徊，而且不时地爆发出来……

“说真的，”他边搓着手，边紧张地笑着说，“这东西远不止具有理论上的意义。”

他把脸凑到赖德伍得教授面前，压低嗓音坦言道：“比方说，如果处理得当，它说不定可以卖……”

“精确地讲，”他边说边踱着步子，“可以作为一种食品，或者至少可以作为一种食品原料出售。”

“说不定味道不错，只有制备好了我们才知道。”

他走到壁炉前的地毯上，转身仔细审视着布鞋上考究的开口。

“应该叫名字呢？”他抬起头，自问自答般地说道，“我的意见是，我倾向于使用优美古雅的典故。这样的名字能赋予科学一种老派的尊严。比如说——不知道你会不会觉得古怪——来一点点幻想有时也是允许的，敌大力神，怎么样？吃了这种营养食品就能成为大力神，你知道这可能……

“当然，如果你不同意——”

赖德伍得看着炉火沉思，没有反对。

“你觉得行吗？”

赖德伍得郑重地点了点头。

“还可以叫‘泰坦之敌’，也就是泰坦巨人们的食物。你更喜欢前者吗？

“你确信，你不觉得它有点太——”

“不！”

“噢，那我太高兴了。”

于是，他们在整个研究过程以及报告中都用了“敌大力神”这个名字。研究报告从未公布，因为出了一些意外，打乱了所有的安排。在他们有意外发现之前，已经制备了三种同源物质：敌大力神一号、敌大力神二号和敌大力神三号。其实，这个他们早就通过思辨预见到的，就是敌大力神四号。我坚持对敌大力神四号使用了本辛顿原创的名字，称之为“神食”。

三

这是本辛顿先生的主意。但是他的灵感来自赖德伍得教授在哲学会刊报告中的一篇供稿。首先他得体地请教了这位绅士，然后才着手推进。另外，这个项目既像生理研究，又像化学研究。既有生理学研究的成分，又有化学研究的性质。

赖德伍得教授是对图表曲线非常着迷的那种科学家。如果你是我喜欢的那种读者，你肯定非常熟悉我指的那类科技论文。这种论文能搞得你一头雾水，末了，还有五六张长长的、折叠起来的图表。打开一看，满眼是怪异的、七弯八拐的曲线图和夸张的闪电符号，要么就是坐标系上弯弯曲曲的、难以言表的东西，叫什么“修整后的曲线”，就是这些玩意儿。你对着这些图表看了半天，还是搞不懂，甚至怀疑作者也不一定懂这东西。可是，话说回来，许多科技人员对自己的论文还是蛮清楚的，问题仅仅是表达上的缺陷，因而沟通起来就有障碍。

我倾向于认为赖德伍得是用图表曲线来思考的。在《反应时报》上发表了那篇力作后，赖德伍得开始炮制有关生长的经过修整的曲线及脉搏描记曲线。我们劝非科技读者坚持读下去，一切都会豁然开朗的。正是他的这样一篇有关生长的论文启发了本辛顿先生。

赖德伍得一直在测量各种东西的生长情况，小猫、小狗、向日葵、蘑菇、豆子乃至他的小孩。关于小孩，妻子出面制止他才终止测量。他指出，生长一直在继续，速度不像他以前认为的那样有一定的规则，不像这样：

而是有突发性和间歇性的，像这样：

况且，显而易见，没有任何东西是在持续而稳定地生长。按照他的理解，没有任何生物的生长有规律性和稳定性可言。看起

来，开始所有的生物好像都必须积蓄生长力，然后才旺盛地生长一阵，此后便不得不等待下一个生长周期。作为一名谨小慎微的"科学家"，赖德伍得发言低沉，术语很多。他说，在生长过程中，血液中可能需要大量的某种物质来促进生长。这种物质形成缓慢，当这种物质在生长中耗尽后，补足也非常缓慢，于是机体组织就不得不原地踏步。他把这种未知物质比作机器中的机油。他说，正在长身体的动物如同火车头，可以前进一定的距离，然后，需要加油才能继续运转下去。本辛顿先生看了这篇论文后，不禁发问："为什么火车头就不能从外面添加机油呢？"赖德伍得有着科学家特有的讲话方式，紧张且思路跳跃，颇为迷人。他说，所有这些都最有可能揭示某些内分泌腺的奥秘，尽管它们之间一点关系也没有！

在随后的对话中，赖德伍得扯得更远了。他把图表解释得清清楚楚，就像火箭的弹道一样精确。他的要点——如果有任何要点的话，即小猫小狗的血液里、向日葵的树液中以及蘑菇的汁水中，某种元素的比例在他所称的"生长期"与不怎么生长的时候是有差异的。

当本辛顿先生把图表颠倒，转过九十度再看时，发现了这差异是什么，不禁大为惊奇。这差异很有可能是因为某种物质的存在。在他对最刺激神经系统的生物碱进行研究时，试图将这种物质分离出来。他把赖德伍得的论文放在勉强悬挂于扶手椅上的特制阅读台上，取下金丝边眼镜，在上面哈了几口气，仔细地擦着。

“天哪！”本辛顿感叹道。

重新戴上眼镜后，他又回到了阅读台。他的肘部一放到椅子扶手上，阅读台就马上发出一声调情似的咯吱声，随即论文滑下，图表全部撒到了地板上，皱巴巴的。“天哪！”本辛顿先生叫了一声，把肚子顶在扶手上，耐心地去捡图表，无视这一便利设施的惯性。他发现够不到图表，就索性趴到地上捡。就在够到地的那一刻，他灵感突发，“神食”的名字从天而降……

如果他是对的，赖德伍得先生也是对的，那么只要把这一新物质注入或放入食物中，就可以消除“休息期”，将以下这种生长模式：

代之以（如果你懂我的话）这样的模式：

四

与赖德伍得谈话的那个晚上，本辛顿先生彻夜难眠。虽打过一会儿盹，但也就一小会儿。他梦见自己在地球上打了一个很深的坑，把成吨的“神食”倒了进去，地球开始膨胀啊，膨胀啊，国界线也胀破了，而英国皇家地理学会就像一个能干的裁缝行会那样正在忙着放大赤道。

那当然是个可笑的梦，但它表现了本辛顿先生激动的精神状态，和他赋予这一创见的真实价值，比他在清醒时，有防备时说的话、做的事要有意义得多。也许我不该提及这一点，因为一般来说，互相告知自己的梦境，并不如我所想象的那样能引起人们的兴趣。

无巧不成书，赖德伍得那晚也做了一个梦。他的梦是这样的：

这是用火在一幅画着深渊的长卷图上作的曲线。他，赖德伍得，当时就站在一颗行星上，在一个黑色的讲台前，对着“超级皇家原生力协会”大讲一种可能实现的新的生长模式。那种原生力以前总是在种族、国家、行星系统，乃至宇宙的成长中呈以下走势：

有时甚至是这样的走势：

而他正深入浅出、十分有说服力地向他们解释，这种缓慢的甚至倒退的模式，将被他的发现迅速替代，退出历史舞台。

可笑吗？当然！但正所谓日有所思，夜有所梦。

当然，除了确凿无疑的事实外，我并没有说这两个梦应受到什么重视，或有什么预见性。我可从来没说过这样的话。

第二章
实验农场

一

一旦配制成神食，本辛顿先生就打算在蝌蚪身上试验这玩意儿。人们往往从蝌蚪入手开始这类试验，仿佛蝌蚪生来就该如此。他们达成了共识，实验由他进行，而不是赖德伍得先生，因为赖德伍得的实验室里已经堆满了弹道仪器和动物，用来研究小公牛的冲撞频率在白昼有何变化。这项研究正在生成反常的、很令人困惑的曲线图，在这一研究的进行过程中，装有蝌蚪的球状玻璃仪器是格外不受欢迎的。

当本辛顿先生把他的想法转达给简堂姐时，她马上予以否决。她坚决反对把大量蝌蚪或任何此类实验生物搬入他们的公寓。她并不反对动用公寓的一间房做非爆炸性的化学实验，这些工作在她看来不会有什么后果。她也可以让他有一个煤气炉、一个水槽和一个防尘的碗柜，并免受清扫的打扰，因为她每周都要雷打不动地清扫一次公寓。她将本辛顿先生对在学术界出人头地的渴望，看作是对人类嗜酒如命这一粗鄙堕落方式的绝佳替代。但是，对大批量活着时只能蠕动着爬行、死时又臭气熏天的生物，她无论如何都无法忍受。她说这些东西肯定不卫生，本辛顿先生又是出了名的体弱多病，这一点谁都无法否认。尽管本辛顿试图说明这一可能的发现有多伟大、多重要，她说这当然很好，但是，即使她同意，当本辛顿把这地方弄得脏乱不堪时（这也是必然的结局），她敢保证，第一个抱怨的人肯定是本辛顿自己。

本辛顿先生呢？他在房间里踱来踱去，脚上的鸡眼也顾不得了。他斩钉截铁、愤愤不平地试图说服简，可还是不见效。他说，什么都不能阻挡科学的进步；而她说，科学进步是一回事，在公寓里饲养大批的蝌蚪是另一回事。他说，在德国，这是一个不争的事实，一个人只要有他这样的想法，马上会得到一间两万立方尺、装备齐全的实验室，任其支配。她说，她很高兴，而且会永远高兴她不是德国人。他说，这么做会令他从此声名远扬；而她却说，在他们这样的公寓里养这么多蝌蚪反而更有可能损害他的形象。他说，他是自己居室的主人；而她却说，与其伺候一大群蝌蚪，还不如去学校做个宿舍总管什么的。之后，他请求她讲些道理；而她呢，则反过来求他要讲道理，别再鼓捣蝌蚪之类的东西了。他说，她应该尊重他的想法；而她说，不，如果它们臭气冲天，她就不。最后，他告饶求降，还爆了一句粗口，一时顾不得赫胥黎有关本主题的经典论断了。那句粗口虽然还不至于差劲透顶，但也够难听的了。

于是她大受委屈，本辛顿不得不赔礼道歉。就凭这声道歉，在他们的房子里用蝌蚪实验“神食”的期望旋即破灭。

本辛顿不得不另辟蹊径。一旦他的神食研制成功并准备妥当，进行喂食实验毕竟还是展示其发现的必要手段。一连好几天他都在想是不是应该把蝌蚪寄养在某位可靠人士那里，直到偶然在报纸上发现的一个词激发了他创办实验农场的灵感。

他最先想到了小鸡，想到了家禽饲养场。突然，他仿佛看到了疯长的小鸡。他想象着不断扩大的鸡笼和食槽纵横的画面。小鸡容易搞到，又好喂又便于观察，要处理和测量的话也不像蝌蚪那样湿乎乎的。单就实现他的目标而言，蝌蚪与小鸡相比，明显又原始又难管。他奇怪为什么一开始没有想到小鸡而是蝌蚪。起码，他就不用费劲与简堂姐闹别扭了。他把这一提议告诉赖德伍得时，赖德伍得也颇为赞同。

赖德伍得说，他确信，在太小的动物上做徒劳无益的努力是实验生理学家最大的失策。这恰似用不足量的材料做化学实验，观察和操作上的误差会大得离谱。科研人员必须懂得维护自己的权利，争取大的实验材料，这一点尤为重要。这也是为什么赖德伍得选择在邦得街学院用小公牛做目前的一系列实验。他的小公牛有时会在学院走廊上横冲直撞，给其他课题组的师生带来某种程度的不便。这就暂且不提了，毕竟他得到的各种曲线是很有意思的，将来发表也就可以为他现在的选择正名了。就他而言，要不是国内对科学的捐助实在是微乎其微，他绝不会用小于鲸鱼的动物做实验的。然而，眼下要在国内建一个可供他使用的足够规模的公共实验动物中心，恐怕都属于乌托邦式的要求。当然，在德国嘛，就另当别论了。

由于赖德伍得天天都盯着小公牛，因此挑选实验农场并且配上设备的任务基本上就落在了本辛顿的身上。全部的开销自然也就由本辛顿来支付，至少在拿到课题经费前是这样。于是，公寓里的实验工作和挑选农场的奔波交替进行。本辛顿四处张望的眼镜、简洁的秃顶和开了口的布靴开始出现在伦敦以南路线无数无人光顾的地产上，让那些业主好生盼望。他在几家日报以及《自然》杂志上登了招聘广告，希望找到一对负责、守时、干活主动、养过家禽的夫妇来全权掌管占地三英亩的实验农场。

他发现，可能为他所用的地方是在离肯特郡的厄肖特很近的黑克雷布罗，这是个又小又奇怪的隐蔽地方，坐落在山谷中，四周都是老松树，一到夜晚就黑漆漆的，很瘆人。一处高高的山脊在夕阳西下时遮住了所有光线，一口荒凉的带破棚的井将居所反衬得十分矮小。小屋算还干净，没有长野草，有几扇窗户已经破了，车棚在正午的时候投下一道阴影。此地离村子最近的人家还有一英里半远，孤零零的，不时传来一组似是而非的回声，稍微调和了这里的孤寂氛围。

本辛顿一眼就觉得这个场所很中意，非常适合科学实验。他巡视了一遍，挥着手臂勾画着鸡笼和食槽的位置。他发现，厨房只要稍加改动就完全可以放下一组孵化器和暖棚。他当即决定要下这个地方。回伦敦的路上，他在多顿格林逗留了片刻，谈妥了一对应聘的符合条件的夫妇。当晚，他又成功分离了足量的敌大力神一号，更使他这一系列活动显得师出有名。

那对合格的夫妇注定要在本辛顿手下成为世上首对布施“神食”的人。他们看起来特别老，还特别邋遢。这第二个特点，本辛顿先生并没有注意到。要破坏人的一般观察力，搞科学实验是最行之有效的办法。他们姓斯金纳，斯金纳先生和太太。本辛顿先生在一间小屋里面试了他们。屋子里，窗户是密封的，有一个壁炉架，上面镶着一块斑驳的镜子，地上摆着病恹恹的蒲包花。

斯金纳太太是位矮小的老妇人，没戴帽子，一头脏兮兮的白发紧紧扎在脑后。一张单调的脸上几乎只看到一个鼻子，鼻子下面的牙没了，下巴也塌了，全都皱缩在一起，更突出了鼻子的唯我独尊。她穿着深蓝灰色的衣服（如果她的衣服还有什么颜色的话），衣角用红色法兰绒开了叉。她把本辛顿让进屋，小心翼翼地同他讲话，一双眼睛绕着鼻子不时地瞥他一下。她说，斯金纳先生正在换衣服。她好歹还有一颗牙，可以让她把话讲清楚。她紧握着那双长长的皱巴巴的手，告诉本辛顿，她养了好几年家禽，孵化器用得很熟，不瞒他说，他们自己曾开办过一阵养鸡场，后来因为没有学徒才败落的。“交了学费的就是学徒。”斯金纳太太说。

斯金纳先生出来了。他是个大脸盘的男子，说话咬舌，一只斜眼老让人觉得他在看你的头顶，一双开了口的便鞋倒很能博得本辛顿先生的同情。而且，他的纽扣显然不够用，他的一只手把上衣和衬衫抓在一起，另一只手的食指顺着黑金相间的桌布纹理画来画去。他的斜眼盯着本辛顿先生的达摩克利斯之剑，带着一副悲凉的超然神情说："您开饲养场就别想赚钱，实验也白搭，先生。事实就是这样。"

他说，他们可以马上动身。他在多顿格林除了干些裁缝的活，基本上无所事事。"我原以为这地方好赚钱，其实不是这样，得不偿失的。"他说，"所以，如果您方便，我们这就上门……"

不到一个礼拜，斯金纳夫妇就在饲养场安顿了下来。从黑克雷布罗临时找来的木匠一边有条不紊地议论本辛顿先生，一边竖食槽和鸡笼。

"我还没怎么了解他呢，"斯金纳先生说，"但是，我看他像个蠢家伙。"

"我觉得他好像有点不对劲儿，疯疯癫癫地。"木匠说。

斯金纳先生说："他对养鸡是一时心血来潮，噢，我的天，弄得好像天下就只有他最懂养鸡似的。"

木匠说："他看着就像只鸡，大概是因为他戴的眼镜吧。"

斯金纳先生凑近木匠，神秘兮兮地说："该死的，每天都要我们量尺寸！我的天，每只鸡啊！他还说，这样才知道它们长得好不好。什么，噢……鸡吗？该死的每只鸡，该死的每一天。”他的一只暗淡的眼睛望着远处的村庄，另一只眼睛却闪着恶毒的光。

斯金纳说完，掩着嘴笑了起来，一副斯文、刻意要感染人的样子，肩膀耸得高高的，另一只眼睛却没笑。过了一会儿，他生怕木匠没有听懂他的意思，又小声却很刺耳地重复了一遍：“每天要量鸡的个头！”

“比我们的老东家还要糟，骗你我就不是人。”木匠说。

二

实验是世上最乏味的工作（除非它变成《哲学学报》上的一篇篇报告），而且对本辛顿先生来说，为了实现他有着巨大可能性的第一个梦想的一小部分，真是旷日持久啊。他是在 10 月接手实验农场的，到了次年 5 月，成功的第一线曙光才初露端倪。敌大力神一号、二号和三号屡试屡败。实验农场闹老鼠，斯金纳夫妇惹的麻烦也不小。要让斯金纳令行禁止，唯一的办法是解雇他，那样他才会用一只干瘪的手捏捏没有刮过的下巴——他的下巴好像永远都不刮，真不可思议，居然不会显得胡子拉碴——一边用一只眼睛盯着本辛顿先生，另一只眼睛打量着他，说：“噢，照办，先生，如果您是当真的话……”

好不容易，实验成功了，喜报是斯金纳先生用纤细的字体写的一封信。

“新一窝雏鸡问世了。”斯金纳先生写道，“不大喜欢它们长的模样。个头蹿得很快——同您下指令前的上一批比大不相同，那批鸡被猫吃掉前长得很敦实，这批却长得跟蓟草似的，我从来没见过这样的雏鸡。它们啄得很凶，量个子的时候，都够到靴子头了，所以我没法量出它们的精确尺寸。它们是巨型鸡，胃口也大得惊人。我们需要马上增加谷子供应，如此吃相的鸡真是少见，胃口比矮脚鸡还大。这样长下去，足以拿出去展览，芦花洛克鸡根本就比不上它。昨晚我吓了一跳，估计那猫又钻到鸡群里去了。从窗户里望出去，我保证看见猫钻过铁丝网进了鸡笼。我出门时，那些鸡全醒着，饿得到处啄东西，却再也没见到猫。也就给它们喂了一堆谷子，把笼子关紧。是否继续按原来的安排喂食，还请指示。您拌的鸡食快用完了。我以前做布丁出过差错，所以不喜欢自己拌食。

请接受我们最崇高的致意，并请继续赐以关爱。

阿尔弗雷得·牛顿·斯金纳敬上

信尾，他提及一块混有敌大力神二号的牛奶布丁的典故，那布丁曾给斯金纳夫妇带来痛苦而又致命的打击。

然而，本辛顿先生在字里行间发现，这种旺长的形势说明，他长期以来孜孜以求的目标终于达到了。次日清晨，他在厄肖特车站下车，手提包里拎着三个密封的罐子——够肯特郡的所有幼雏鸡吃的神食。

这是5月下旬一个明媚的早晨，鉴于脚上的鸡眼好多了，本辛顿兴之所至，索性徒步穿过黑克雷布罗来到农场。总共就三英里半的路，经过公园和几个村庄，沿途是黑克雷布罗禁猎区的绿地。树上是仲春绿油油斑驳的倩影，树篱上爬满了繁缕草、剪秋罗，树林里是蓝色的风信子和紫色的兰花，到处都有悦耳的鸟鸣——歌鸫、乌鸫、知更鸟、家雀，还有很多其他鸟。公园一处温暖的角落里，欧洲蕨正在怒放，黇鹿在那里奔跑、跳跃。

凡此种种，不禁令本辛顿先生回想起早已忘怀的童年乐趣。眼前，他的发现展示出日益光明的前途，令人愉悦；在他看来，他正体验着一生中最快乐的一天。他看到阳光下沿着沙堤的小道上，在松树荫里跑来跑去的雏鸡，吃了他的食料，长得高大、结实，比许多配过种的老母鸡还大，而且还在长，身上却还没来得及褪掉嫩黄的初生羽毛，只是在背上淡淡地显出一些褐色。他知道，最幸福的一天来到了。

因为斯金纳先生催得急，他跑进了养鸡场，但靴子裂口被鸡啄了一两下，就逃出来了，透过铁丝网观察起这些怪物来。他贴紧铁丝网盯着它们的一举一动，好像这辈子从没见过雏鸡似的。

“难以想象，它们长大了会成什么样。”斯金纳先生说。

“有马那么大。”本辛顿说。

“差不离儿。”斯金纳先生说。

“一个翅膀就够好几个人吃的！”本辛顿先生说，“切成一块一块的，跟砍猪肉一样。”

“它们不会长个不停的。”斯金纳说。

“不会吗？”本辛顿说，

“不会。”斯金纳说，“我了解这些东西，它们一开始会膨胀，但不会持续。老天保佑，不会！”

停顿了一下。

斯金纳先生不无谦虚地说：“全靠管理得好。”

本辛顿突然转过身来看着他。

斯金纳先生说：“在另一个地方，我们养的鸡也差不多有这么大，我和太太。”他那一只好一点的眼睛虔诚地向上望去，让自己放松下来。

本辛顿对农场做了例行视察后，很快返回到新品种饲养场。事实上，鸡场之大，他想都不敢想。科学事业的进程如此曲折，如此缓慢。在前景毕现而现实尚未到来的时候，总是有年复一年的复杂的方案设计。而现在他们终于在不到一年的实验之后发明了神食！这好像令人难以置信——好得过头了。望梅止渴、画饼充饥一向是科学家的家常便饭，而对他来说，现在已不必如此。至少当时看来像是这么回事。他一遍又一遍地看着那些硕大无比的雏鸡。

“让我想想，”他说，“孵化出来才十天。站在一只普通鸡旁，我估计——要大六到七倍……”

“是要求加薪的时候了，”斯金纳先生对太太说，“他对我们养的鸡很满意，满意得不得了。”

他神秘地俯下身，用手遮着嘴对她说：“还不是他的鸡食。”一边喉咙里憋不住地发出低低的笑声……

本辛顿先生那天真是特别高兴，根本没心思在管理细节上挑毛病。阳光让斯金纳夫妇积久不修的邋遢样彻底露馅，本辛顿从没有像现在那样看得一清二楚。然而他说话还是客客气气的。许多食槽的篱笆都横七竖八，一点儿也不整齐，斯金纳辩解说，这是狐狸、狗还有别的小动物干的坏事。本辛顿好像也愿意相信。他指出孵化器没有打扫。

“对，先生，”斯金纳太太说，一边交叉着手臂，一边在鼻子下面不无扭捏地笑道，“自从我们来了以后，就一直没空打扫。”

他上楼去看了看那些老鼠洞，因为斯金纳称需要买捕鼠器——这些老鼠洞的确很大。他还发现，放有神食拌糠饭的房间也是一片狼藉。对斯金纳夫妇来说，破碟子、坛坛罐罐和芥末盒子都是宝贝，这些东西摊得满屋子都是。房间一角，斯金纳省下来的一大堆苹果正在腐烂。斜屋顶的钉子上挂着几张兔子皮，斯金纳打算在这几张兔子皮上小试他加工毛皮的天赋。“没有我不懂得的毛皮。”斯金纳说。

本辛顿先生对此等杂乱秩序当然嗤之以鼻，但他还是没有大惊小怪。甚至，当他发现一只黄蜂在装着不少敌大力神四号的陶罐里大饱口福时，也只是轻描淡写地提醒他们，最好把食料封存起来，以防受潮，不要这样暴露在空气当中。

继而他很快从这些东西上转开，将脑海里酝酿已久的想法说了出来。“我想，斯金纳，我要宰一只鸡作为标本。我希望我们今天下午就动手，我要带回伦敦去。”

他假装往另一只陶罐里看了一下，然后取下眼镜擦拭起来。

“我希望，”他说，“我非常希望在这个日子带回这种特殊品种的标本留作纪念。”

“顺便提一下，”他说，“没有给这些鸡吃肉吧？”

“没有，先生，”斯金纳说，“我向您保证，先生，我们熟知各种家禽的管理，绝不会做这种事。”

“你确定不会乱丢吃剩的饭菜？我想我已注意到，在食槽的另一头散布着一些兔子骨头。”

但是，他们过去察看时才发现，这些都是猫的大骨头，被啃得干干净净。

三

“那才不是鸡呢。”本辛顿先生的简堂姐说。

“如果我真看到一只鸡，我想我还是认得出来的。”简气冲冲地说。

“第一，鸡没有这般个头儿的。第二，一眼就看得出它不是鸡。

“与其说它像鸡，还不如说它像大鸨。”

“我的意见是，”赖德伍得说，他很不情愿地被本辛顿卷到这场争论中去，“我必须承认，考虑到证据确凿——”

“噢！如果你这么做，”本辛顿先生的简堂姐说，“那就是不肯正视现实了——”

“但是，说真的，本辛顿小姐——！”

“噢，接着吹！”简说，“你们男人都是一个德性。”

“考虑到证据确凿，而且它还是符合有关鸡的定义的。毫无疑问，它是异常的、过度生长的，但它还是从一只普通母鸡的蛋孵化出来的。是的，我认为，本辛顿小姐，我必须承认——在人们称呼得出的范围内，它是一种鸡。”

“你是说，它是鸡？”简说。

“我认为，它就是鸡。”赖德伍得说。

“胡扯！”简指着赖德伍得的脑袋说，“我没有耐性跟你们争。”然后突然转身，摔门而去。

“看到它，我也甚感欣慰，本辛顿。”赖德伍得待摔门的震颤渐渐逝去，又说道，“尽管它太大了。”

不等本辛顿先生请，他便坐入了靠近火炉的一张矮圈椅里。他承认自己做的一些事连非科学工作者也会认为不够谨慎。“我知道，你会觉得我太鲁莽，”赖德伍得说，“实际上，大概一个星期前，我取了一点儿——不太多，但是有那么一些——放到小毛头的奶瓶里去了。”

“可万一——！”本辛顿先生叫了起来。

“我知道，”赖德伍得说，瞥了一眼放在餐桌盘上的大鸡苗。

“谢天谢地，结果还不坏。”说着，他伸手到口袋里摸香烟。

他开始断断续续地讲出一些详情。“可怜的小家伙体重总是不增加……实在希望他能长大。温可斯，一个可怕的骗子……他是我以前的学生……很没出息……赖德伍得太太……百分之百地信赖温可斯……你知道，那家伙的样子像悬崖似的高高耸起……对我没信心，当然……教过温可斯……一般不让我进育儿室……我得采取一些行动……在保姆用早餐的时候溜了进去……拿到了奶瓶。”

“但他会长个的。”本辛顿说。

“他是在长个，上个星期他重二十七盎司……你该听听温可斯说了些什么，他说，长得好是因为管理得好。”

“天哪，这是斯金纳的话呀！”

赖德伍得又看了一眼雏鸡。“麻烦的是坚持下去，”他说，“我一个人在育儿室让他们不放心，因为我曾想绘制一张乔治亚纳·菲利斯的成长曲线。你说我怎么才能让他服第二剂神食呢？”

“需要这么做吗？”

“他哭了两天了，怎么都不肯再碰他平时吃的食物。他现在需要吃更多的神食。”

“告诉温可斯吧。”

“该死的温可斯！”赖德伍得说。

“你可以找温可斯，把神食粉给他，让他喂孩子。”

“我正打算这么做来着。”赖德伍得说，一边把下巴支在拳头上，两眼盯着炉火。

本辛顿站在那里，一边把巨型雏鸡胸前的绒毛抚平，一边说：“它们会长成怪禽的。”

“当然了。”赖德伍得说，两眼仍凝视着火光。

“像马一样大。”本辛顿说。

“比马还要大，”赖德伍得说，“那才像话！”

本辛顿背朝标本，“赖德伍得，”他说，“这些鸡会引起轰动。”

赖德伍得对着炉火点了一下头。

“天哪！”本辛顿惊叫一声，突然转过身来，眼镜一闪，“你的儿子也会如此！”

“这正是我所担心的。”赖德伍得说。

他向后一仰，叹了口气，把没吸完的烟扔进了炉火，两手深深插入裤子口袋。“我也正在想这件事，敌大力神食料将是一种很难控制的奇怪物质，小鸡的成长速率一定会——”

“如果一个小男孩也以那种速率生长……”本辛顿先生盯着那只鸡，慢慢说道。

“我是说，他会长成巨人。”本辛顿说。

“我该给他减少剂量，”赖德伍得说，“反正温可斯也会减少剂量的。”

“这个实验有点过头了。”

“确实过头了。”

“不过，我必须承认，总得有某个小毛头尝尝这东西。”

“噢，我们当然要在某个小毛头身上试试，没错。”

“的确如此。”本辛顿说着，走过来站到炉前的地毯上，摘下眼镜擦了擦。

“赖德伍得，在看到这些小鸡之前，我还没意识到我们所做的一切会成什么气候。对我来说，可能产生的后果……刚刚才露出苗头来……”

然而，即便在这个时候，本辛顿先生对小小导火线会引发怎样的地雷爆炸依然没有任何概念。

四

这事发生在 6 月初。几个星期以来，本辛顿先生因为一场严重的假想性黏膜炎，一连几个星期都没法再度造访实验农场。赖德伍得倒是去做了一次必要的蜻蜓点水式巡视。回来时，他比以前更像一位迫切的父亲了，加之孩子的生长已保持七周，持续稳定不间断……

接下来，黄蜂开始初露“蜂”芒。

这是在 7 月下旬，大约在母鸡们从黑克雷布罗逃离前的一周，第一只大黄蜂受到了处置。这件事被几家报纸披露了出来，但不知道本辛顿先生是否听到了这个消息，更不知道他是否把这件事与整个实验农场的松懈管理联系起来。

毋庸置疑的是，当斯金纳先生不断地把敌大力神四号供应给本辛顿先生的小鸡时，几只黄蜂也差不多同样勤奋地，或者说更勤奋地把同样的粉糊糊分批运给松林旁沙堤上它们的夏季幼蜂。而且，毫无争议的是，这些幼蜂与本辛顿先生的母鸡一样得益于这种食料，都在茁壮成长。黄蜂生来就比家禽成熟得早，由于斯金纳先生慷慨的粗心，各种生物也都得以共享本辛顿先生用心于母鸡身上的利益。黄蜂只是最早出风头而已。

有幸击毙第一只史无前例的怪蜂的人叫戈弗雷，是麦得斯通附近陆军中校鲁珀特·希克庄园的门卫。当时，他正在海滩边山毛榉林子里的一块空地上走，那里的欧洲蕨齐膝高，这片林地是希克庄园的一个景点。他第一眼看见这东西时肩上扛着枪——很幸运，那是一支双管猎枪。他说，因为它是逆光飞行，他看得不太清楚。黄蜂飞来时发出的嗡嗡声“跟汽车发出的声音一样”。他承认受了惊吓。这东西明显有猴头鹰那么大，甚至更大。在他这个猎人眼里，它的飞行，特别是它的模糊的、急扇的翅膀，十分古怪，一点都不像鸟类。我觉得，出于自卫的本能，加上长期以来形成的习惯，他声称他“马上开了枪”。

这诡异的经历可能影响了他的瞄准。不管怎样，大部分枪弹都打偏了，而这东西仅仅降下来一小会儿，发出生气的嗡嗡声，很快就显出了黄蜂的嘴脸，接着又飞升上去，身上的条纹在阳光下闪闪发亮。他说，它向他扑来。在距离不到二十码的地方，不管三七二十一，他用第二支枪筒开了火，然后扔下枪，跑了几步，想低下头躲开黄蜂的攻击。

戈弗雷确信，那东西在离他不到一码的地方掉在地上，拍打了一下，飞起来，又降下去，然后在三十码以外的地方滚了几下，身体挣扎着，蜂刺在最后的痛苦中戳来戳去。他把两管枪筒里的子弹全部打完才敢向它靠近。

在测量这个东西的时候，他发现，双翅展开有二十七英寸半宽，刺则有三英寸长。腹部被炸开了，与身体完全脱节。但他估计，这东西从头到刺有十八英寸——这个估计差不多是正确的。它的复眼有便士铜板那么大。

这是巨蜂们有据可查的首次亮相。次日，在塞文欧克斯和汤布里奇之间，一名自行车手正把脚搁在扶手上下坡骑行，差点轧到第二只巨蜂。那只蜂当时正要爬过马路。他的经过似乎惊起了它，于是它带着像锯木场里发出的声响飞起来。因为当时一激动，他骑着自行车跳蹿到人行道上。当他好不容易才回过头时，看到那黄蜂已升到林子上空，向韦斯特勒姆飞去。

他摇摇晃晃地骑了一小会儿就刹住车，跳下来，浑身剧烈颤抖，以致翻倒在地。他只好坐在路边，让自己镇定下来。那天他本打算骑到阿什福德，但最终还没骑过汤布里奇镇……

从那以后，令人着实奇怪的是，一连三天都没有任何有关目击巨蜂的记载。我查了气象记录，发现那些天是多云转阴，局部地区有阵雨，天冷飕飕的，这或许可以解释巨蜂暂时中断的现象。到了第四天，碧空朗朗，阳光普照，好家伙，那一大群黄蜂席卷而来，可谓世所罕见，闻所未闻。

很难猜到那天到底来了多少黄蜂，至少有五十篇文章报道了这一奇观。有一名受害者，是个杂货商，他发现其中一只怪蜂跑到糖桶里去了。就在它飞起来的时候，他急忙拿铁铲打下去，把它打翻在地。在打了几下后，正当他将其劈成两半的时候，那东西刺穿他的皮靴蜇了他一下，他是两名受害者中第一个死去的。

五十多篇文章中，最富戏剧性的莫过于一只黄蜂在正午时分造访大英博物馆的报道。黄蜂如晴空霹雳从天而降，从无数在馆前广场上觅食的鸽群中逮了一只，然后飞到屋檐上，开始悠然地吞吃猎物。吃完后，它在博物馆的屋顶上爬了一阵，从天窗上进了阅览室的圆屋顶，在里面嗡嗡地飞了一会儿，在读者中制造了一个慌不择路的混乱场面。最后，它找到了另一扇窗，就消失不见了，身后留下一片突然的寂静。

大多数其他报道描述的是黄蜂路过或者降落的情景。奥尔丁顿丘一伙人的野餐会被黄蜂搅了，所有糖果、果酱都被一扫而光。一只小狗在惠特斯特布尔遭灾，女主人眼睁睁看着它被黄蜂活活弄死，撕成肉脯……

那晚，街市里到处都听得到叫卖声，报纸上的标题栏无一例外地以最大字号登出“肯特郡出现巨蜂”的字样。不安的编辑和助理编辑们在盘旋的楼梯上跑上跑下，嚷嚷的都是黄蜂的事。赖德伍得教授在五点的时候从邦得街的学院里出来，他因为与他的委员会在小公牛的价格问题上发生了激烈争执，正面红耳赤呢。他买了一张晚报，打开一看，脸色顿时大变，什么小公牛、什么委员会，瞬间被抛在脑后。他叫了一辆双轮双座马车直奔本辛顿的寓所。

五

本辛顿的寓所似乎已经被斯金纳先生和他的声音捷足先登了，先于所有其他明智之物，如果我们可以把他和他的声音称作明智之物的话！

斯金纳声音很响，一副很生气的腔调。“先生，我们制止不住了，也不指望一切好转了，情况反而越来越糟，先生。不单是黄蜂，还有地蜈蚣，有这么大，先生。”（他指着整个手掌，外加差不多三英寸长、脏兮兮的粗手腕。）“差一点让我太太昏倒，先生。还有食槽边扎人的荨麻，先生，它们也在疯长。还有五裂叶金莲花，先生，就是我们在水槽边播种的那种，在晚上把卷须伸进窗口，先生，差一点绊到我太太的腿，先生。都是您的食料造成的。无论我们将它撒到哪里，先生，哪怕是一丁点儿，它就可以让那里所有的东西长大，先生。我从来没有想到有东西可以长这么快。我们连一个月都待不下去了，先生，我们身体吃不消了，先生。即使黄蜂不叮我们，总有一天我们也要被五裂叶金莲花搞得窒息为止。先生，您简直无法想象，除非您亲自来看看，先生——”

他把那只好一点的眼睛转向赖德伍得头顶上的檐口，“噢，先生，谁知道老鼠有没有吃过，这是我最关心的事，先生，我虽没见过巨鼠，但谁能保证呢？那只大蜈蚣就让我们担惊受怕了好几天。它们像龙虾那么大——两个龙虾，先生。还有金莲花骇人的长势。后来我听说了那些黄蜂，刚刚听说，先生，我就懂了。我不敢有丝毫耽搁，把掉了的纽扣缝上就急忙赶来伦敦了。直到现在，先生，我还紧张得要命，先生。不知道我太太有没有事，先生！金莲花到处蔓延，像蛇一样，先生，帮帮我，您得去看看，先生。完全乱套了——蜈蚣越长越大，还有黄蜂——要是出事了怎么办，先生，先生！”

“可是母鸡呢？”本辛顿问，“母鸡怎么样了？”

“我发誓，我们一直喂到昨天。”斯金纳先生说，“今天早上，我们就不敢去喂了。黄蜂的声音可怕极了，先生。它们飞过来，有十来只呢，像鸡那么大。我对太太说，你帮我钉一两颗扣子，我说，我不能就这样去伦敦。我说，我要找到本辛顿先生，我要把情况向他汇报。你在屋里待着别动，直到我回来，把窗户关紧，能关多紧就关多紧。”

“你看你这副乱糟糟、脏兮兮的样子——”赖德伍得开口道。

“噢，可别这么说，先生，”斯金纳说，“现在别说，先生，别在我这般苦恼心烦的时候说我。我太太怎么办，先生！噢，不，先生，我没有心思与您争。我发誓，先生，我没有！我满脑子只想着老鼠，我在这里，还不知道它们有没有袭击我太太呢。”

“那些美妙的生长曲线，你连一张测量图都没有做！”

“我太紧张了，先生，”斯金纳先生说，“但愿您了解我们的遭遇——我和我太太！整整一个月！我们也不知道这是怎么回事，先生，鸡长得这么大，还有蜈蚣、金莲花。不知我有没有告诉您，先生，这金莲花——”

“你全都告诉我们了，”赖德伍得说，“现在问题是，本辛顿，我们该怎么办？”

“我俩该怎么办？”斯金纳先生说。

“你得回到斯金纳太太身边去，”赖德伍得说，“你不能让她整夜一个人待在那里。”

“我可不会一个人去的，先生，我不能，就算有一打斯金纳太太我也不去。本辛顿先生必须得——”

“胡说！”赖德伍得说，“黄蜂到晚上就安静了，蜈蚣也会滚蛋的——”

“但是老鼠呢？”

“根本就没有老鼠。”赖德伍得说。

六

斯金纳先生根本不必担心，斯金纳太太那天没有坚守到底。

大约到了十一点，整个上午都在悄悄活动的金莲花开始攀过窗沿，遮住了窗口。光线越暗，斯金纳太太就越清晰地意识到，她很快将难以自保。自从斯金纳先生走后，她度时如年，早已不耐烦了。她透过不安分的金莲花卷须，从黑乎乎的窗户望出去，看了一会儿，然后十分小心地走过去打开卧室的门，听了听……

一切好像都很静，于是，她把裙子高高卷起，打了一个结，就逃往卧室，检查了床底下，然后把自己锁在屋里，以那种见过世面的女人特有的有条不紊的麻利速度开始收拾包裹，准备逃难。床没有铺，满屋子都是金莲花的残枝，这是她丈夫晚上关窗子时砍下来的。屋里的一片狼藉并没让她在意。她在一条干净的床单上打起包裹来。她拿了自己全部的行头，外加一件斯金纳在正式场合穿的平绒外套，还拿了一坛没打开过的酸菜。到现在，她这么做完全合理。但她还拿了两罐密封得严严实实的敌大力神四号，这是本辛顿先生上次视察时带来的。（她是位诚实的好女人，可她同时又是一位祖母，她眼见这一帮可恶的鸡仔长得如此有声有色，怎不妒火中烧。）

把这些东西统统打包以后，她戴上无边呢帽，脱下围裙，拿一条新的靴带绑住雨伞，在门窗边听了好一会儿，然后打开门，跨进危机四伏的世界。她胳膊下夹着雨伞，两只粗糙多节的手紧紧地抓着包裹。她戴的是礼拜天才戴的上好无边呢帽，两枝罂粟花在华彩的饰带和珠子中间探出头，似乎与她一样充满了怯懦的勇气。

她的鼻根坚定地皱缩着，她受够了！孤零零的一个人枯守那个鬼地方！如果斯金纳喜欢，尽管自己回到那里去好了。

她从前门出去，走这条路不是因为她想去黑克雷布罗（她的目的地是奇辛·埃尔布莱特，女儿就嫁在那里），而是因为后门压根儿就没法通过。自从她在金莲花根部倒翻了食料桶，这些植物就一直在疯长。她倾听了片刻，便把前门小心在身后关好。

她在房子的拐角处稍稍停步，侦察了一下……

松林外的山边有一块大面积的沙质裸岩，一眼便能看出那上面巨蜂的巢穴。她仔细看了看那个巢穴。早上的忙乱过去了，一只黄蜂也看不见。此刻，有一种声响跟松林中蒸汽锯木机的声音差不多，除此之外，一切都静止了似的。蜈蚣也不见踪影。白菜丛中似乎有什么在动，但这或许仅仅是一只正在猎鸟的猫。她盯了一会儿。

然后，她拐过房子一角，走了几步。看到关着巨型鸡的笼子，她又停下了脚步。“噢！”她叹道，一边摇头一边看着这些鸡。这个时候，它们已经有鸸鹋那么高了，身子当然更粗壮些，整个儿比鸸鹋还要大。总共五只，全是母鸡，原有的两只小公鸡已经自相残杀死掉了。这些母鸡一副萎靡不振的样子让她心软。“可怜的宝贝儿！”她一边说一边把包裹放下，“鸡没有水喝，已经一天一夜没吃东西了！平时有那么好的胃口呢！”她把一根干枯的指头放在嘴唇上，小声地自言自语。

随后，这个邋遢的女人做了一件在我看来可称为英雄壮举的善事。她在砖石路当中撇下包裹和雨伞，到井边为小鸡空空的水槽灌了满满三提桶水。就在它们争先恐后地抢水喝时，她悄悄地打开了鸡笼的门。做完这件事，她的行动变得特别灵巧起来。她捡起包裹，跨过园子尽头的树篱，避开黄蜂巢，穿过宽阔的草地，直奔通往奇辛·埃尔布莱特的弯曲小路而去。

爬山时，她已经气喘吁吁了。她走走停停，不时放下包裹喘口气，回头凝望山下松林旁的村舍。好不容易快到山顶了，她远远地看到三两只黄蜂正笨重地向西飞去，这倒为她找路帮了大忙。

她很快就走出了开阔地，进入用高高的堤岸围起的狭长通道（对她来说，这里更安全）。她登上了黑克雷布罗的小溪崖，来到丘陵草原。在丘陵草原的山脚下有一棵大树，她就在树荫下的一个栅栏上休息了一会儿。

接着，她又坚定不移地上路了。

我相信，在读者的想象中，带着白色包裹的她，就像一只直立的黑蚂蚁，匆匆沿着白色的羊肠小道前行。她在夏日正午的烈焰下，斜穿过丘陵草原的缓坡，在她那个坚定的、不屈不挠的鼻子后面奋力跋涉。无边呢帽上的罂粟花不停地颤抖，软边儿靴子粘着丘陵的尘土，愈益发白。嗒嗒嗒，她的脚步穿越凝固了的炎热空气，雨伞毅然决然、不可救药地伺机从夹着它的胳膊下滑走。她那大鼻子下的嘴角皱纹紧皱到一起，表现出极大的决心。她不是告诫她的雨伞要向上耸，就是恶狠狠地拉一把那紧紧拽着的包裹，有时还嘀嘀咕咕，想着和斯金纳争吵时要说的话。

远处，好几里路以外的地方，教堂的尖顶和一片陡坡林地不知不觉从淡蓝的天幕中显露出来，越来越清晰地标示出那宁静的角落，这便是远离尘世喧嚣的奇辛·埃尔布莱特。它丝毫没有注意到，白色包裹里的敌大力神正步伐坚决地奔向这片宁静的世外桃源。

七

据我所知，小母鸡们是在下午三点闯入黑克雷布罗的。尽管它们的到来一定会引起轩然大波，可当时没人在街上看到它们。似乎是小斯凯默斯代尔的疾呼最早宣告了事变的发生。邮局的德甘小姐正像往常一样倚窗而立，看到叼着不幸的小孩儿的那只母鸡带着猎物在街上狂奔，另两只母鸡在后面紧追不舍。要知道，这批被解放了的、运动健将般的现代母鸡脚力有多好哇！要知道，挨饿的母鸡对什么东西都会紧盯不放的。据说，这些鸡中有芦花洛克鸡，即使没有敌大力神，那也是个令人畏惧、步子强健的品种。

或许德甘小姐并没有大吃一惊。虽然本辛顿先生一直强调保密，但是斯金纳先生培养出大鸡种的小道消息还是在村里流传已久，不下好几个礼拜了。“天哪！”她叫起来，“果然不出我所料。”

她的表现还算有头脑。她一把抓起等着送往厄肖特的密封信袋，一个箭步冲出门去。几乎与此同时，斯凯默斯代尔先生在村子另一头出现了，一手拿着洒水壶的壶嘴，面色苍白。当然，不消一会儿，整个村子的人都冲到了门口和窗口。

德甘小姐手拎黑克雷布罗镇全天收寄的信件穿过马路的壮烈表演，使叼着斯凯默斯代尔少爷的小母鸡停了下来。它迟疑了一下，转身闯进了富尔彻家敞开的院门。这一下真要命，第二只小母鸡利索地蹿上来，准确地一啄，抢走了小孩，跳过墙，撞入教区牧师的园子。

“咯咯咯咯，咯咯咯咯！”跟在最后的母鸡尖叫起来。它被斯凯默斯代尔先生扔的洒水壶一下命中，乱拍着翅膀飞过格鲁太太的房舍，殃及医生的田地。与此同时，其他巨型鸡却正越过教区牧师的草坪，对叼着小孩的那只母鸡穷追不舍。

“我的老天！”助理牧师惊叫起来，也许喊了一句更有男子气的话。他也冲出去，挥着打槌球的长柄木槌，大喊着加入这一堵截。

“站住，你这狗东西！”助理牧师喊道，好像巨型鸡在生活中很常见似的。

接着，他发现拦截是不可能的了，于是便积聚全力，把长柄木槌猛地掷出去，只见木槌在离斯凯默斯代尔少爷脑袋一英尺的地方划出一道优美的弧线，穿过暖房的玻璃灯。“哗啦！”这可是个新暖房！牧师太太的美丽新暖房！

但这个举动到底把鸡给吓住了，任何东西都会被吓住的。那母鸡把猎物掉到葡萄牙月桂树丛里。（小孩总算从那里被救了出来，他衣服凌乱，除了那身质地一般的外套，身体倒没有受伤。）接着，那母鸡拍着翅膀纵身跳到富尔彻的马厩顶上，一脚踏在瓦片的薄弱处，又摔了下来，仿佛是从遥远的天外掉进了瘫痪在床的邦普斯先生沉静冥想的空间里——后经证实，无须任何吹毛求疵的人说三道四，邦普斯先生在他生命中这一关键时刻，居然在没有任何人帮助的情况下，纵身逃过整个园子，躲进房间，把门在身后插上。然后，他又立刻恢复了瘫痪状态，彻底依赖起妻子来……

剩下的母鸡被另外几个扔槌球的人截住了去路，只得穿过教区牧师的菜园，闯入医生家的地里。为了与同伴会合，第五只母鸡最后也跟上来了，由于未能成功地登上威瑟斯庞先生家的黄瓜架，正扫兴地咕咕直叫。

它们蛮有母鸡相地站了一会儿，在地上扒来扒去，若有所思地咯咯叫着。接着，一只鸡在医生的蜂房上啄了啄，然后它们一窝蜂似的启程，穿过田野，笨拙地、羽毛乱飞地向厄肖特狼奔豕突，彻底从黑克雷布罗的街道上消失。在厄肖特附近，它们还真的从一片蕉青甘蓝地里找到了相称的吃食，猛啄了一阵，饱餐一顿。直到它们的威名招来了追兵。

在这次巨禽突袭中，人们的第一反应是引发极端情绪，呐喊、奔逃、扔东西。而且有一会儿，几乎黑克雷布罗的所有男人，包括几位淑女在内，都手握各色可拍可打的器械冲到街上，令巨鸡们不得不昂首鼠窜。他们把鸡赶到厄肖特，而厄肖特正好有集市，整个镇把它们的到来视为本日锦上添花、画龙点睛的大好事。它们在芬登毕彻斯附近开始受到枪击，起初还只是打兔子的小口径枪。当然，如此大的鸡对大量小子弹都可消受，并未感到有何不便。它们散布在塞文欧克斯附近。在离汤布里奇不远的地方，有一只鸡在极度不安中咯咯地叫着沿岸逃窜，几乎跑得与河中午后刚开出的快船差不多快，甚至并驾齐驱，令船上的所有乘客大为惊讶。

五点半的光景，其中两只鸡在汤布里奇井被马戏团主设计逮住了。他在一只空笼子里撒了些饼和面包“诱鸡深入”，这笼子是一匹丧偶的单峰骆驼死后留下的……

八

当不幸的斯金纳在厄肖特跳下东南列车时，天色已近黄昏。火车晚点了，可也没太晚，斯金纳先生却非得向站长抱怨。或许，他察觉到站长的眼神里有某种意味深长的东西，于是稍稍迟疑了一会儿，然后神秘地用一只手掩在嘴边，问今天是否发生过什么事。

“你是什么意思？”站长说。他的声音硬邦邦的，语调很重。

“有没有黄蜂什么的？”

“我们没有时间考虑什么黄蜂，”站长和气地说，“你那些该死的母鸡就已经够我们受的了。”他把母鸡的消息告诉斯金纳先生，那激动的语气就好像有人可能会打破政敌的窗户一样。

“有没有斯金纳太太的消息？”一通飞短流长之后，斯金纳先生好不容易插问道。

“不用担心！”站长说，好像他未卜先知似的。

“我一定得打探明白。”斯金纳先生一边说，一边径自走开。

站长还在他身后继续对母鸡过度饲养的责任问题做总结性概括。

路过厄肖特的时候，斯金纳先生被一名烧石灰的工人喊住了。那工人从汉吉附近的矿洞来，问他是不是在找母鸡。

“有没有斯金纳太太的消息？”他问。

烧石灰的工人具体用了什么词倒无关紧要，但他对母鸡的兴趣确实溢于言表。那时夜色已深，是英国那种6月晴空下的夜色。斯金纳把脑袋探进“快活牛郎”酒吧，招呼说：“嗨，你们好，听没听说我那些母鸡的故事啊？有没有？”

“噢，可不！”富尔彻先生说，“什么故事呀，你的鸡砸破了我的马厩顶，它们还把牧师太太的暖房捣了一个窟窿——对不起，是温室。”

斯金纳走进酒吧，说：“我要一点暖和的东西，热的杜松子酒加水，够我喝的就行。”接下来，人们纷纷开始把巨型鸡的事告诉他。

“我的老天！”斯金纳先生道。

“你们有没有斯金纳太太的消息？”他停了一下，问道。

“那倒没有！”威瑟斯庞先生说，“我们还没有想到她呢。你们两个我们都没有想过。”

“你今天还没回过家？”富尔彻扶着大啤酒杯说。

“会不会有一只该死的大鸡啄了她……”威瑟斯庞先生只说了这么一句，便把恐怖的情形留给人们去想象。在那晚的与会者看来，就这么继续跟斯金纳先生扯下去，讨论斯金纳太太有没有出事，那么这多事的一天也就有了一个圆满而有趣的结局。在这个多事之秋，谁也不知道一个人会碰上什么。但是，斯金纳站在吧台边，喝着热杜松子酒加水，一只眼睛在吧台后面的货架上溜来溜去，另一只眼睛却凝目注视着绝对真理，不小心却打破了这种气氛。

“我想，今天那些大黄蜂没在什么地方惹事吧？”他问，露出一副超然物外的做作神态。

“你的母鸡已经够我们忙的了。”富尔彻说。

“我想，它们现在都该回窝了。”斯金纳说。

“什么？母鸡吗？”

“我主要还是指黄蜂。”斯金纳说。

他带着连一周大的婴儿都会生疑的谨慎神气，咬文嚼字，在大多数词语上加了重音：“我想，还没人听说过其他巨型的东西吧，比如巨狗、巨猫之类的东西。在我看来，有巨型鸡、巨型黄蜂，就有——”

他假装随便说说地笑了一下。

但是，黑克雷布罗居民的脸上顿时愁云密布。富尔彻第一个把积聚在他们头脑中的忧虑用语言表达了出来。

富尔彻说：“按照那些母鸡的生长比例，那么一只猫……”

“啊！”威瑟斯庞惊叹了一声，“如果猫也按照那种比例生长……”

“那会像老虎那么大。”富尔彻说。

“比老虎还大呢。”威瑟斯庞说。

最后，斯金纳沿着孤寂的小路，走过隆起的田野。那田野把黑克雷布罗与阴沉的、松树掩映的山谷隔开。正是在幽幽的树荫下，巨大的五裂叶金莲花默默地缠斗上了实验农场。他是独自过去的。

远远望去，可以看见他在向地平线走去，头顶是无垠的、温暖而晴朗的北方天空。此时，公众的视线依然跟随着他，只见他向下没入黑夜，沉入隐匿，好像永远不会复出一般。他从此——隐入一种神秘之中。至今没有人知道，那天他越过山顶后发生了什么。当富尔彻父子和威瑟斯庞受想象力的驱使爬上山，盯着他身后看时，夜色早已将他吞没。

三个男人站在山头，彼此靠得很近。黑沉沉的林子把农场从他们的视线中掩隐起来，那里寂静无声。

“没事的。”小富尔彻打破沉默说。

“一点灯光都看不见。”威瑟斯庞说，“从这是看不见的。”

“雾太大了。”老富尔彻说。

他们沉思了片刻。

“如果有什么不对劲，他会回来的。”小富尔彻说。这句话说得再明白不过了，于是老富尔彻说了声“好吧”。随即，这三个男人便转身回家睡觉了——必须承认，他们想得挺周到的。

那晚，一个牧羊人在哈克斯特农场附近听见一声尖叫，他还以为是狐狸。次日早晨，他的一只羊羔被杀，在被拖去黑克雷布罗的半路上，被吞吃了一半。

这个故事中最含糊不清的部分，就是找不到足以证明是斯金纳本人的遗骸！

几个星期后，在实验农场烧焦的废墟中，人们找到一件类似人的肩胛骨样的东西。在废墟的另一处，还发现一根被啃得面目全非的长骨头，同样很可疑。人们在通向奇辛·埃尔布莱特的篱笆边找到了一粒玻璃眼珠，很多人这才恍然大悟，斯金纳拥有的许多个人魅力原来缘于这件宝物。它总是那样超然物外又悲天悯人地望着世界，这对他那市侩气的面容算是一种补救。

在对废墟的奋力搜索中，还发现了两颗烧焦了外壳的亚麻布扣子和上面的金属环、三颗完整的带扣眼扣子和一个金属扣——这东西只在人类节俭的阶层中使用。这些遗物已被权威人士认定为斯金纳死亡的物证。但是要让我信服，从斯金纳特有的风格来看，我必须承认，找到的扣子该少些，骨头该多些。

玻璃眼珠看起来自然很可信，但是若真的属于斯金纳——就连斯金纳太太也不确信他那不动的眼睛是玻璃的——那么，是什么把它从水褐色变成了沉静而自信的蓝色呢？那肩胛骨是最可疑的证据，要我承认它是人的骨头，倒不如先把它和一些普通家畜身上的被啃光的肩胛骨并排放在一起比一比。

再者，比如斯金纳的靴子到哪去了？即使老鼠有变态的怪异胃口，但这些畜生也只吃了一半羔羊，然而却把斯金纳整个都吃掉了，而且从头发、骨头，到牙齿和靴子，一点不剩。这可能吗？

我详细地询问了尽可能多的熟悉斯金纳的人，他们众口一词地说，难以想象会有什么东西可以吃了他。一位住在多顿格林的W.W.雅各布先生村舍里的退休海员，以这一带并不少见的戒备、审慎的态度告诉我，斯金纳 “总会被冲上岸来的”。至于斯金纳被吞吃掉的说法，他认为纯粹是“胡扯”。他认为斯金纳在救生筏上会像在任何地方一样安全。这名退休海员补充说，他无意诋毁斯金纳，事实就是事实。他还说，与其让斯金纳为他做衣服，还不如冒险被关起来。这些评论显然认为斯金纳先生绝不是什么善类。

老实说，我不信他回到实验农场去了。我认为，他在黑克雷布罗的田野里徘徊犹豫了很久后，听到尖叫声大作，便采用最简单的方法冲破迷惘的困境，到某个地方隐姓埋名去了。

到底是销声匿迹于这个世界，还是其他某个世界，我们不得而知，但斯金纳肯定还顽强地活着，直到今天……

第三章
巨鼠

一

斯金纳先生已经失踪两天了。深夜，波德布尔纳的医生驾着轻便马车在汉吉附近出诊。为了帮助另一位无名之辈来到我们这个奇特的世界，他又是一晚没合眼。任务圆满完成了，他正睡眼蒙眬地驾着车回家。那时大约是凌晨两点，一弯残月还在升起。夏夜已经开始转凉，一层白白的雾低低地罩着地面，视野很模糊。他是孤身一人出来的——他的车夫卧病在床——车子两旁，除了马车黄色的灯光所能照出的神秘浮动的树篱之外，什么都看不见。周围很静，只有马蹄声、车轮滚动声和树篱中马车的回声清晰可辨。他的马就如他自己一样可靠，所以毫不奇怪，他打起盹来了。

你知道人坐着时断断续续打瞌睡的样子，头奋拉着，随着车轮的节奏一点一点的，下巴抵着胸，然后又突然惊醒。

啪嗒，啪嗒。

“什么声音？”

医生好像听到一声微弱的尖叫，就在附近。他清醒了一会儿，把他的马不分青红皂白地训了几句，又四下里看了看。他试图说服自己，听到的明明是远处的狐狸叫，要么就是一只小兔被雪貂逮住了。

“唏嗦，唏嗦，啪嗒，啪嗒……”

什么声音？

他觉得自己有点神经过敏，于是耸耸肩，继续策马前行。他侧耳细听，什么也没有听见。

真的什么也没有？

他有一种极其奇怪的感觉，似乎有什么东西正从树篱上面窥视他：一只奇怪的大脑袋，带着两只圆耳朵！他竭力辨视着，但什么也没看见。

“见鬼。”他自言自语道。

他坐起来，以为自己做了个噩梦，用鞭子轻轻抽了一下马，一边对它说话，一边向树篱上方张望。可是他的马车灯光在一片迷雾中什么也没帮他辨清。于是他断定，那里什么也没有，因为如果有，他的马会退缩的。即便如此，他还是感到紧张，神志完全清醒了。

接着，他非常清楚地听见一种沿着路轻轻地发出嗒嗒声响的跑步声。

他不敢相信自己的耳朵。他无法向后看，因为路那边刚好有一个大拐弯。他又抽打了一下马，并向两边扫视着。这时，他较清楚地看见，灯光下，沿着树篱闪现出一种大个动物状的曲线形的背，他说不准是什么。那动物正迅速地、震颤颤地奔跑着。

他说，他想到了古老传说中的巫术——那东西一点也不像他所认识的任何动物。他勒紧缰绳，怕马受惊。他承认，即便像他这样受过教育的人，也曾自问，那是否是一种他的马看不见的怪物。

前方，在升起的月亮下，是汉吉小村庄的剪影，愈益靠近，愈令人宽慰，尽管那儿一点灯光也没有。他抖了抖马鞭，又自言自语起来。就在一瞬间，几只老鼠猛地向他扑来！

他已经过了一道门，正在此时，最前面的老鼠跃到前面的路上，又纵身从朦胧中蹿入最明处，向他扑来。这东西长着尖尖的、恶狠狠的一张脸，挺着圆圆的耳朵，长长的身体由于跑动而显得更长。最令他震惊的是，这动物前爪上居然长着粉红色的蹼。更可怕的是，当时他根本不知道这东西到底是什么。他没有认出它是老鼠，因为它的个头太离谱了。这东西蹦到路边时，他的马跳了起来。在医生的挥鞭声和吼叫声中，小路上顿时一片喧哗。整个事件突然间就这么发生了。

哐当，咔嚓，咔嗒。

有人看见医生站在车上，大声吆喝他的马，拼命地挥着鞭。

老鼠在他的打击下向后退缩并笃悠悠地突然调转头去。在马车灯的照射下，他可以看见毛皮上的鞭痕——他一次又一次地挥鞭，没有注意、也没有意识到第二只老鼠已经绕到他的右侧。

他放开缰绳，回头看去，发现第三只老鼠紧追其后。

他的马向前飞奔起来。马车遇到车沟高高跳起。在那么疯狂的一分钟里，好像所有东西都在蹦跳……

那马最终在汉吉倒下了，这完全是凭好运，要是过了这房子或者还没到这房子附近就倒下的话，一切就可想而知了。

无人知道那马是怎么翻倒的，是被绊倒的，还是右侧的老鼠用门牙咬中它的要害（那可是用整个身体重压过去的）。另外，这医生在逃进制砖匠的屋子前，还没有发现自己被咬了。虽然他被咬得不轻，左肩被撕开长长的一条口子，像用双斧平行地砍下了两条肉，但在被咬时却根本没察觉到。

他在马车上站了一会儿，接着跳到地上，用的是脚踝，他也没有意识到，结果脚崴得很厉害。他正猛烈地向第三只正对着他扑来的老鼠挥鞭抽去。他几乎记不得当马车翻倒时，他在车轮上的那一跃，那一瞬间袭来的滚烫和迅捷的感觉能让人忘却一切。我推测，当老鼠再次去咬马的喉咙时，马用后腿直立起来，倒在一边，拖着整个车都翻倒了。医生本能地一跃而起。当马车翻倒时，车灯底座被打破，将燃着火的灯油突然泼出，砰的一声，一条白色烈焰腾空而起，搏斗随之如火如荼地展开了。

砖匠最先看见的就是这火。

他已经听见医生靠近的脚步声和狂呼声，尽管医生的记忆中没有这种意识。砖匠急忙起床，正好听见马车灯摔碎，在他挂起百叶窗时，看到一条烈焰腾空蹿起。“比白天还亮。”他说。他站起来，手抓百叶窗的拉线，瞪着窗外，面前，在他所熟悉的那条路上出现了梦魇般的场景。医生黑色的身影从火光中挥鞭跳出。掩映在光焰中的那匹马乱踢着，一只老鼠咬住了它的喉咙。在墓地围墙的阴暗处，第二头怪兽的眼睛发出邪恶的光。另一个长着红眼睛和肉色前爪的可怕黑家伙在车灯被打破的一瞬间跳过去，摇摇晃晃地抓着墙头。

你知道老鼠那副恶狠狠的嘴脸、那两颗尖尖的牙齿和冷酷的眼睛。看起来约有正常体长的六倍，在黑夜里，它更显得硕大无比。惊讶加上腾跃的火焰中跳动的想象，在砖匠的眼里，肯定是一个非常可怕的形象。而且他那时还处在半睡半醒的状态。

医生及时抓住了机会，乘起火的一瞬间，从砖匠的视线下面一闪而过，紧接着用马鞭的柄猛打砖匠的门。

砖匠把灯点着后才肯放他进门。

后来有人为此责怪他，但是在我鼓足勇气之前，不想苟同。

医生叫喊着，拍打着……

砖匠说，他把门打开时，医生已经给吓哭了。

“闩门，”医生喘着气说，“闩门。”然后就什么也说不出来了。他想去帮一把，却无能为力。砖匠已经把门牢牢地关上了，此时，他一下子瘫倒在钟旁边的椅子上，歇了一会儿，才爬楼梯。

“我不知道它们是什么！”他一遍又一遍地说，“我不知道它们是什么”。他说“什么”二字时的调子扬得尖尖的。

砖匠本来想给他拿点威士忌的，但是那时，医生不愿一个人留下，因为旁边除了一盏摇曳不定的灯外什么也没有。

砖匠花了很长时间才把医生打发到楼上。

当火熄灭后，外面的巨鼠又回来了，扑向死马，拖着它穿过墓地，进入砖场，大吃大嚼，直到天明。即便那时，也没人敢冲出去，搅了它们的大餐。

二

赖德伍得拿着三份晚报，在次日上午十一点来找本辛顿。

此时，本辛顿正在读一本书，那是一本布鲁姆顿街图书管理员所能为他找到的最适合消遣的小说。看到赖德伍得来了，他从对情节的沮丧沉思中抽离出来，抬头问：“有什么新闻？”

“在查塔姆附近有两个人被蜇。”

“他们得让我们用烟熏那个窝，真的应该这样。这是他们自己不好。”

“当然是他们自己不好。”赖德伍得说。

“购买农场有什么消息吗？”

“房屋代理人都是信口开河、榆木脑袋的东西。他们装出有买主的样子——一直是这样的，也不理解这事有多紧迫。‘这可是性命交关的，’我说，‘难道你们不明白？’他们垂着眼睛，半闭着说：‘那么你们为何不再加两百英镑呢？’我宁愿生活在密密麻麻的黄蜂世界里，也不愿向这等愚蠢无礼的花岗岩脑袋屈服。我——”

他停顿了一下，自感这样一个名言警句很有可能被其上下文给搅了。

“不能指望，”本辛顿说，“其中一只黄蜂——”

“黄蜂不会比——比房屋代理人更有公共事业意识的。”赖德伍得说。

他数落了一通房屋代理人、律师这类人，不无偏颇，有些不够理智，很多人讲起这些生意经时都免不了会有这种态度。（“在这个古怪世界的所有古怪事情中，我所能想起的最古怪的事便是：尽管人们期望从医师或士兵那里理所当然地看到荣誉、勇气和效率，但他们不仅允许，甚至希望律师或房屋代理人表现出纯粹的贪婪、油滑、刁难和无节制的低能。”）赖德伍得大发一通牢骚之后，甚感出气，走到窗前，看着斯隆街上来往的交通发愣。

本辛顿把可以想象的最激动人心的小说放到小桌上。他仔细地把手指交叉起来，看着它们说：“赖德伍得，他们有没有大肆谈起我们？”

“没有我预期的那么多。”

“他们一点也没有谴责我们？”

“绝对没有。不过，从另一方面来讲，他们又一点不支持我指出的必须采取的措施。我已经写信给《泰晤士报》，解释了事情的经过——”

“我们去找《纪事日报》。”本辛顿说。

“《泰晤士报》上有一篇关于这个主题的长篇社论，那是一篇层次很高、文笔很妙的专论，用了三个拉丁文标题。‘现状’是其一，读起来就像某位持有客观态度的要员，正受着流感头疼的折磨，在层层毛毡下面说话，无论如何也得不到一丁点儿缓解。从字里行间可以清楚地看到，《泰晤士报》认为，含糊其词是没有用的，必须马上采取措施，当然，采取什么措施还有待详述，否则会发生更多人们不愿看到的后果——《泰晤士报》专用语，指的是将会有更多的黄蜂蜇人。彻头彻尾的政客文章！”

“与此同时，巨大症正以各种丑陋的方式四处传播。”

“说得对。”

“我正纳闷呢，不知道斯金纳讲的巨鼠对不对。”

“可别，那真有点过头了。”赖德伍得说。

他走过来，站在本辛顿的椅子旁。

“顺便提一下，”赖德伍得说，声音压低了些，“她怎么样？”

他指了指关着的门。

“简堂姐？她根本不知道这回事，不会把这些事跟我们联系起来的，也不会读这些文章。‘巨型黄蜂？’她说，‘我没耐心读这些报纸。’”

“很幸运。”赖德伍得说。

“我想，赖德伍得太太——？”

“没有，”赖德伍得说，“碰巧——她现在非常担心孩子的情况。他不停地长个。”

“不停地长个？”

“是的，十天内长了四十一盎司。大约有五十六磅重了。才六个月！当然有点骇世惊俗。”

“健康吗？”

“生龙活虎啊。保姆要走了，因为他踢得太猛。当然，什么都穿不下了，衣服什么的都得重新做。婴儿车的一只轮子被他压破了，所以只能把这小子放在送奶人的手推车上带回家。是的，不少人都来围观……我们原先把乔治亚纳·菲利斯放在儿童床里，现在只好放到大床上。他妈妈——自然惊慌失措。我先是引以为豪，还想表扬温可斯，现在不了，感觉那东西不对劲。”

“我想你要给他减少剂量了。”

“我试过。”

“行吗？”

“号哭不止。一般情况下，小孩子的哭声既响亮又烦人，这么哭对他们是有好处的，但是，自从给他吃了敌大力神——”

“嗯。”本辛顿一边说，一边比先前更加与世无争地看着自己的手指头。

“现实地说，这事情总会被捅出去。人们会听到有关这个孩子的事，一旦把他与我们的母鸡等联系起来，整个事情就会让我妻子知道……她会怎么看待这事，我真是一点儿概念都没有。”

“如此一来，”本辛顿先生说，“制订任何计划都会难上加难的。”

他摘下眼镜，仔细地擦拭。

“那又是一件麻烦事，”他总结道，“就像最近发生的所有事一样。如果我斗胆使用‘科学界人士’这个词的话，我们的工作当然总是为了得到一个理论上的结果——纯理论结果。但是，我们也会连带启动某些新的力量。我们绝不能控制它们，而其他人则无法控制。现实地说，赖德伍得，现在那东西我们也无法控制了。是我们供应的原料。”

“而他们得到了经验。”赖德伍得说着，转身看向窗外。

“至于肯特郡的麻烦，我也不打算再为它烦恼。”

“除非他们来烦我们。”

“没错。让他们去跟律师、讼棍、法律障碍和愚蠢秩序的重大考量搅在一起吧，直到一些新的庞然大物、害人精品种确立起来。世上的事从来都是纠缠不清的，赖德伍得。”

赖德伍得用手在空中划了一条扭曲交织的线。

“而目前我们真正的兴趣是你的公子。”

赖德伍得转过身，走近合作伙伴，盯着他看。

“你觉得他怎么样？本辛顿，你可以比我更超脱地看待这桩事情。我该拿他怎么办？”

“继续喂他。”

"用敌大力神？"

"用敌大力神。"

"他会接着长。"

"他会接着长。根据我对母鸡和黄蜂的计算，他可以长到三十五英尺[1]高，身体各部位比例谐调。"

"然后他会怎样？"

本辛顿说："这正是整件事情有意思的地方。"

"去你的，该死！想想他穿的衣服吧。"

"长大以后，"赖德伍得说，"他只会成为矮人国中一名孤独的格列弗。"

本辛顿先生金丝边镜框上方的眼睛显得意味深长。

"为什么会孤独？"他说道，接着又更有深意地重复了一遍，"为什么会孤独呢？"

"你不会是想——"

"我是说，"本辛顿先生像说了金玉良言似的俨然一副怡然自得状，"为什么会孤独呢？"

"你的意思是可以让其他孩子也吃？"

"我只是问问，没别的意思。"

赖德伍得开始在房间里踱步。"当然喽，"他说，"不过话又说回来，我们图个啥？"

本辛顿显然欣赏他那种高级知识分子的矜持："赖德伍得，

1　三十五英尺，约十一米。

我最感兴趣的是他身体最上部的脑袋，依我看，也会比我们高出三十五英尺左右……怎么啦？”

赖德伍得站在窗口，注视着街上推过的卖报车上的新闻标牌。

“什么东西？”本辛顿站了起来，又问了一句。

赖德伍得惊叫起来。

“怎么啦？”本辛顿说。

“买份报纸去！”赖德伍得走向门边。

“干什么？”

“买份报纸去，有条消息——我没看清——巨鼠！”

“巨鼠？”

“对，巨鼠。斯金纳到底还是说对了！”

“你什么意思？”

“我不看报纸怎么会知道？大老鼠！天哪！他是不是被老鼠给吃了？”

他环顾四周，想找帽子，但最后还是决定光头出门。

他两步并作一步冲下楼来，只听到盲流报贩们在沿街奔走疾呼，一片喧哗。

“肯特郡发生恐怖事件！肯特郡发生恐怖事件喽！老鼠……吃了医生。恐怖事件——恐怖事件——老鼠——巨鼠吃人了。详细报道——恐怖事件。”

三

著名的土木工程师科萨尔在公寓大门口找到了他们，赖德伍得手持潮乎乎的粉红色报纸，本辛顿正踮着脚在他的背后看。科萨尔是个大个头，嶙峋的四肢不怎么好看地安置在身体上较为便利的角落，一张脸就像一件刚雕了没多久就遭遗弃的作品，因为整件雕塑实在令人失望，以至无须去完成。他的鼻子好像被揍扁过。下巴比上唇还凸出。他的喘气声很粗。还没人觉得他长得端正。他的头发前冲，声调很尖，不大说话，常常是一副骂骂咧咧的样子。他不分场合地穿着灰布外套，头戴一顶丝绸帽子。他的红色大手伸进深不可测的裤兜，付了车钱，气喘吁吁地冲上楼，手攥着一份粉红色报纸的中段，活像闪电的形状。

“斯金纳呢？”本辛顿说，没理会他的靠近。

“没有他的消息，”赖德伍得说，“肯定是被吃掉了，夫妻俩都是。太可怕了……喂！科萨尔！”

“这是你弄的东西吗？”科萨尔扬扬报纸问。

“嗨，可不可以别干了？”他质问道。

“不可以！”科萨尔说。

“买下那地方？”他嚷嚷着，“简直有病！烧了还差不多。我知道你们这些家伙会乱来的。你们要怎么办？好吧，让我来告诉你们！

“你们？要做什么？当然啦，到街上枪店去，为什么？去弄枪！对了——只有一家枪店。搞它八支枪！步枪。不是猎象枪——

不行，太大了。不是军用步枪——太小了。就说为了杀——杀牛，要杀野牛！懂啦？啊？老鼠？不！他们怎么会理解呢？我们需要八支枪！多搞点子弹。千万别只买枪不买子弹——不！用出租车把货物运到——什么地方来着？厄肖特？那就运到查令十字站吧。有火车——呃，两点钟以后的第一班火车。你能办到的？好吧。执照？当然是去邮电局搞八份喽。叫作持枪证。不是打猎玩。干什么？是巨鼠，笨蛋。

“你——本辛顿，有电话吗？有。我会给伊令的五个朋友打电话的。干吗五个？因为就要这个数字！

“你去哪儿？赖德伍得。买帽子！乱弹琴。戴我的。你们需要的是枪，朋友，不是帽子。有钱吗？够吗？好吧。再见。”

“电话在哪儿？本辛顿。”

本辛顿顺从地转身领路。

科萨尔用完电话，放回原处。“现在，要对付黄蜂。”他说，“用硝石和硫黄。显而易见，熟石膏。你是搞化学的。我从哪儿可以弄到整吨的硫黄，用容易搬运的口袋装的？干什么用？哦，老天保佑我的心，还有我的灵魂！——当然是熏黄蜂窝。我猜一定要硫黄，对吗？你是化学家。硫黄是最好的，对吗？”

“没错，我想硫黄可以。”

“没有更好的办法了吗？”

“对，这是你的事。可以吧。能找多少硫黄就找多少，还有硝石，这样就烧得起来。发出了吗？到查令十字站。现在就去。

看着他们干。后续要跟上。还有别的吗？”

他想了一会儿。

“熟石灰——什么灰泥都可以——把黄蜂窝封堵了——堵住洞穴——知道不？最好能有那个。”

“要多少？”

“要多少什么？”

“硫黄。”

“成吨的。明白吗？”

本辛顿用那只下决心的手颤抖着把眼镜戴牢，简短地说了声：“对。”

“口袋里有钱吗？”科萨尔问。

“别用支票。他们可能不认识你。当然用现金。你存款的银行在哪儿？好吧。半路停一下，取四十英镑——纸币和金币。”

又沉思了片刻，科萨尔说：“如果我们让政府官员来插手此事，整个肯特郡就会被搞得一塌糊涂。现在，还有——别的吗？没有！喂！”

他向一辆出租车伸出一只大手。车子颤抖着，迫不及待要拉上他。“要出租车吗？先生。”司机问。“当然。”科萨尔说。本辛顿还没有戴上帽子就迅速下了楼梯，想上车。

“我想，”他手扶车挡板，突然抬头看看自家公寓房间的窗户，“我应该告诉简堂姐——”

“你回来以后有的是时间告诉她！”科萨尔说着，用大手推着他的背，把他塞进出租车……

“聪明的朋友，”科萨尔说，“竟然一点儿主动性也没有。还简堂姐呢！我认识她。见鬼，这些简堂姐们！满世界都是她们。我想，我已经整夜不得安宁了，还要看着他们做自知早就该做的事。不知道是研究还是简堂姐让他们变成这副模样的？”

他丢开了这个含糊不清的问题，看着表沉思了一会儿，断定正好有时间到餐馆吃午饭，吃完午饭再找熟石灰，带到查令十字站也不迟。

火车三点零五分开，他差一刻三点到达车站，发现本辛顿正在外面忙于斡旋两个警察和他雇的汽车司机之间的争吵，而赖德伍得则在行李托运处解决托运弹药的费解技术问题，大家都装作一窍不通，或者无权决定。东南部的官员就喜欢这一套，因为他们逮住了匆忙赶路的你，你急他不急。

“可惜他们不能把全部官员都换掉。”科萨尔叹道。可是时间太短，无法涉及根本性的变革了，科萨尔快刀斩乱麻地把这些细枝末节的事端统统处理完，又从某个阴暗的角落挖出一个身份不太明确的火车站站长，拖着他到处下达站长指令。然后，在该官员完全清醒之前，把人和物品统统弄出车站上了车。这官员最后才意识到，刚才的所为违背了神圣的规章制度。

“他是谁？”这位高级官员问，揉着被科萨尔抓过的手臂，眉头上打着结，嘴巴上却在微笑。

“他是一位绅士，先生。”一名行李员应道，“反正，他和他的那批人都是坐头等车厢的。”

“嘿，我们让他和他的东西走得怪快的——不管他是谁。”这高官带着某种类似满意的表情按摩着手臂。

他慢慢地踱回去，在不适应的阳光下眨着眼，走向那个体面的退隐处，查令十字站的高级官员们就是在此躲过大老粗们的软磨硬泡的。他还在为自己少见的劲头而微笑。尤其令人欣喜的是，尽管他的胳膊都僵硬了，至少刚才的事情说明，他还有潜力可挖。他希望某些令人讨厌的、只知夸夸其谈的铁路管理评论家能看到刚才发生的勤政事例。

四

当晚五点，这位令人惊叹的科萨尔不慌不忙地做好了与来自厄肖特的反叛巨物一决高低的所有物资准备，踏上了通往黑克雷布罗的路。他带了两桶石蜡、一捆从厄肖特买来的干柴、许多袋硫黄、八杆大猎枪加弹药、三台带小弹丸的轻型后膛炮——对付黄蜂用的，一柄短柄小斧、两把钩镰、一把鹤嘴锄、三把铁铲、两卷绳索、若干瓶啤酒、苏打水和威士忌、十二打袋装老鼠药和够三天吃喝的冷食，统统已从伦敦运达。这些东西是用运煤车和运稻草车以最有条理的方式运来的，只有枪支和弹药是塞在“红狮”四轮游览轻便马车的座位底下运过来的。坐在这辆马车上的是赖德伍得和五位精干的帮手——他们应科萨尔的召唤特地从伊令赶来。

科萨尔处理所有这些事务都带着一种无往不胜的姿态，尽管厄肖特正闹巨鼠恐慌，所有车夫不给加报酬就不去，但他依旧泰然自若。店铺全部休市，街上人迹难觅。即使狠狠敲门，打开的也只是窗。不过他似乎觉得，从窗户里做买卖完全符合规矩，是不言自明的办法。他和本辛顿总算谈妥了一辆“红狮”单匹马拉的车，与四轮轻便马车一同上路，去追行李车。过了交叉路口不远他们就追上了，所以首先到达黑克雷布罗。

单匹马拉的车上，本辛顿坐在科萨尔旁边，膝盖间夹着一杆枪，心里萌发出一种蕴藏已久的惊诧。毫无疑问，科萨尔说得对，他们所做的一切明摆着都是早就该做的事。只是人们很少做显而易见的明白事。他的视线从邻座的脚扫及他紧握缰绳、青筋暴起的手。科萨尔显然从没有驾过车，他受自己某种显而易见但又非同寻常的智慧驱使，让马车一直在阻力最小的路当中行走。

“为什么我们都不去做明摆着的事呢？”本辛顿想，“如果人们都能这么做，这世界将会有怎样的进步！奇怪，为什么我不去做这些明知该做的事，比如我一心想做的事。是否每个人都这样，还是就我特别？”他陷入对“意志”这个问题的模糊思辨。他想到复杂而有序的日常生活多么无聊，与之相对照，那些显而易见的明白事、那些美妙而辉煌的事，却在某些不可思议力量的影响下，永远都不让我们做。简堂姐？他想，在这个问题上，简堂姐以一种微妙而复杂的方式显示了她的重要。毕竟，为什么我吃喝、睡眠、一直单身，去东不往西，全都要听简堂姐的呢？她变得具有象征意义，却还是那么不可捉摸！

一段栏杆和一条穿过田野的小路引起了他的注意，让他觉得那个明媚的日子仿佛就在昨天，可在感情上却又是那么遥远。那天他从厄肖特走到实验农场去看巨型鸡了。

命运真会捉弄人。

“驾，驾，”科萨尔催促着马，“快跑。”

这是一个炎热的下午，一丝风都没有，路面上积着厚厚的尘土，附近看不到人。公园的栅栏外，鹿群在深深的宁静与安详中吃草。他们看到一对大黄蜂就在黑克雷布罗外围糟蹋一丛醋栗，还有一只正在村子街头的一家小杂货店门前爬上爬下，想找一个入口。隐约可见那杂货商在屋内，手握一杆老式鸟枪，观察着黄蜂的努力。赶轻便马车的车夫在快活牛郎酒吧外停住车，告诉赖德伍得，他的生意就做到这里为止。争论中，运煤车和运草车的车夫也加入进来。他们不但坚持自己不再前进，还拒绝让他们的马把别人带得更远。

“那些老鼠见了马就跟疯了一样。”运煤车车夫不停地念叨。

科萨尔面对争论沉思了一会儿。

“把东西从轻便马车上卸下。”他吩咐道。他带来的人中，一个个子很高、长相秀气却很邋遢的工程师听从了他的命令。

“把那支猎枪给我。”科萨尔说。

他走到车夫中间，“我们没想让你们驾车过去。”他说。

“你们爱怎么说，就怎么说。”他让步道，“可是，我们想要你们的马。”

他们又争了起来，但他只管继续说。

“如果你们敢动手，我会为了自卫打断你们的腿。这些马都要继续赶路。”

他算是把这事给了结了。“弗莱克，到轻便马车上去。”他对一位瘦长而结实的小个子说，“布恩，上运煤车。”

两个赶车的大吵大嚷起来。

赖德伍得发话了：“你们对雇主已经尽责了，就在这个村子住下吧，等我们回来。看我们带着枪，没人会怪罪你们的。我们不想做不道义的事，也不想动用暴力，只是这件事情太紧急了。别怕，如果你们的马有什么不测，我会赔钱。”

“就这样吧。”科萨尔说，他一般很少给人承诺。

他们把轻便马车留下，除了驾车的以外，全部人员改为步行。每个人肩膀上都扛着一杆枪。这是英国的乡村小路上最奇怪的一支小探险队，那情形倒更像以前印第安人时代美国的北方佬向西部迁徙。

他们一路前行，刚一登上篱笆边的坡顶，实验农场就映入了眼帘。他们发现，那里已经有一小群人，带着几杆枪。他们当中有富尔彻父子，还有一个是从梅德斯通来的陌生人，他站在人群前面，正在用观剧望远镜审视这个地方。

这些人转过身来，盯着赖德伍得的队伍。

“有什么新鲜事？”科萨尔说。

“黄蜂不停地来回飞，”老富尔彻说，“看不清它们搬了些什么。”

“五裂叶金莲花已经长到松树林里去了。”拿观剧望远镜的男子说，“早上还没到那里呢，眼看着它在长。”

他取出一块手绢，非常仔细地擦拭着物镜。

“我猜你们要去那里。”斯凯默斯代尔鼓起勇气说。

“你去吗？”科萨尔说。

斯凯默斯代尔好像很犹豫。

“这可是要干通宵的。”

斯凯默斯代尔决定不去。

“附近有老鼠吗？”科萨尔问。

“今天早晨有一只在松林里，想来是在抓兔子。”

科萨尔稍显懒散地赶上队伍。

本辛顿觉得，实验农场是自己一手办起来的，现在总算可以衡量神食的力量了。他的第一个印象是，那房子比他记忆中的要小，小多了。第二个印象是，房子和松林间的植物都已变得特别大。水井上的棚顶只有透过足有八英尺高的草丛才依稀可见。五裂叶金莲花把烟囱包起来了，顽固的卷须大有直攀云霄的态势。它的花朵嫩黄片片，一英里以外的地方依然清晰可辨。一条粗大的绿蔓缠绕着巨型鸡食槽的庞大的铁丝笼，相互交织的叶茎向上直冲两棵大松树。在车棚后面蔓延的荨麻丛足有松树一半高。当他们走得更近时，整个景象越来越像一群小矮人袭击一个大花园角落里废弃的娃娃屋。

他们看见黄蜂窝附近呈现一片来回飞舞的繁忙景象。一群黑影在松林后面红褐色小山前的上空交错，不时会有其中一只，以难以置信的速度冲上天空，追索远方的某个猎物去了。嗡嗡声在离实验农场半英里的地方就可听到。有一次，有黄条纹怪物向他们降落下来，悬浮在半空中用它那大复眼观察了他们一会儿。但是科萨尔放了一枪，它又飞走了。右边，在田里的一个角落，有几只黄蜂在残留的骨头上爬来爬去，这可能是老鼠从哈克斯特农庄拖来的羊羔遗骸。马匹离这些畜生越近，就越显得不安。这支队伍中，没有一个是驾车的好手，他们只得在每匹马前安排一个人，用吆喝声抚慰它们。

他们走近农舍，一只老鼠也没见到，除了从黄蜂窝传来的此起彼伏的嗡嗡声，一切都悄无声息。

他们把马牵进院子，一个科萨尔的人见门开着——门的整个中部已经被啃掉了——便走了进去。当时，没人留意到他，其他人都在忙着卸石蜡筒，直到听到一声枪响和子弹的呼啸声才意识到他脱队了。“砰！砰！”两枪。他的第一枪好像打穿了装硫黄的桶，桶的另一边迸裂出一块木条，空中到处弥漫着黄色的尘埃。赖德伍得手里一直握着枪，向从他面前跃过的一个灰色东西开了火。他只看到那东西宽大的后臀，有鳞片的长长的尾巴和长长的后脚爪，他又开了一枪。就在这畜生在拐角处消失时，他看见本辛顿倒下了。

有这么一会儿，每个人都忙于开枪。在这三分钟内，实验农场里的生命是廉价的，空气中充斥着枪声。赖德伍得情急之下顾不得本辛顿了，冲过去追击老鼠，却迎头被一大堆砖块、灰泥、石膏和腐烂的板条碎片击中，这些东西是一粒打穿墙体的子弹造成的。

他跌倒坐在地上，手上、唇上都是血，一片寂静将他笼罩起来。

接着，屋内有一个浑厚的声音叹道："见鬼呀！"

"喂！"赖德伍得喊道。

"喂，这儿呢！"声音答应道。

"伙计们逮到它了吗？"那声音又说。

一股对友谊的责任感又回到赖德伍得身上，"本辛顿先生受伤了吗？"他问。

屋内的人没听清楚。"如果不怪我，就没有人可以怪了。"

赖德伍得越来越清楚了，他一定打中了本辛顿。他忘了自己脸上的创伤，起身回到屋内，发现本辛顿正用手捂着肩膀坐在地上。本辛顿从眼镜上方看过来。"我们打中它了，赖德伍得。"他说，"它向我扑过来，把我撞倒了。但我也让它吃了两枪，我的天！它肯定把我肩膀弄伤了！"

这时门口出现一个人。"我有一枪打中了它的胸口，另一枪打中了它的肋部。"他说。

"马车在哪儿？"科萨尔出现在一丛巨大的金莲花叶子中间，

问道。

令赖德伍得惊奇的是，首先没有人被打中。其次，那矿车和马车已经移动了五十码，现在停在那边，轮子相互卡住了，陷在斯金纳家面目全非的菜园中。马匹已经不再乱撞。路中间，被击中的硫黄桶躺在地上，一股硫黄烟尘升腾在空中。他向科萨尔指出这点，并向硫黄桶走去。“有人看见那只老鼠了吗？”科萨尔跟在后面喊道，“我有一枪打中它的肋间，当它扑向我的时候我打中了它的脸。”

他们正在为卡住的车轮发愁时，有两个人跟了上来。

“我把那老鼠给毙了。”其中一个人说道。

“他们拿下它了吗？”科萨尔问。

“吉姆·贝茨在树篱后面找到了它。它转过拐角的时候被我撞上，朝它的肩部后面开了一枪……”

当一切又稍稍恢复平静时，赖德伍得走过去，凝视着那具难看的巨大尸体。这怪兽侧面倒着，身体微曲，啮齿伸出在后缩的下颚外，使得面部呈现一种极度的虚弱、淡淡的渴望，好像一点都不凶猛可怕。它的前爪让人想起细长枯瘦的手。除了脖子两边各有一个圆圆的边缘烧焦的弹洞以外，这东西毫发无损。赖德伍得沉思了片刻，最后转身说：“这里一定有两只老鼠。”

“是的，可那只人人都向它开火的老鼠——却溜掉了。”

“我肯定，我自己的那发子弹——”

一根金莲花叶子的卷须，正沉浸在找寻附着物的神秘追索中，那是它的本职工作，它迷人地向赖德伍得的脖颈弯下来，他赶紧躲开。

远处的黄蜂窝传来“嗡嗡”的声响。

五

这突发事件令这支队伍警觉起来，但并没有惊慌失措。

他们把储备物搬进屋，这屋子在斯金纳太太逃离后显然遭到过老鼠的洗劫，四个人把两匹马赶回了黑克雷布罗。他们把死鼠拖过树篱，放在窗子的视线内，然后在沟里不经意地遭遇一群巨型蜈蚣。这些生物迅速四处逃散，但是科萨尔伸出猿臂长腿，用靴子和枪托弄死了几条。两个人砍掉了五裂叶金莲花的几条主要枝干——都是很粗的圆柱体，直径达几英尺，从后面的洗手盆边上长出来的。科萨尔这时在整理屋子，为夜晚的来临做准备，而本辛顿、赖德伍得和一名助理电工则在养鸡场小心翼翼地寻找鼠洞。

他们远远避开巨荨麻，因为这些粗大的植物有足足一英寸长的毒刺。绕过被啃得散了架的篱边阶梯，他们突然找到了巨鼠洞最西端的巨大洞口，一股强烈的恶臭从深处冒出。他们纷纷到洞口边一字排开。

“但愿它们能出来。”赖德伍得说，回头瞥了一眼水井上的小棚屋。

"如果不出来呢——"本辛顿说。

"会的。"赖德伍得说。

他们想了一会儿。

"如果我们真的要进去，还得赶做几支火炬。"赖德伍得说。

他们穿过松林，走上一条白沙小路，看到黄蜂洞，马上停了下来。

太阳要下山了，黄蜂都乖乖地往窝里赶。翅膀在金色的夕阳下产生耀眼的旋转光晕。三个人在树下往外窥探——他们不愿意走到林子的边缘——看着巨大的昆虫降落，爬一会儿后钻进巢中。"从现在起，它们会安静几个钟头。"赖德伍得说，"感觉又回到了孩童时代。"

"我们不会找不到这些洞的，"本辛顿说，"即使在黑夜里。对了，光源的问题——"

"今天是满月。"电工说，"我查过了。"

他们回去与科萨尔商量。

科萨尔说，明摆着的，他们必须在黄昏之前，把硫黄、硝石和熟石膏运过林子。为此，他们要把这些东西散装，一袋袋地搬运。除了一开始喊了几声命令外，他们都一言不发，随着黄蜂窝的叫声渐渐消失，整个世界一片寂静，只有脚步声、负重的人们粗粗的喘气声和一袋袋东西落地的砰砰声。他们全体参与这项劳动，轮流作业。只有本辛顿先生置身事外，他显然身体不适。他在斯金纳先生的卧室，拿着一杆来复枪站岗，观察着死鼠遗骸。

其他人则轮流休息，保证每次都有两个人在监视荨麻丛后的鼠洞。荨麻的花粉囊已经成熟，他们的警戒不时地要被这些植物开裂的声音惊动，花囊崩裂的声音活像手枪的开火声，大号铅弹一样的花粉粒嗒嗒地撒在他们四周。

本辛顿先生坐在窗边的一张扶手椅上。椅子是用硬马毛填充的，椅套很脏，多年来给斯金纳的起居室增添了一点儿社会地位。他那还没使惯的来复枪靠在窗台上，他的眼睛时而关注着越来越深的夜色中那黑黑的大块头死鼠，时而绕着它浮想联翩。室外有一股淡淡的石蜡味，一只箱子裂开了，这种气味儿与砍下踩碎的金莲花所发出的怪味混合在一起；屋内，他掉过头的时候可以闻到一股淡淡的混杂的家居气息，有啤酒、奶酪、烂苹果的气味，还有旧靴子这种主调气味。所有这一切使人回忆起消逝的斯金纳一家。本辛顿对着这间屋子看了一阵。家具已经一片狼藉，或许是某个好奇的老鼠所为。门背后衣钩上的外套、一个刮胡刀、几片肮脏的纸屑和一块经久不用的硬邦邦的肥皂，都弥漫着斯金纳鲜明个性的印迹。本辛顿的脑海里忽然闯入一个离奇的想法：这个人十有八九是被吃掉了，至少吃掉了一部分，被躺在黑夜里的那个死怪兽当饭吃了。

想一想，那些看似无害的化学发现竟然导致了这样的后果！

此时此刻，他身在自己的国家，亲切的英格兰，却又身处险境，带着枪独自坐在暮色中破败的房子里，远离各种舒适的条件，他的肩部被枪的后坐力震伤得厉害，还有——我的天！

他这才领悟到，整个世界对他来说发生了怎样翻天覆地的变化。他径自加入这次奇特的探险，连句话都没来得及跟简堂姐说！

她会怎么看待他呢？

他试着去设想，却做不到。他强烈地感觉到，他们要从此永诀了。他觉得已经一步跨入了一个新的、无边的世界。在这不断加深的阴影下，难道不会隐藏着其他什么怪兽……巨大的荨麻刺又黑又尖，直刺向西边淡绿色和琥珀色相间的天空。万籁俱寂，简直是死寂。他纳闷，怎么听不到有其他人在房子外边。马车棚下的阴影现在犹如深不可测的黑洞一般。

砰砰……砰砰……砰砰。

一串回音和一声大喊。

随后，很长一阵没有声音。

砰砰，回音渐弱。

寂静。

接着，谢天谢地！赖德伍得和科萨尔从无声的黑暗世界里走出来了，赖德伍得在喊"本辛顿！"

"本辛顿！我们又猎到了一只老鼠！"

"科萨尔又猎了一只老鼠！"

六

这支探险队稍事休整之后，夜色已深，正是星星最亮的时候，汉吉方向的白光通报着月亮的露面。老鼠洞继续处于严密监视之下，只是岗哨换到鼠洞上方的山坡上去了，想必那是更安全的开火点。他们蹲坐的地方露水很重，只好用威士忌驱赶潮气。其他人在屋内休息，三位首领正与队员们商量晚上的工作。已近午夜，月亮升高了，从沙丘背后露出来。除了鼠洞的岗哨，所有人都出发了，在科萨尔的带队下排成一路纵队，向黄蜂窝靠近。

就捣毁黄蜂窝而言，他们发现要完成任务简直易如反掌——没想到这么容易。除了时间更长一些，并不比捅普通黄蜂窝更费事。当然，生命危险是有的，但危险并没有真的在这个不祥小山坡上露头。他们把硫黄和硝石填入，把黄蜂窝洞塞得严严实实的，点燃了导火线。然后，在一种共同的冲动的支配下，除了科萨尔，所有人都转身向松林长长的阴影逃离。他们发现科萨尔落下了，就在一个一百码远的山丘上停了下来，以一道壕沟作为掩护。只过了一两分钟，这个黑白分明的月夜就充满了黄蜂嗡叫的闷响，这声响不断提高，混合成一种怒吼、一种深沉丰厚的音调，达到顶峰后，慢慢消失。夜晚又重新恢复了宁静。

“我的天！”本辛顿用几近耳语的声音说，“成功了！”

所有人都定住了似的站着。松林的阴影像黑色的针绣花边镶在山坡上，那上面跟白昼一样明亮，像白雪一样没有颜色。洞里的凝结石膏也在真切地闪光。科萨尔松散的身影向他们移动过来。

“目前为止——”科萨尔说。

“啪——砰！”

房子附近传来一声枪响，接着又是一阵寂静。

“什么事？”本辛顿问。

“可能是一只老鼠探出头了。”一个人说。

“啊呀，我们把枪留在山坡上了，”赖德伍得说，“在袋子旁边。”

大家又向山坡方向走去。

“肯定是老鼠。”本辛顿说。

“明摆着。”科萨尔说，一边啃着指甲。

“砰！”

“喂？”一个人说。

突然传来一声喊叫，两声枪响，夹着一声疾呼，简直就是尖叫，接着又是连续三枪，还有木头破裂的声音。所有这些声响在夜晚无边的寂静中既清脆又细微。有那么一会儿，除了鼠洞方向隐约传来细小的骚乱声外，什么声音也没有，但是，又响起一声狂呼……大家飞奔过去取枪。

两声枪响。

本辛顿发觉自己手里握着枪，跟在几个向回撤的背影后面，急速穿过松林。奇怪的是，这时本辛顿的意识中最强烈的想法居然是希望简堂姐能看见他。他那鼓鼓的裂口靴子在大步流星中飞舞，脸扭曲成一个永久的微笑——为了把鼻子耸了起来，好让眼镜不往下掉。在斑驳的月光下，他一边飞速向前赶，一边笔直地向前端着枪口。这时，之前跑过去的那人迎面向他们跑来——他手里的枪不见了。

“喂！”科萨尔抱住他问，“怎么啦？”

“它们一起出来了。”那人说。

“老鼠吗？”

“是的，有六只。”

“弗莱克在哪里？”

“倒下了。”

“他说什么？”本辛顿气喘吁吁地赶上来问，没人答应他。

“弗莱克倒下了？”

“摔倒了。”

“它们一个接一个地冲出来。”

“什么？”

“冲出来了。我先开了两枪。”

“你把弗莱克留下了？”

“它们向我们扑过来了。”

“快来！”科萨尔说，“你和我们一起来。弗莱克在哪里，指给我们看。”

整个队伍又向前进发。先前跑来的那人边走边报告了更详细的情况。除了科萨尔在前面领路外，其他的人都拥着他。

“它们在哪儿？”

“可能回洞里去了。我打光了枪弹，它们就向洞里窜。”

“什么意思？你追它们去了？”

“我们下到鼠洞旁边。看见它们出来的，你知道，就想截断它们的退路。它们像兔子一样摇摆着出来。我们跑下去，开了枪。第一声枪响后，它们乱窜开来，突然，向我们冲来——居然向我们冲了过来。”

“有几只？”

“六七只。”

科萨尔把队伍带到松林边缘，停了下来。

“你是说，它们把弗莱克抓住了？”一个人问。

“有一个老鼠扑到了他身上。”

“你没开枪吗？”

“怎么可能？”

“大家子弹都上膛了？”科萨尔回头甩过一句话。

大家纷纷检查确证。

“但是弗莱克——”有人说。

“你的意思是——弗莱克——”另外一个人说。

“我们没时间了。”科萨尔说，一边领路一边喊，“弗莱克！”整支武装向鼠洞挺进，刚才逃离现场的那人排在队伍的后面。他们走过丛生的、异常高大的野草，绕过第二只死鼠的尸体。队伍拉成一串，每个人都枪口朝前，借着月光密切注视着周围有无什么蜷缩的、蹲伏的不祥之物。他们很快找到了逃跑那人丢弃的枪。

“弗莱克！”科萨尔喊，“弗莱克！”

“他跑过荨麻丛的时候摔倒了。”丢了枪的那人主动说。

“在哪儿？”

“在那边。”

“在哪儿摔倒的？”

那人犹豫了一下，便领着他们穿过长长的阴影，走了一阵后，他审慎地转身说：“我想是在这里。”

“但是，他现在不在这儿了。”

“不过，他的枪——”

“该死的！”科萨尔骂道，“统统都到哪儿去了？”他一个箭步跨进山边那笼罩着鼠洞的阴影，站定后瞪着洞。接着，他又骂开了。“难不成它们把他拖进洞去了——！”

于是，他们待在原地，互相交换着支离破碎的想法。本辛顿挨个看着这些人，眼镜像钻石一样闪亮。随着勇士们把脸转向或转离月亮，面部表情也在冷峻的清朗与神秘的暧昧之间不断切换。每个人都说了话，但没有一句话是完整的。突然，科萨尔选定了行动方针。他胳膊挥到这里，挥到那边，像发射子弹一样快速地发布命令。很显然，他需要灯火。于是，大家都向房子挪去，除了科萨尔。

“你要钻鼠洞？”赖德伍得问。

“明摆着。”科萨尔说。

他再次申明，去把马车和矿车上的灯给他送过来。

听清他的意思后，本辛顿就向井边的小路走去。他回头看了一眼，只见科萨尔巨大的身躯特别醒目，好像他正对着鼠洞沉思。

见此情景，本辛顿停了下来，半转过身。他意识到，他们都在离开科萨尔而去——

科萨尔想必能够照顾自己吧！

突然，本辛顿看见了什么东西，他顿时感到喘不过气来，不禁喊了一声“啊！”

瞬间，三只老鼠从黑色的缠绕着的金莲花后面向科萨尔蹿了过来！在几秒钟里，科萨尔一点也没有意识到它们的出动，但接着他就成了世界上最机灵的人。他没有开枪。很明显，他根本没有时间瞄准。本辛顿看见，他躲开一只向他扑来的老鼠，用枪托对着它的后脑勺猛击过去。怪兽跳动了一下，就倒下了。

科萨尔趴了下去，淹没在细长的野草中，接着又冒了出来，向另一只老鼠冲去，枪在头顶上挥舞着。本辛顿听到隐约的一声喊叫，他感觉到剩下的两只老鼠分散逃逸，科萨尔紧追不放，直逼老鼠洞。

整个场面看起来是迷雾中的各种叠影，三个搏斗着的怪物在迷幻的清澈月光下变得夸张，不真实。一会儿，科萨尔的身影极其巨大，一会儿，他又不见了。老鼠突然闪过眼前，猝不及防地一跳，抑或是挥腿飞快地奔跑起来，脚下像装了轮子。只过了半分钟，一切就都结束了。只有本辛顿目击了整个经过。他听到，身后的人还在继续往屋里走去。他喊了一句口齿不清的话，就向科萨尔奔去。这时，老鼠已经不见了。他在老鼠洞外面靠近科萨尔。月光下，科萨尔脸上的阴影透露出一种平静。“喂！”科萨尔说，“都回来了？灯在哪里？老鼠现在都回洞里去了。我把其中一只老鼠的脖子给打断了，就在它跑过我身边的时候……瞧！在那里！”科萨尔用瘦削的手指指着。

本辛顿惊讶得说不出话来……

灯的送达好像变得遥遥无期。终于，它们出现了，飘摇的黄色火光后面首先是一眨也不眨的发亮的眼睛，后来，眼睛不时地眨动着，接着又出现了两盏灯。旁边是小小的身影和低微的声音，接着是庞大的阴影。这支队伍成了月光下巨大的梦幻之乡上的一处亮点。

“弗莱克，”那些声音喊，“弗莱克。”

这时，从这些声音中传出一句：“弗莱克把自己锁在阁楼里了。”

科萨尔表现得越来越出色。他拿出一大团棉絮，把自己的耳朵给堵上了——本辛顿不知所以。然后，科萨尔给枪装上四分之一的弹药。谁能想到这是要干什么？科萨尔脚蹬皮靴向中心洞口迈去，随着两个靴底渐渐消失，本辛顿的惊奇之感达到了极点。

科萨尔趴在地上，下巴下面束着一条带子，身体两侧各拖着一杆枪。他最信赖的助手，一个神色严肃的黑皮肤小个子弯着腰紧跟其后，在他头顶上高举着一盏灯。一切都安排得合情合理、一目了然、妥当周密，一切又如同一名狂人的梦。看来，那棉絮是为了防止在山洞里来复枪声对耳朵的冲击。他的助手也塞了一些。显然，只要老鼠尾巴对着科萨尔，他是不会有什么危险的；

如果它们正对着他冲过来，他可以对着它们的眼睛中间开火。由于老鼠得穿过管道到达洞口，科萨尔几乎就没有打不中的。科萨尔坚持认为，这是明摆着的方法，很管用，可能有点烦琐，但是完全有把握。在那个助手弯腰跟进洞的时候，本辛顿看到，麻绳团的末端已经系在他外套的下摆上了。有了这个，如果需要把鼠尸拖出洞，就可以牵绳子了。

这时，本辛顿发现自己手里正握着某样东西，那是科萨尔的绸帽子。

怎么会在我手里的？

不管怎样，这都是科萨尔的纪念物啊。

每个相邻的洞口都站着一小队人，放在地上的灯把洞照得亮亮的，一个人半跪着，举枪瞄准着前方的圆洞，等候任何可能出现的东西。

悬念没完没了的。

接着，他们听到科萨尔的第一声枪响，像矿井里的一声爆炸。

每个人的肌肉和神经都紧张起来，砰！砰！砰！老鼠落荒而逃，又有两只老鼠死了。拿着绳团的人报告说，拉绳索了。“他已经宰了一只。”本辛顿说，“需要绳子。”

他看着绳子慢慢送进洞，黑暗中，那绳子仿佛有了生命，宛如一条缓缓爬行的蛇。终于，绳子不动了，停了好一阵。接着，在本辛顿看来最离奇的怪物从洞里慢慢爬了出来，仔细一看，原来是那个小个子工程师倒退着出了洞。在他后面，犁出了条条蛮深的沟，科萨尔的靴子伸了出来，接着，是他那被灯光照亮的背脊。

现在，只剩下一只老鼠活着了，这头可怜的、死到临头的坏东西畏缩在最隐蔽的深处，直到科萨尔和灯光再度光临，把它也给收拾了。最后，科萨尔像雪貂一样搜了一遍洞穴内的各个通道，确保已经把巨鼠赶尽杀绝。

“我们消灭它们了。”最后，科萨尔对目瞪口呆的同伴说道，“要不是我一时糊涂，肯定就赤膊上阵了。看看，摸一下我的袖子，本辛顿！都被汗浸透了。哎呀，很难考虑得面面俱到。只有半瓶威士忌才能让我不得感冒。”

七

在那个美妙的夜晚里，本辛顿多次觉得，他这辈子就是受自然的安排来历险的。这种感觉在他猛喝了一口烈性威士忌的一个小时左右尤其强烈。“不回斯隆街了。”他向那位英俊而又肮脏的高个子工程师吐露道。

“你不回去了？”

“绝不。”本辛顿含糊地点点头说。

奋力把七只死鼠拖到荨麻丛边的火葬地，让本辛顿着实出了一身大汗。科萨尔指出，威士忌让他的身体总算有了明显的反应，让他免于一场感冒。大家在古老的砖砌厨房里狼吞虎咽地吃了一顿晚餐。一排死鼠靠着鸡食槽躺在外面的月光下。休息了半个多钟头后，科萨尔又把他们都叫起来，去完成未尽的劳作。“明摆着，”他说，“必须把这个地方清理出来。没有垃圾，就没有丑闻。明白了？”他激劝伙伴们进行彻底的清理。他们打碎、砍断了房间里的每一段木头，在所有长着超大植物的地方都放上了一排木柴。他们给死鼠做了一个火葬柴堆，还添加了石蜡。

本辛顿干起活来像一名认真却不熟练的工人。快到两点的时候，他干劲十足，达到了最高兴奋点。在摧毁一切的善后工作中，他挥舞着斧子，足以把最勇敢的邻居给吓跑。之后，他清醒了一点儿，因为一时丢了眼镜。后来人们替他在外套的侧袋里找到了。

人们在周围来回奔忙着，这是一群满身污垢、生气勃勃的人。科萨尔在他们中间，宛若神明。

本辛顿对于这种战友情谊满心欢喜，那是快乐的军队、艰苦的远征中才有的——在过着城市生活的干巴巴市民中从没有发现过。后来，科萨尔把本辛顿的斧子拿走了，布置他搬木头，他来回跑着，一边喃喃地说，他们都是“好哥们儿”。本辛顿不知疲倦地干着，直到干不动为止。

终于，一切准备完毕，开始倒石蜡。月光此时已经罩住了暗淡天色中捧月的群星，在晨曦中斜挂在头顶。

“统统烧了。”科萨尔踱着步说道，“把地上的一切都烧掉，知道吗？”

这时，本辛顿注意到科萨尔的表情，在黎明的鱼肚白下显得格外憔悴和可怕。此时，他正匆忙地走过去，下巴前冲，手里握着火光摇曳的朽木火把。

“走开吧！”有人拉拉本辛顿的手臂说。

没有鸟儿歌唱的寂静的清晨突然之间充满了嘈杂的噼啪声，有一条暗红色的火焰正沿着柴堆基座蹿出，接近到地面时，火又变成了蓝色，然后开始蔓延上去，一片树叶接着一片树叶，一直烧到一丛大荨麻的主干上。在一片噼啪声中似乎可以听到某种歌声……

他们从斯金纳起居室的角落拿起枪，开始纷纷撤离。科萨尔迈着沉重的脚步跟在后面。

接着，他们站定，回头遥望实验农场。整个农场沸腾了。烟雾和火焰升腾着，像惊慌的人群，从门窗、房顶千百个破裂的缝隙中蹿上来。一根巨大的烟柱直冲云霄，喷着血红的火舌，四射着烈焰。它像个巨人，突然站立起来，拼命向上舒展身体，又突然把巨臂在天空中伸开。它驱散了黑夜，完全挡住了火焰后面正在升起的太阳的灿烂光辉。整个黑克雷布罗马上觉察到了这股巨大的烟柱，居民们走出家门，随意地套上衣服，爬到山顶上，注视着他们的到来。

身后，这烟柱就像巨大的蘑菇云扶摇直上，使山丘变得低矮，所有的物体显得十分渺小。在画面的前景中，闹剧的制造者在科萨尔的带领下正疲惫地前进，八个小黑影肩扛枪支，跋涉穿过了草原。

本辛顿回头一看，疲惫的脑袋里回荡着一句熟悉的套语，是什么来着？“今天你点亮了——”“今天你点亮了——”

此刻他想起了拉蒂默[1]的话。“我们今天点亮了英格兰蜡烛，无人可以将它扑灭——”

科萨尔真是个人才，没错！本辛顿端详着他的背影，为曾替他拿过帽子而自豪。非常自豪！尽管自己是一名杰出的学者，但对方才是个实践家。

突然他感到浑身一抖，拼命地打哈欠，只求自己能躲在斯隆街公寓暖和的被窝里。他的双腿成了棉花束，脚板像灌了铅。哪怕想起简堂姐也无济于事。不知道在黑克雷布罗，谁会给他们泡咖啡。他已经有三十三年没有熬夜了。

八

正当这八个冒险家在实验农场外围与巨鼠搏斗的时候，九英里外的奇辛·埃尔布莱特村有一个大鼻子老太太也在晃悠悠的烛光下苦苦奋斗。一只粗糙的手抓着一把开罐刀，另一只手拿着一罐敌大力神，想尽办法要打开它。她不遗余力地努力着，每一次做出新的努力都哼一声，单薄的隔墙那头又传来卡多斯家小毛头的哭声。

“老天保佑小宝贝。”斯金纳太太说着，以一种决绝的态度用仅剩的一颗牙咬紧嘴唇，叫了声“开！”

这时，只听见“呲”的一声，新的神食释放出来了，巨人的能量洒向了人间。

---

1 拉蒂默（约1485—1555），英国新教高级教士、殉道者。

第四章
巨婴

一

至少得有一阵子，实验农场的残局怎样扩展，将不再是我们的叙事中心——巨大的能量，从真菌、伞菌到青草、野草，从烧焦的但还不是彻底清除了的中心传播开去，整个过程着实花了些时间。我们也不会费篇幅来冗述那些悲哀的童身老母鸡，那两只幸存的、大出风头的母鸡是如何在没有鸡蛋的寡居中度过了余生。读者如果对此细节感兴趣，不妨参见当时的报章或者现代《记录天使》庞大的、事无巨细的文档。我们关注的依然是本辛顿先生，他是骚动的中心。

本辛顿回到伦敦后，发现自己成了赫赫名人。对于他，一夜之间，整个世界都变了。每个人都了解。简堂姐好像了如指掌似的，街上的人也了如指掌，还有报纸，只多不少。当然，去见简堂姐是件可怕的事，但是，事情过去之后，也不过如此罢了。在事实面前，这位好女人的力量也是有限的。简堂姐明显地已经说服自己去接受神食是万物自然发展的产物。

她采取了怨愤但忠于职守的态度。很明显，她高度反对神食，但她没有禁止它。她一定已经考虑过本辛顿的逃离，这件事也许使她受到了震动。她现在仅仅是抱怨，说本辛顿得了感冒——其实他根本没得；说他太过劳累——其实他自己早已忘记了疲惫。她还给他买了一种新式的保健全毛连体内衣。这种内衣很容易卷住，里外乱翻，并且对于一个心不在焉的男人，穿进去就像进入社交场一样困难。所以，在一段时间里，这种宽松的氛围给他带来了闲暇，他就仍然继续参与开发人类历史上这个新元素，即神食。

公众自有一套令人费解的遴选规则，他们已经选定本辛顿为这一奇迹的唯一发明和推广人。赖德伍得的名字连提都没提到。他们竟也容忍科萨尔凭其自然冲动而退隐到非常充实而又默默无闻的生活中去，一点儿反对都没表示。在本辛顿先生意识到这些事情的动向之前，他已经被晒在广告牌上剥光解剖了。他的秃顶、奇怪的粉红肤色和金丝边眼镜也已变成国宝。年轻人不容分说，带着貌似颇为昂贵的大照相机和一种全权代表的姿态，占据了本辛顿的公寓，以求片刻富有成果的留影。他们的闪光灯频频作响，最后屋子里弥漫着浓郁而不可忍受的雾霾，一连几天经久不散。

满载而归后，他们拍的本辛顿先生的传神全身照马上就充斥了报业辛迪加杂志的版面，本辛顿先生在照片上很自在，穿着不算太好的夹克，脚上是开口的布靴。说一不二的追星族各种年龄、性别的都有，他们逛进本辛顿的公寓，告诉他一些有关“旺发食品”的事，这是《笨拙》周刊发明的对神食的叫法，后来竟又变成本辛顿在接受采访时的原创。这东西令明星幽默家伯劳比姆颇感烦扰。他嗅出又一件自己无法理解的混账玩意。为了“好好把此物嘲笑一番”，他烦躁得要命。有人看见他泡在各个俱乐部里，那张不太健康的脸上明显看得出开过夜车，整个一副笨拙样，他对每一个他能强留长谈的人解释说：“你知道，这些所谓的科学家，没有一点幽默感。事情就是这样。科学——把幽默感扼杀了。”他对本辛顿的打趣后来变成了恶毒的诽谤。

一个进取心十足的剪报机构给本辛顿寄来了一篇有关他的长篇报道，是从一张六便士的周报上剪下来的，题目是《一种新的恐怖》。剪报机构向本辛顿提出，给一个畿尼就可以向他提供一百篇类似的文章。两位本辛顿根本不认识的绝色小姐上门来看他，与本辛顿喝茶，后来还给他送来她们的出生证，请他在上面签名，简堂姐恼怒地说不出话来。对这些事本辛顿很快变得麻木了。公共媒体把他的名字与那些自相矛盾的观点联系起来，有关旺发食品和他自己的评论文章，被他从没听说过的人用亲密无间的口吻炮制出来。在他默默无闻的时候或有的幻想，以为名望能带来多大的愉悦，此时被彻底而且永远地粉碎了。

起先，除了伯劳比姆，舆论的基调还是没什么敌意的。在公众意识中，敌大力神会再度泄漏似乎最多只是一个玩笑似的假设。他们似乎并没有意识到，用这种食品喂养的、正在长个子的一小群婴儿将很快蹿得比我们任何人都要高。令公众愉悦的，只是讽刺大政客用过旺发食品后的漫画，以此为创意的一些广告以及一些有启发性的展览。比如，逃离火葬的死黄蜂尸体和劫后余生的巨型母鸡。

除此之外，公众舆论根本就不在意，直到费了九牛二虎之力才让他们注意到更为长远的后果。即便那时，舆论还是缺乏全面采取行动的热情。公众说："新事物是层出不穷的。"老百姓看多了新奇的东西，以至于哪怕听说地球被分裂开了，也会权当分开一个苹果一样，一点儿不会觉得稀奇。还说："我倒想看看，他们下一步要干什么？"

但是，在公众之外毕竟还有一两个人富有远见，而且他们似乎被自己的展望吓了一跳。这里面，有年轻的凯特汉——裴特斯通伯爵的表兄，英国最有前途的政治家之一。他甘冒被当作追星族的危险，写了一篇文章，登载在《十九世纪以后》这家期刊上，建议完全禁用这种食品。除此之外，陷入了某种情绪的本辛顿也有此想法。

"他们好像一点儿没有认识到——"他对科萨尔说。

"是的，他们没有。"

"我们呢？有时，我不禁要考虑这样下去的意义，赖德伍得那个可怜的孩子——当然，你的三个……四十英尺高了，可能……不管怎么说，我们还要继续研制这种东西吗？”

“继续！”科萨尔喊道。由于太过吃惊，他的身体在颤抖，很不雅观，嗓门也尖得出奇。“当然要继续啦！”你以为来到世上是干什么的？等着吃闲饭？

“后果严重。”科萨尔尖声说，“当然！非同小可。明摆着嘛。兄弟，这是你能看到重大结果的唯一机会！你倒想开溜！”他一度气得说不出话来。“简直邪门至极！”他终于说出口了，咆哮着反复嚷嚷，“邪门！”

但如今本辛顿对实验室里的工作已经是情绪多于热情。他说不清自己是不是希望生活里有一些重大的结果。他生性喜欢恬静。当然，那发现是很神奇的，可是——他已经拥有了黑克雷布罗附近好几英亩烧焦的、业界不看好的地产，他每英亩花了近九十镑。有时他不禁想，对于任何没有野心的人来说，这已经是搞理论化学所能得到的最重要的结果。他当然很出名，简直不能更出名了。他所得到的名气，不再令人满意，反而过犹不及。

但他的研究习惯根深蒂固。

偶尔，主要是在实验室里，他会发现其他的动力，胜过习惯和科萨尔的敦促。这位戴眼镜的小个子，把开了口的靴子裹在高脚凳的腿上，手里捏着天平砝码的镊子，不时会重现少年时的憧憬，感觉到种在他脑袋里的种子在永恒地伸展发芽。他仿佛看到在空中，在现世各种奇闻和偶发事件的背后，有即将到来的巨人世界，而巨能物体已经轮廓初现——恍惚而壮丽，如同远处一束阳光掠过时，突然出现的一座金碧辉煌的宫殿。然而，他很快就会意识到，前方除了险恶的影子、大片的斜下坡和无尽的黑暗，他将什么也看不见。冰冷、野蛮、可怕的巨型怪物正在向他招手，远方的美景仿佛从来没有在脑海中出现过。

二

在错综复杂、毫无头绪的一桩桩事件中，在为本辛顿先生带来名气的宏大的外部世界里，有一个出挑的活跃人物开始变得引人注目，在本辛顿先生眼里，他几乎成了这些外部事物的领袖和统帅。他就是温可斯博士，一位令人信服的年轻执业医生在本故事中已经出现过了。那时，赖德伍得就是通过他把神食喂给儿子。在事情闹大之前，很明显，赖德伍得给他的神秘粉末就已经大大引起了这位绅士的兴趣，而在第一批黄蜂出现的时候，他已经有了合理的推断。

他是这样一种医生，在举止、德行、方法和仪表上，都可以最简洁明了地用“有前途”这个词来形容。他个子高、皮肤白，有一双严厉、警觉、肤浅、银灰色的眼睛，头发像石灰泥。五官长得整齐，刮得很干净的嘴边肌肉棱角分明。身子挺拔，动作敏捷，步子灵活而富有弹性。他穿长礼服，系黑色丝绸领带，佩纯金的袖扣和表链，他的丝绸礼帽有特别的造型和帽檐，使他看起来比任何人都更明智、更帅气，既年轻又老成。继神食第一次爆发后，他就开始亲近本辛顿、赖德伍得和神食，带着一种不由人不信的神食所有者的姿态，以至于连本辛顿有时候都倾向于认为，他才是整件事的原创发起者，尽管报界的说法正好相反。

当本辛顿暗示说，如果神食进一步散失将会非常危险时，温可斯说："这些事故没什么，发现压倒一切。好好开发，妥善处理，合理控制，我们就——我们的这个食品是大有可为的……我们得注意着……不能再让它失控，而且——我们不能就此罢休。"

他当然不肯罢休。他几乎天天来本辛顿家。本辛顿从窗口瞥一眼，就可以看见这位无懈可击的追随者，一路小跑过了斯隆街。不消一会儿，温可斯就动作轻盈、快捷地进了屋，整个房间就好像只有他了。他会拿出某张报纸，提供一些小道消息，再发表一些评论。

"我说，"他会搓着手说，"我们进展得如何了？"就这样进入了讨论。

"你知道吗？"比方他会这么说，"凯特汉在教会组织上谈论我们的东西呢。"

"天哪！"本辛顿说，"他是首相的表弟，对吗？"

"是的，"温可斯说，"他是个很有能耐的小伙子——很能干。可惜没用在正道上，你知道，他极端反动——但是又非常有能耐。他显然想利用我们的东西。他很起劲，大谈我们那个在小学里应用神食的建议——"

"在小学里应用神食的建议！"

"我在前几天谈起过这个建议——只是顺便提起而已。我想说明，这东西确实非常有好处，一点也没有危险，第一次只是出了些小事故罢了。这些事故不可能再发生了。你知道，这肯定是相当不错的东西——但他抓住了这个话柄。"

"你怎么说的？"

"根本没说什么。但是，你可以发现——他抓话柄的用心很险恶。把这个话题当作攻击武器。他说什么即便没有神食，小学也已经浪费了公众不少钱了。他又说起钢琴课之类的老生常谈，你知道的。他说，没人希望妨碍下层阶级的孩子们去获得适合他们条件的教育，但是给他们这样一种食品，则会完全破坏他们对比例的认识。他借题发挥。他问，让穷人长到三十六英尺高，这样做有什么好处？你知道，他真的相信，他们会长到三十六英尺高。"

"他们是会这么高的，"本辛顿说，"如果你定期给他们用我们的神食。可没人说——"

"我说了一些。"

"可是，我尊敬的温可斯——"

"他们当然还要长高，"温可斯打断说，好像无所不知的样子，打压着本辛顿不成熟的想法，"无可辩驳的，长得更大。可你听听他说的那叫什么话！这样会让孩子们更快乐吗？这是他的论点。奇谈怪论，不是吗？这样会让他们更出色吗？会使他们对合法当局更加尊敬吗？这样对孩子们公平吗？奇怪，反正一涉及任何将来的安排，他们这种人动不动就要搬出公正不公正的道理。他说，即使是现在，孩子们的吃穿就已经让他们的大多数家长应付不过来了，如果这种事情得到允许呢！嗯？

“你看，他把我的一个随口提起的建议，变成了一项明确提案。接着，他计算说，一个正在长身体的二十英尺左右高的少年，买一条裤子需要多少钱。好像他真的相信似的——他估计是十英镑，可避免衣不遮体。这个凯特汉真是个怪人！这么具体！他说，那些诚实的辛苦奋斗着的纳税人将不得不因此增加负担。他说，我们必须考虑到家长的权利。文章全在这里，有两个栏目呢。还说什么每个家长有权把其子女按自己的身材大小抚养长大。

“接下来，他又说到校舍问题，放大课桌和校服也要让我们已经负担过重的国立学校来承担，这样做又是为了得到什么？——一群饥饿的巨人无产者。文章的结尾是一段很严肃的文字，说即使这个疯狂的建议——你看，这只是我随口一说的一个想法就这么被歪曲了——这个关于学校的疯狂的建议终成泡影，事情还不算完。这是一种奇怪的食品，奇怪得在他看来简直到了邪恶的地步。他说，这种食品被随意地散布，而且还有可能被再次散布出来。一旦吃了它，就会像用了毒品一样，必须一直吃下去。总之，他提议成立一个‘国家保护事物合理比例协会’。很奇怪，是吧？人们发疯似的盯住这个主意了。”

“但是，他们建议怎么做呢？”

温可斯耸耸肩，摊出手来。“成立一个协会，”他说，“然后大惊小怪。他们想把敌大力神的制造打成非法——传播这种知识也非法。我已经写了些东西，表明凯特汉关于那东西的想法是十足的夸大事实，真的非常夸张，但是好像还没法制止他。奇怪，人们怎么反对起神食来了。顺便说一下，国家节制协会已经成立了一个节制生长分会。”

“嗯。”本辛顿说，一边摸着鼻子。

“痛定思痛，这样的喧嚣是肯定会有的。表面上看，那东西确实——触目惊心。”

温可斯在房间里踱了一会儿，犹豫了一下，就离开了。

很明显，他心里藏着什么，对他来说至关重要的东西，要伺机亮出来。一天，赖德伍得和本辛顿都在公寓里时，他透露了一点他的保留节目。

“一切进展得如何了？”温可斯搓着双手问。

“我们在拼凑一篇报告。”

“给英国皇家学会？”

“没错。”

“嗯。”温可斯很深沉地说，一边向壁炉前的地毯走去，“但是——问题是，你们应该吗？”

“我们应该——什么？”

“应该发表吗？”

“我们又不是生活在中世纪。”赖德伍得说。

“我知道。”

“就像科萨尔说的那样，交流智慧——这是真正的科学方法。”

“在多数情况下当然是，但是——这次不一样。”温可斯说。

“我们应该把一切以适当的方式报告给皇家学会。”赖德伍得说。

在说了点儿别的后，温可斯又不失时机地回到了这个话题上。

“从很多方面来讲，这都属于无与伦比的发现。”

“那也没关系。”赖德伍得说。

“这种知识很容易被滥用——引起极大的危险，就像凯特汉说的那样。”

赖德伍得一时无言。

“哪怕是不小心，你知道——”温可斯说，“如果我们建立一个由可以信赖的人组成的委员会，对旺发食品——应该是敌大力神的生产进行控制，就可以——”

他停顿了一下。赖德伍得内心不快，假装看不出他有任何盘问的意图。

尽管温可斯受到的教育不完整，但是在赖德伍得和本辛顿的公寓以外，他还是成了旺发食品的首席权威。他写信为神食的应用辩护；他撰文写稿，解释神食的各种可能用途；在科学和医学协会的会议上，他不合时宜地跳出来大谈神食；他几乎成了神食的化身。他出版了一本手册，叫作《旺发食品的真相》。他在那里面，把黑克雷布罗事件的影响淡化到好像什么也没发生一样。他说，“说旺发食品会让人蹿到三十英尺高是荒唐的，明显在夸大其词。当然，它会让人们变大一些，但也仅此而已……

在本辛顿和赖德伍得的小圈子里，温可斯更是明目张胆、急不可耐地希望充当制作敌大力神的助手，而且积极帮助校对关于本主题可能撰写的任何论文的清样——他为了能深入到配制敌大力神的细节中去，可谓千方百计。他不停地告诉两位科学家，他是如何如何感觉到神食有多重要，有极大的潜力，只要它们——“受到某种方式的保护”。终于有一天，他索性要求，把神食到底是怎么做的向他和盘托出。

“我一直在考虑你说的话。”赖德伍得说。

“那么？”温可斯兴高采烈地说。

“这种知识很容易被滥用。”赖德伍得说。

“但是还没看到它如何被滥用了。”温可斯说。

“有这种情况。”赖德伍得说。

温可斯盘算了一两天，然后来找赖德伍得说，他怀疑，是否应该把他根本一无所知的粉末给赖德伍得的小毛头吃；这对他来说，非常像在背黑锅。这句话令赖德伍得陷入沉思。

“你们看见了，全面抑制旺发食品协会声称，他们有数千名会员。”温可斯换了个话题说，“他们起草了一项议案。由年轻的凯特汉负责递交——他乐意之极。他们是认真的。他们正在成立地方委员会，并以此影响候选人。他们想把未经特别许可就制造、囤积敌大力神入刑，给任何不到二十一岁的人施以旺发食品——他们是这么称呼神食的，你知道的——都属于无法保释的重罪。还有一些附属的社会团体，你知道，什么人都有。他们说，古代身材保护协会将请弗雷德里克·哈里森[1]先生参加理事会。他已经为此写了一篇文章，文章说，神食这种东西很粗俗，与孔德[2]学说中的‘人性启示’格格不入。哪怕在18世纪最糟糕的时候也不会制作这种东西。孔德脑袋里想都没有想过神食——这足以说明神食有多邪恶。他说，真正理解孔德的人是不会……”

“你的意思该不会是——”赖德伍得说，出于对温可斯的鄙视而警觉起来。

“不可能他们说什么就做什么，”温可斯说，“然而舆论归舆论，选票是选票。大家都看得出你们在干一件令人不安的事。而人的本能是对抗这种变化的。好像还没人相信凯特汉的话，他说人能长到三十七英尺高，那样人就进不了教堂、会议厅，也进不了任何社会的或人类的公共机构了。尽管他们说对此不信，但心里总不那么舒服。他们认为有某些东西属于非同一般的发现。”

赖德伍得说：“是有，每个发现里都有。”

“不管怎样，他们开始变得烦躁。凯特汉不断地唠叨说，如果这东西再度失控，结果将不堪设想。我反复强调，说这是不可能的，不会的。但是——他还是老腔调！”

温可斯满房间转了一阵，好像想再次涉及有关神食秘密的话

1 弗雷德里克·哈里森（1831—1923），英国实证主义法学家、史学家。

2 孔德（1798—1857），法国实证主义哲学家。

题，接着，他改变了主意，就走了。

两位科学工作者面面相觑。有一会儿，只有他们的眼睛在说话。

“实在没办法的话，”赖德伍得终于以竭力平静的口吻说，“我会亲手喂神食给我的小泰德。”

三

没过几天，赖德伍得打开报纸，看到了首相许诺要针对旺发食品成立皇家专门调查委员会。他立刻拿着报纸跑到本辛顿的寓所。

“我觉得，温可斯在玩花样。他在迎合凯特汉。他一直在谈论这东西，谈论下一步会怎样，他还警告别人。如果他继续这样下去，我真的相信，他会妨碍我们的研究。甚至现在就已经如此了——我家小孩的麻烦——”

本辛顿希望温可斯没有如此。

“你有没有注意他是如何不知不觉地把神食叫作旺发食品的？”赖德伍得说。

“我不喜欢这个名字。”本辛顿说，往眼镜上方瞥了一眼。

“这个名字恰如其分——对温可斯来说是这样。”

“他干吗老是说个不停？这又不是他的发明！”

“这东西叫旺发，”赖德伍得说，“我不明白。即使这不是他的发明，每个人也已经开始以为是他的了。重要的还不是这个。”

“如果这个无知的、可笑的辩论开始变得——认真起来……”本辛顿发话了。

“我儿子没有这东西就活不了。”赖德伍得说，“现在，我也不知道怎么办了。实在没办法的话——”

这时，一阵轻快的跳跃的声响宣告温可斯的到来。他搓着手出现在房间中央。

“我希望你能敲门。”本辛顿说，从金丝边镜框里恶狠狠地瞪了他一眼。

温可斯一副很抱歉的样子。接着他转向赖德伍得说：“很高兴能在这里找到你，事情是这样的——”

“你看到有关皇家专门调查委员会的报道了吗？”赖德伍得打断他的话。

“看到了。”温可斯挺挺胸说。

“你怎么想？”

“好事一桩啊！”温可斯说，“准保可以让大多数的叫嚣停止，让整件事情可以自由讨论，让凯特汉闭嘴。但这还不是我来这儿的目的，赖德伍得，事情是这样的——”

“我不喜欢这个皇家专门调查委员会。”本辛顿说。

“我保证不会有事的。我可以这么说——我觉得这不算是泄密——很可能，我在这个委员会里有一个位置——”

“嗯。”赖德伍得看着炉火说。

“我可以让整件事情理顺。首先，我可以阐明这东西是可以控制的；其次，黑克雷布罗事件这样的灾祸如若再度发生，简直就是奇迹。这些正是需要做的，一种权威性保证。当然，我可以说得更有自信一点，如果我知道——我只是顺便说说而已。现在，还有一件小事，我想求助于你们。嗯哼，事情是——我是说，我正好碰到一个小困难，你们可以帮我。”

赖德伍得耸起眉毛，暗自高兴。

“这事情可是——高度机密的。”

“说下去，”赖德伍得说，“这个你不用担心。”

“最近，我被托付了一个孩子——一个高贵的人的孩子。”

温可斯咳嗽了一下。

“进展不错。”赖德伍得说。

“我必须承认，这是因为你的神食粉，还有我对贵公子的成功调养使我名声远扬——我不能隐瞒，社会上对食用神食还存在一种强烈的抵触。然而，我发现，在聪明群体中也有神食的影子——他们必须悄悄地做这些事，你知道，要循序渐进。不过对于尊贵的公主殿下——我是说，我的这位新小病人——实际上，是家长提出这个建议的，不然，我决不会——”

赖德伍得没想到他竟害羞起来。

“我还以为你怀疑神食粉的可取性呢！”赖德伍得说。

“只是偶有怀疑。”

“你该不是建议停用——”

“对贵公子？当然不是！”

“依我所见，这样做会是一种谋杀。”

“决不会这么做的。”

“你会拿到神食粉的。”赖德伍得说，

“我以为你不会——”

“别怕，”赖德伍得说，“又没有配方。没用的，温可斯，请你原谅我的坦率。我将亲自为你配制神食粉。”

“也可以，或许——”温可斯盯了赖德伍得一会儿后说，“也可以。”接着又加了一句：“我向你保证，我一点也不在意。”

四

温可斯走后，本辛顿站到壁炉前的地毯上，低头看着赖德伍得。

“公主殿下！”他学道。

“公主殿下！”赖德伍得说。

“其实就是威萨·德莱伯格公主！”

“赖德伍得，”本辛顿说，“说起来令人奇怪，但是你觉得温可斯明白吗？”

“什么？”

“我们所做的东西是什么。

“他真的理解吗？”本辛顿说，声音低下来，眼睛望着门，“在那个家庭里——在他的那个新病人的家庭里——”

“说下去。”赖德伍得说。

“如果在某个方面有一点儿低——低于——”

“平均水平？”

“是的，所以他想非常巧妙地、神不知鬼不觉地要炮制出一个皇室成员来——一个超大号皇室成员——有巨人般的个子。赖德伍得，我不能确信，这里有没有某种接近谋反的东西。”

他把目光从门那边移到赖德伍得身上。

赖德伍得对着炉火很快地做了一个手势——竖起食指要求小声点。“天哪！”他说，“他并不了解！”

“那个人，”赖德伍得说，“什么也不懂，这是他作为学生最令人恼火的地方，什么也不懂。他所有的考试都及格了，获得了全部的书本知识——他就这一点知识，也就跟装有《泰晤士百科全书》的旋转书架一样多。可是现在，他什么都不知道。他是温可斯，凡是与他那个肤浅的自我没有直接联系的事物，他都不能真正领悟。他完全没有想象力，因而就没有获得知识的能力。反言之，如果不是这种无能，谁都做不到既通过那么多的考试，又穿着体面，八面玲珑，成功地做一名医生吧。不管他的所见所闻，以及别人告诉他了什么，他根本就不了解已经启动的事。他已经发了，他在旺发食品上干得不错，而且某人已经把他介绍给了这个新的皇室小成员——这真的比任何时候都旺发了！威萨·德莱伯格将很快面临公主长到三十多英尺这个巨大的问题，而他脑子里怕是想都没有想过这个问题，他压根儿就不会这么想——不得其门而入！”

“会闹得沸沸扬扬的。”本辛顿说。

“大概要到一年以后。”

“一旦他们实实在在意识到她在不停地生长。”

“除非按他们的作风——把这事包起来秘而不宣。”

“那他们要掩盖的东西就太多了。”

“当然！”

“不知他们会怎么做？”

“他们什么也不会干——这是皇家的圆滑作风。”

“他们一定会有所动作的。”

“可能她会。”

“噢，天哪！是的。”

“他们会压迫她。这类事发生过。”

赖德伍得放声大笑。“多余的皇族——这个活蹦乱跳的小孩要戴上铁面具了！”他说，“他们得把她关进威萨·德莱伯格古城堡最高的大楼，在每层屋顶上都打个洞，供她一层一层地往上长！哦，我的情况也一样糟，还有科萨尔和他的三个小子。唉——嘿嘿！”

“会闹得沸沸扬扬的，”本辛顿念叨着，没跟着一起笑，“沸反盈天。”

“我想，”本辛顿辩道，“你一定把这个问题想透彻了吧，赖德伍得。警告一下温可斯，慢慢地让你儿子戒掉神食，然后——就指望理论的胜利，你能肯定这样做并不可取吗？”

“老天，但愿你能在我的育儿室待上半小时，看看神食送晚一点会发生什么情况。”赖德伍得说，声音里带着气急败坏的腔调，“看了以后，你就不会这么说了，本辛顿。再说，想警告温可斯……不！这件事的风潮已经冷不防把我们卷进去了，而且，不管我们是否害怕——我们都得游出来！”

“我想，我们已经在游了。”本辛顿瞪着自己的脚趾头说，“是的，我们得游出来。你的儿子也得游，还有科萨尔的儿子们——他给三个儿子都吃了神食。科萨尔做事从不半吊子，要么全来，要么全不来！还有尊贵的殿下。还有一切的一切。我们必须继续配制神食。科萨尔也是。我们还只是刚刚起步，赖德伍得。显然，形形色色的事情都会接踵而来的。怪物一样的大东西。我无法想象，赖德伍得。除了——”

本辛顿扫视了一下他的指甲，抬头看着赖德伍得，镜片后的一双眼睛很淡漠。

“我开始认为，”他大胆地说，“那个凯特汉在某些方面是对的。事物的比例将要被破坏。神食将打乱我们生活的正常秩序——它还有什么秩序不会破坏？”

“不管它破坏什么秩序，”赖德伍得说，“我儿子得吃神食。”

他们听到有人迅速地跑上楼来，接着科萨尔的头探进本辛顿的寓所。“你们好！”他迎着他们的复杂表情走进屋子，“怎么啦？”

他们把公主的事告诉了他。

“难题？”他评论道，“一点也不难。她会不断生长，你儿子也是。所有你施以神食的其他人都会这样，稀松平常。这有什么难的？小孩也会告诉你说，没事的。有什么为难的？”

他们想把事情跟他解释清楚。

“不喂了？”科萨尔尖叫起来，“但是你们现在已经身不由己了。你们追求的就是这个。温可斯追求的就是这个。没事的。你们经常怀疑温可斯的居心何在。现在，一切都清楚了。那么麻烦又在哪里呢？

“混乱？明摆着嘛。搅乱秩序？就是会搅乱一切。最后搅乱每件人类所关心的事。情况一清二楚。他们会设法阻止的，但是太晚了。他们总是迟一步。你们干下去，尽量多挑起一些事。感谢上天，赋予了你们使命！”

“但是，冲突！”本辛顿说，“压力！我不知道你有没有想象过——”

“你该去做一颗小草，本辛顿，”科萨尔说，“那是你该做的，那种长在假山上的东西。听着，你是既美妙又可怕的造物，可你心里老想着生来就是为了吃闲饭的。你是不是也以为，这世界是为老太太成天忧心忡忡而造的？哦，反正你们已经身不由己了，你们必须干下去。”

“我想我们必须，”赖德伍得说，“慢慢的——”

“不！”科萨尔说，大吼了一声，“不！尽量加快生产，多多益善，广为传播！”

他灵机一动，滑稽地模仿起赖德伍得的曲线图表来，手臂一挥，在空中画了很大一个弧。

“赖德伍得！”他点出了比喻的内容，“让我们去实现宏图！”

五

维持母亲的自豪感似乎存在着一种上限，这个上限在赖德伍得太太身上已经达到了，就在她儿子降临人世六个月的时候。当时，他坐坏了高级童车，哭闹着被放在送奶车上带回家。小赖德伍得那时已经重五十九点五磅，高四十八英寸，他的握力有六十磅。他被厨师和女仆抬上楼，进了育婴室。从这以后，真相暴露就只是时间问题了。一天下午，赖德伍得从实验室下班回家，发现他那不幸的妻子正埋头于《强大的原子》那引人入胜的书页里，一见到夫君，她马上把书往旁边一推，飞奔上来，倒在他肩膀上放声大哭起来。

“告诉我你对他干了些什么？”她呜咽道，“告诉我你对他干了些什么？”

赖德伍得拉起她的手，把她带到沙发上坐下，一边拼命琢磨为自己辩解的满意说法。

“没事的，亲爱的，”他说，“别担心。你只是有点太紧张了。那辆童车是廉价货。我已经安排了做轮椅的人明天送一辆更结实的来。”

赖德伍得太太眼泪汪汪地从手帕中抬起头看着他。

“小毛头坐在轮椅上？”她哽咽着。

“为什么不呢？”

“像个瘸子。”

“像个小巨人，亲爱的。你没有理由为此感到羞耻。”

“坏蛋，你一定对他做了什么。”她说，“可以从你脸上看出来。”

“怎么啦，不管怎样，没有妨碍他生长啊。”赖德伍得的语气冷若冰霜。

“我知道。”赖德伍得太太说，把手绢揉成一团捏在一只手里。她突然变得一脸严肃：“告诉我，坏蛋，你对我们的孩子都干了些什么？”

“他有什么不对吗？”

“他那么大，像一个怪物。”

“什么话。他与别的孩子一样又纯正又干净。他有什么不对劲？”

“看看他的身量。”

“没问题的。看看我们周围那些弱小的小屁孩儿！他是最棒的孩子——”

“他棒过头了。”赖德伍得太太说。

“不会没完没了地长下去的。”赖德伍得再三保证说，“他只是领先了一步。”

然而他再清楚不过了，儿子会一直长下去。确实如此。当婴儿十二个月大的时候，身高已经长到五英尺差一英寸，重六十四点三磅；他就像圣彼得大教堂中的小天使，对来访者的头发和五官表现出极大的热情，老想去抓，这成了西肯新敦的一大话题。他们用一辆残疾人轮椅把他从育儿室带上带下。他的特别保育员是一位刚刚培训毕业的肌肉男，负责把他放入一辆专门定做的潘哈德牌八马力山地童车中，带他去户外透气。这件事从各方面讲，都应该是值得庆幸的，因为赖德伍得除了教授职位以外，还有他的专家证人人脉。

对于小赖德伍得的特大身材，人们从一开始的震惊到渐渐适应，几乎已经习惯每天看见他在海德公园附近蹒跚而行。他们告诉我，他是个既聪明又漂亮的娃娃。他很少哭，也不太需要橡皮奶嘴。他常常抓着一个大拨浪鼓，有时会对着围杆外的公交车司机和警察欢叫，很亲民地喊着“大大！”和“爸爸！”

“那边来了旺发大娃娃。”司机们往往这么说。

“看起来很健康。”前面的乘客评论道。

“用奶瓶喂的，”司机解释道，“他们说是用一加仑的奶瓶，是为他特制的。”

“不管怎样，他很健康。”前座的乘客得出了结论。

当赖德伍得太太意识到她儿子的个子真的会无限地、自然而然地长下去——当那辆马达驱动的童车回到家时，她第一次真正认识到这个——就情不自禁地悲伤起来。她说，她再也不想跨进育儿室，她但愿自己已经死了，但愿她的儿子已经死了，但愿所有的人都死了，但愿她从没有嫁给赖德伍得。她陪了小巨人一会儿，就退到自己的房间里，几乎就靠喝鸡汤过了三天。赖德伍得来劝她的时候，她就扔枕头，又哭又闹，把头发弄得乱七八糟。

“小朋友没事的。”赖德伍得说，“长得大不是更好吗？你不会喜欢看他比其他人的小孩更小的。”

“我只希望他跟其他小孩一样，不要更大也不要更小。我要的是一个健康的小男孩，就像乔治亚娜·菲利斯是个健康的小女孩，我要把他健健康康地养大。你看看他现在这个样子——”这个不幸的女人泣不成声——“穿的是四号成人鞋，坐着被汽油推着跑的轮椅！”

“我永远都没办法爱他。”她呜咽着，“永远不！我已经受不了他了！我永远做不了他的母亲啦，按我原先希望的方式！”

但是，最后他们还是设法把她请进了育儿室。爱德华·蒙森·赖德伍得（“庞大固埃[1]”是后来的昵称）正坐在特制的加强版摇椅上摇着，笑眯眯的，嘴里发出“咕——”和“呜——”的声音。赖德伍得太太一见，心头一暖，走过去搂着他，泪如雨下。

“他们对你做了个实验。”她抽泣着说，“你会长啊长啊，乖乖，但是只要我能把你健康地养大，我什么都愿意做，不管你父亲怎么说。”

---

1 庞大固埃，法国作家。拉伯雷所著《巨人传》中的巨人形象。

赖德伍得当时正扶她走到门边，听到这话不禁松了口气，走下楼去。

六

到年底前，除了赖德伍得首创的童车，伦敦西部富人区还看到了不少马达驱动的童车，据说已经有十一辆。但是调查显示，在当时的市区范围内，可信的数字是六辆。神食这东西似乎在不同类型的体格上会发生不同的反应。首先，敌大力神不宜注射，因而有相当比例的一批人在一般消化过程中对这种物质不能吸收。比如，这东西给过温可斯的小儿子，但是他看来好像照样不能长个，就像他父亲——如果赖德伍得说中了——不能吸收新知识一样。根据全面抑制旺发食品协会的统计，还有一些孩子则莫名其妙地反受其害，在婴儿身体机能失调时索性丢了幼小的性命。但科萨尔家的男孩们却以惊人的方式渴求神食。

当然，这样一种东西应用于人们的生活是绝不可能那么简单的。生长尤其是件复杂的事情，因此，一切笼统的判断势必都有点不够精确。但是，神食的一般规律好像是这样的，只要它被身体系统吸收，其在各种情况下对身体系统的刺激程度都差不多相同。它可以把生长量提高六到七倍，然后就不再超过这个量，不管超量服用多少神食。研究发现，过量服用敌大力神将导致可怕的人体营养系统紊乱，还将导致癌症、肿瘤和骨化等疾病。而且，一旦巨型化生长的势头出现，那么按这等规模继续发展下去的趋势也将很快明朗，继续使用敌大力神，保证用量小而充分就变得必不可少。

如果进食神食被中止，而体格生长还在继续，那么那个物种首先会出现一阵不太明显的烦躁和焦虑，然后，会在一段时间里非常贪食——就像汉吉的小老鼠那样——接着，它们会得严重贫血，然后病倒，死亡。植物受的罪差不多也是这样。然而，这种情况只适用于生长期。一旦到了青春期——植物的表现是花苞初成——对敌大力神的需求和胃口就会逐渐消退，而只要植物或动物完全长成，就不再依赖神食的供给。它似乎彻底稳定在新的格局上，黑克雷布罗的蓟属植物和高地那边的青草已经有此表现，它的种子会生出巨大的后代，把它的巨型体形继承下来。

现在，小赖德伍得，“新人类”的先驱，神食喂养的第一个小孩，正在他的育儿室里爬来爬去，砸家具，像马一样咬东西，像老虎钳一样乱夹东西，对着他的“阿姨”和“妈咪”“爹爹”用小大人的口气说话，而作为始作俑者，他那恶作剧的“爹爹”已经有点害怕和畏惧了。

这孩子生来就很好心。“庞达乖、乖。”当易碎品在他眼前摔下的时候，他就这么说。“庞达”是他对“庞大固埃”的简称，而后者是赖德伍得对他的昵称。而科萨尔呢，不顾老窗户采光权的限制，在与当地建筑法规制度做了一番斗争之后，在赖德伍得家旁边的空地上盖起了房子。他为四个男孩盖了舒适、照明良好的游乐室、学习室和育儿室，房间有六十英尺见方，高四十英尺。

赖德伍得在和科萨尔合造那间大育儿室时，不禁爱由衷来，他对曲线图的爱好则不知不觉地消退了，他做梦都没有想到，面对儿子的需求压力，他这个兴趣会消逝。他说："要建好一间育儿室，有很多东西要投入。

"四面的墙壁、里面的家什，都会对我们的孩子产生影响，对许多方面产生或多或少的影响。"

"明摆着的。"科萨尔说，匆忙去拿帽子。

他们合作得很好，但是大多数所需的教育理论是由赖德伍得提供的。

他们把墙壁在木制家具漆成明快的颜色。主体是偏暖的白色，还用亮色带强调出整座建筑的简洁线条。"我们使用的颜色必须要纯净。"赖德伍得说。房间里，有一个地方平放着一列方块，方块的颜色有深红、紫色、橘黄、柠檬黄、蓝色和绿色，浓淡亮暗变化有度，这是他们的得意之作。这些巨婴可以尽情来回摆弄这些方块。"装饰要跟上。"赖德伍得说，"让他们了解各种色彩，然后这方面的兴趣就会淡下来，让他们对任何一种颜色或设计产生偏爱是没道理的。"

"这个地方应该充满乐趣。"赖德伍得说，"乐趣是孩子的粮食，而空白是折磨和饥荒。他们拥有的画一定得丰富多彩。"房间里从来不会有画是永远挂着不变的，空白的镜框倒有不少，以供不断换上新画，一旦孩子们对它们的新鲜感消退，就把这些画给撤了存档。房子里有一个窗子可以俯视整条街的景色，另外，为了增添情趣，赖德伍得设法在育儿室的屋顶上立了一个暗箱，可以观察肯辛顿大街，而不只是一点儿花园的景观。

在房间一角，最有价值的器具是一个四英尺见方、用圆角进行加固的金属算盘，正等着小巨人来运算启蒙呢。这里没有毛茸茸的小羊，或者类似的玩偶。一天，科萨尔未经解释就拉进三辆四轮车装的玩具，这些玩具都很巨大，可以堆起来，可以排队，可以随意滚，可以咬，可以拍、摇，可以放在一起砸，可以摸、拉出、打开、关上、摆弄、实验，怎么弄都没关系的玩具。还有许多不同颜色的木头块,长方体的、正方体的；有抛光过的瓷器块、透明玻璃块、弹性橡皮块；有厚木板和石板；有锥体、圆台体和圆柱体；有扁球面和长球面；有各种材料的球，空心的和实心的；有许多各种形状、各种大小的盒子，盖子有带铰链的、带螺纹的、咬合型的；有一两个盖子可以扣上锁住；有松紧带和皮带；有不少做工粗但很结实的同样尺寸的小东西，放在一起能站住，成人形。“把这些给他们，”科萨尔说，“每次给一样。”

赖德伍得把这些东西锁进角落里的一个储物箱。屋子的一面墙上有块黑板，挂在一个六到八英尺高的小孩够得到的高度，可供孩子们用白色和彩色的粉笔在上面涂鸦。附近有绘画卷筒纸，可一张一张地从上面撕下纸来，也可用炭笔在上面画画；小书桌里装备着各种硬度的大号木匠铅笔，还有大量的纸张，男孩们可能一开始只会在上面乱涂，慢慢地就越画越好看了。更有甚者，赖德伍得尽其想象力，订购了特大管颜料和油画棒，以应不时之需。他储备了大约一桶雕塑黏土和橡皮泥。“开始，他得和老师一起做，”他说，“等他熟练了，就能临摹铸件，说不定能临摹动物。这下倒提醒我了，一定也要给他备一箱工具！

“书呢？我得给他留意许多书，给他备好，还必须是大号字的。那么，他需要什么样的书呢？他的想象力需要丰富。那毕竟是所有教育的皇冠。良好的思维和行为习惯则是皇位。没有想象力是野蛮，低层次的想象力是贪欲和怯懦，宏大的想象力才如上帝再度漫步地球。他还需要做梦，适时地梦见幽雅的仙境和生活中一切奇妙的小事情，但是他主要还应从壮丽的现实中吸收养分。他应读读环球旅行的故事；谈谈旅游、历险和如何战胜自然的故事；应该看看兽类的书，那些有关动物、鸟禽、植物、爬行生物的写得优美而明了的佳作；还有关于深邃的天空和神秘的海洋的好书；他应阅读历史，博览这世界所有帝国的地图；浏览关于人类所有部落和风俗习惯的图片和小说。他一定得看看锐化美感的书画，微妙的东方工笔画，令他能够欣赏小鸟、植物的卷须和落花的微妙的美；还有西洋画，看画里优雅的男人和女人、充满甜蜜友情的群体、广漠的山水。他还应有关于建屋造殿的书，这样他将来就能设计房屋，构建城市——

“我想，我必须给他建一个小剧院。

“这样就有音乐了！”

赖德伍得深思熟虑后决定，儿子最好从非常纯的单音阶口琴开始，然后再扩展。“就从这个玩起，用口琴伴唱，认识每个音符。”赖德伍得说，“然后呢？”

他抬头望着上方的窗台，目测着房间的尺寸。

“他们得在这里造一架钢琴，”他说，“把部件带进来装配。”

他认真筹备着，一个沉思着的小黑影在踱着方步。如果当时你能见到他，他看起来就像是普通大小的保育室物品中一个十英寸的小人。有一张大地毯——正宗的土耳其地毯——四百平方英尺，可供小赖德伍得在上面爬行，一直伸展到由栅栏护着的、给这地方供暖的电暖器边。科萨尔家的一个人正在上面脚手架上固定那些镜框，用来装随时更换的绘画。一本房门一样大的装植物标本的吸墨水纸书本倚墙而立，里面伸出一杆巨大的叶柄、一片叶缘和一朵繁缕花，这巨大的规模将很快令厄肖特名震植物界。

当赖德伍得站在这些东西中间时，一阵怀疑油然升起。

“如果这事情真的继续下去——”赖德伍得说，瞪着遥远的屋顶。

远处传来一种声音，像一只狂欢的公牛在吼叫，几乎就像是回答一样。

“继续下去没问题。”赖德伍得说，“明摆着的。”

接着又传来击打桌子的回响，随之而来的是一阵欢叫：“咕噜！扑哧……”

“我最好是自己教他。”赖德伍得循着一条发散思路说。

击打变得越来越起劲。有一阵，赖德伍得觉得这击打的节奏都赶上了引擎的震动——他能想象到——一系列事件正犹如一辆巨型火车向他碾压过来。接着，由远而近降下一阵更尖的击打声打破了这种幻觉，这个声音不断重复着。

“进来。”他听到有人在敲门，便喊道。然后，那扇大得宛如教堂的门慢慢打开了一条缝。门的合页不再嘎吱作响，本辛顿在门缝中出现了，善意的微笑闪烁在秃顶下的眼镜后面。

“我斗胆进来看看。”他低声说，一副诡秘的样子。

“进来。”赖德伍得说。于是本辛顿进来了，关上门。

他向前走来，两手反剪在背后，走了几步，用鸟一样的动作张望着四处的建筑规模，手若有所思地摸着下巴。

“每次进来，”本辛顿说，声音非常低沉，“都让我惊讶于规模是如此之大。”

“是的，”赖德伍得说，又一次扫视着这屋子，好像努力要留住这种显而易见的印象，“是的，他们也会大起来的，你知道。”

“我知道，”本辛顿说，用一种近乎敬畏的腔调，“非常大。”

他们面面相觑，仿佛很担心。

“真的非常大，”本辛顿说，边摸着鼻梁边用一只眼怀疑地观察着赖德伍得，想得到一个确认的表情。“他们全都会，你知道——大得可怕。我好像已经不能想象——哪怕有这些——我无法想象他们究竟能长多大。”

第五章
本辛顿先生淡出

一

正当皇家旺发食品委员会起草报告时，敌大力神开始显示出其泄漏的可能。这第二次事故来得如此之早，对科萨尔来说是十分不幸的。因为，据至今尚存的报告草案显示，委员会在其最能干的成员——史蒂芬·温可斯博士（皇家学会会士、医学博士、皇家内科医师学会会员、理学博士、治安官、副郡长等）的指导下，已经初步断定，神食的事故性泄漏是不可能的，并且已准备建议委托一合格的委员会（主要是温可斯）生产旺发食品，全面控制其销售权，这些决定足以让所有反对神食自由扩散的意见者满意。该委员会将拥有绝对的专卖地位。毋庸置疑，只能是造化弄人，因为第二次神食泄漏中最早、最恐怖的事故就发生在温可斯博士夏日在凯斯顿住的一个小别墅方圆五十码的范围内。

现在，我们可以确信，赖德伍得拒绝把敌大力神四号的配方告诉温可斯，着实引发了这位绅士对分析化学新奇而强烈的兴趣。他并不是操作专家，而且，也因为这个原因，他或许认为可以不用在伦敦，不用在他掌控的装备精良的实验室进行他的工作。他没有咨询任何人，秘密地选定凯斯顿别墅的一个简陋小花园作为其实验室。好像看不出他为这项研究花了多大精力，也看不出他有什么了不得的能力。人们猜测，他大概在上面断断续续干了一个月后就放弃了。

这个花园实验室装备很差，用临时水龙头供水，排水则是通过管道排入岸边长满灯芯草的沼泽水潭里——就在花园围篱以外，一棵长在公共用地僻静角落中的桤树下。管道有裂缝，神食的下脚料从裂缝中泄漏到灯芯草丛中的小水坑里，刚好时值春意盎然的季节。

在那个盖满浮渣的小角落，万物正在复苏。青蛙卵在漂浮，刚刚挣脱了黏糊糊卵包的小蝌蚪在中间涌动，小蜗牛爬出池塘寻找生存空间，灯芯草茎的绿皮下巨型水甲虫的幼虫正艰难地从卵块中钻出来。读者未必认识名叫龙虱（不知名从何来）的水甲虫的幼虫，这家伙分节，模样很怪，肌肉发达，活动敏捷，游泳时头朝下，尾巴翘在水面上。长度和人的大拇指第一节差不多，或许还要更长——两英寸，这是没吃过神食的那些——两颗大牙很锋利，在头部前方交叉，圆管状的牙齿很尖，惯于吸血的勾当。

蝌蚪和螺蛳最先获得漂流的点点神食，特别是涌动的蝌蚪，尝到味道之后，便割舍不下了。然而，它们当中刚刚有一个在蝌蚪世界里长到鹤立鸡群的程度，需要偷偷吃个把小兄弟作为素食动物规定食谱的佐餐时，便有一只龙虱的幼虫用利齿扎入它的心口，那弯曲的吸血针管吮吸着，随着红色的血流，敌大力神四号以溶液的形式进入了新顾客的体内。唯一有机会与这些怪物分享神食的是灯芯草和水中黏滑的绿色浮渣，还有潭底泥中的杂草苗。一次书房的卫生打扫，又把一批新鲜的神食冲刷进灌满了的水坑，溢出来的水把生存斗争的灾难性增长带到了桤树下那个邻近的水潭。

发现这些情况的人是勒基·卡林顿先生。他是伦敦教育董事会的一名特种理科老师，闲暇时，他还是位淡水藻类专家。不过他的这一发现没什么可羡慕的。这天，他到凯斯顿公地，准备装几试管标本供以后观察。他的口袋里装了一打左右带软木塞的试管，叮当的撞击声隐约可闻。他手执尖头手杖，翻过多沙的山顶，他向水潭径直走去。园中一名少年正站在厨房阶梯的最上一阶，修剪温可斯博士的树篱，见他光顾这个门可罗雀的地方，觉得他和他的所为非常莫名其妙，便饶有兴味地密切观察起来。

只见卡林顿先生在水潭边弯下腰，一只手扶着老桤树往水里看。当然，卡林顿先生看到潭底那不同寻常的藻类黏稠丝状物时所表现出来的惊喜令他费解。那里已看不到蝌蚪了——当时全都已经被杀，而且，看来卡林顿先生当时除了看到植物过多外，全然没有发现有什么其他的异常。他把袖子挽到肘部，身体前倾，手深深地浸到水里，想捞取标本。他那追索的手往下探去。突然，从树根下的阴影里闪出一个东西——一闪！它深深地把利齿扎入他的手臂——它的形状稀奇古怪，有一英尺多长，褐色，关节像蝎子。

那丑陋的样子和那叮咬引起的不可思议的刺骨疼痛，令卡林顿先生不能保持平衡。他感到自己栽了下去，并大声喊了起来。他仰面倒下去，扑通一声！掉进了水潭。

男孩看见他消失了，也听见他在水里挣扎的扑腾声。这个倒霉汉又出现在男孩的视野里，帽子也掉了，浑身淌着水，嘴里尖叫着！

男孩以前还从来没听见过男人尖叫。

这个惊人的陌生人仿佛一只手在扯脸上的某种东西。从那里看得出有血流下来。他高举双臂，好像绝望了一样，又像疯了一样跳到空中，狂奔十到十二码，然后倒地，打起滚来，最后滚出了男孩的视线。男孩跳下了阶梯，转眼穿过了树篱——幸亏园艺剪还拿在手中。他冲过荆豆丛的时候，他说有点儿想打退堂鼓，担心自己是在跟精神病患者打交道，但手中有剪刀还是让他安心了一点。他说："我反正能戳瞎他的眼睛"。卡林顿先生一看见他，举止立刻变成头脑清醒而慌不择路的人那样。他挣扎着站起来，摇摇摆摆地起身向男孩迎去。

“看！”他喊道，“我无法把它们抓下来啊！”

男孩看到三条可怕的幼虫，筋肉呈褐色，拼命甩动，粘在对方的脸上、手臂上、大腿上，令他毛骨悚然。幼虫的大螯深深刺入他的肌肉狠命地吸着血。它们咬得像斗牛犬一样紧，卡林顿把这些怪物从脸上拉下来的一切努力结果只是撕扯了自己的皮肉，抓得脸上、脖子上和外套上到处都是猩红的血。

“让我来把它们剪下来，”男孩喊道，“您挺住，先生。”

于是，他以他这个年龄对此事所拥有的极大热情，把袭击卡林顿先生的这些家伙的头一个一个地剪下来。“好了。”见虫一条条掉在眼前，男孩皱着鼻子。即便如此，由于它们抓得太紧，那些剪断的头还在肉上死叮了一会儿，狠狠地吸着血，血从其后颈汩汩地流出。但男孩又多剪了几下，加以阻止——有一剪还伤着了卡林顿先生。

“我甩不掉它们！”卡林顿不停地说，站了一会儿，身体摇晃起来，血流如注。他用虚弱的手轻轻拍打着伤口，并检查手心伤势情况。此后，他双膝发软，一头栽了下去，昏倒在少年的脚边，在他周围的败敌的身躯仍在跳跃。非常幸运，这男孩没有想到用凉水泼他的脸，而是沿着潭边回到花园里求助。否则，桤树根下还会有更多这样的惊险虫子。他在花园里遇到了园艺工兼车夫，把事情的经过告诉了他。

他们回来找到卡林顿时，他已经昏昏然坐了起来，非常虚弱，但仍然来得及警告他们，水潭里潜藏着危险。

二

世人通过这些情况第一次得知，神食又一次失控。又过了一个星期，凯斯顿公地形势急转直下，成了博物学家所说的扩散中心。这次，不是巨蜂巨鼠，也没有巨蜈蚣巨荨麻，取而代之的是三种甚至三种以上的巨型水蜘蛛；一些蜻蜓的幼虫现在也已经变成了巨型蜻蜓，它们盘旋着的蓝宝石色的身体令整个肯特郡眼花缭乱。黏糊糊、脏兮兮的浮渣漫过水潭边缘，黏稠的一片片绿色藻类涌到了通往温可斯博士别墅的花园小径的半路。那里开始蔓延灯芯草、木贼和虾藻，直到抽干水潭水才阻止了这一切。

公众很快意识到，这次不单单是一个扩散中心，而是有好几个。其中一处在伊令，现在已经可以确认，苍蝇和红蜘蛛灾害就源于那个地方；另一处在桑伯雷，盛产凶猛的大黄鳝，它们能上岸吃羊；还有一处在布鲁姆斯伯雷，给这个世界带来了新种蟑螂，很可怕——扩散中心就是布鲁姆斯伯雷的一座老房子，里面寄居着不少很恶心的东西。这个世界顷刻间发现，黑克雷布罗的历史又将重演，但巨型鸡、巨鼠和巨蜂现在已被各种似曾相识的巨大怪物所取代。每个扩散中心扩散出来的怪物，都带有各自地方动物群和植物群的特点。

我们现在知道，每一处中心都与温可斯医生的一个病人有关联，但这个情况在当时并不明了。在这起事件上引起公愤的，无论如何也轮不到温可斯博士。社会上很自然地出现了恐慌和群情激愤的声讨；但这声讨不是冲着温可斯博士来的，他们是冲着神食——其实，还不如说是冲着不幸的本辛顿。他从一开始就被人们的想象定位为这一新生事物的唯一责任人。

人们随之企图把本辛顿私刑处死，但这也只是那些爆炸性事件中的一件，这种事情在历史上一般着墨很重，在现实中，却不值一提。

事态恶化的来龙去脉还是个谜。暴民的核心当然来自参加反旺发食品大会的人，这次集会由凯特汉派极端分子在海德公园组织召开。但是，好像找不到第一个真正提议的人，没人第一个示意施暴，可暴行偏有那么多人参与。对古斯塔夫·勒庞[1]先生来说，这是群体心理之谜。事件发生在星期天下午三点，一大群气势汹汹的伦敦暴民在完全失控的情况下席卷了周四街，试图以本辛顿之死对所有科学家以儆效尤。自遥远的维多利亚时代中期海德公园的藩篱被推倒以来，这次伦敦群氓的活动比任何一次抗议活动都更接近目标的实现。这群人与他们的目标实在太近了，以至在一个多小时的时间里，只要一句话就可以决定这位不幸的绅士的命运。

本辛顿对事件发生的最初觉察是寓所外鼎沸的人声。他走到窗边窥视，并未意识到会发生什么。前一分钟，他也许还看见他们在门口推搡，把一队抵挡不住的警察轰走，但很快他便意识到自己在这一事件中的重要地位。他是突然领悟的——这批怒吼的、涌动的人群原来是要逮他。当时公寓里就他一个人，幸亏简去了

1 古斯塔夫·勒庞（1841—1931），法国社会心理学家，群体心理学创始人，代表作为《乌合之众：大众心理研究》。

伊令娘家的一个亲戚处喝茶。在这种情况下该怎么办，他一时没了主意，就像在世界末日，他会不知所措一样。他急得在屋子里撞来撞去，问家具他该怎么办，到处转钥匙开锁关锁，一会儿跑到门边，一会儿跑到窗口，一会儿又跑进卧室，这时楼层管理员向他走来。

“没时间了，先生。”他说，“他们已经在门厅接待台要了您的房间号！他们上楼来了！”

他把本辛顿拉进走廊，那里已经回荡起从楼梯那边传来的步步逼近的巨大喧哗声。他反身把门锁上，然后用万能钥匙带科学家进入了对门的公寓。

“这是我们唯一的机会了。”他说。

他猛地推上去一扇窗，正好通向通风管，墙上装着一道道U形铁钉，那是最简单、最危险的墙梯，作为安全出口供楼上公寓的人逃离火灾使用。他把本辛顿先生推出窗口，告诉他如何攀登，然后就追着本辛顿往上爬，只要他一停下来，管理员就用手里的一大串钥匙猛戳他的腿。对本辛顿来说，他好像得在这个垂直的梯子上没完没了爬下去似的。上面，阳台的栏杆还是那么遥不可及，大概有一英里吧；他可不敢想下面发生了什么。

“坚持住！”管理员边喊边抓住他的脚踝。脚踝被人如此抓着真是可怕，本辛顿先生有一种被抓住下沉的感觉，于是抓紧上面的救命稻草，发出害怕的轻轻呻吟。

这时，管理员打碎了一扇窗，接着，他好像横向跃出很大一步，然后传来窗户沿着窗框滑动的声音。他嘴里喊着什么。

本辛顿先生的头小心翼翼地转来转去，好不容易才看到那个管理员。“下来六个阶梯。”管理员命令道。

像这样移动显得很蠢，但是，本辛顿还是非常小心地往下踏了一步。

“别拉我！”当管理员想从打开的窗户里帮他时，他叫了起来。

对本辛顿来说，从梯子上够窗子是属于飞狐的一种了不起的特技，当他踩下最后一步时，脑子里想到的是体面地自杀，而不是希望够到窗子。这时，他被楼层管理员无情地拉了进去。“您得在这里待着了。”管理员说，”我的钥匙在这里不管用，这是美国锁。我现在要出去，关上门，看看能不能找到这个楼层的管理员。您会被锁在屋里，别到窗户那边去。就这些。我从没见过这么丑陋的群氓。只要认为您出去了，他们也许就会砸您的东西泄愤。”

“可门上的指示牌显示我在家。”本辛顿说。

“见鬼！好了，不管怎样，最好别被他们找到。”

他把门一摔就消失了。

本辛顿又回归到一个人的状态。

他觉得床下比较安全。

科萨尔很快在那里找到了他。

本辛顿被找到的时候几乎已吓昏过去，因为科萨尔是跨过走廊用肩膀撞进门来的。

“出来吧，本辛顿。”他说，“别担心，是我。我们得从这里出去，他们要放火烧房子了。门房都已经撤出，服务生也走了。万幸，我找到了知情的那个人。

“看这里！”

本辛顿从床底看出去，只见科萨尔手臂上挂着一些莫名其妙的衣服，而且手里还有一顶无边有带的黑女帽。

“他们正在清场。”科萨尔说，“如果他们不放火，就会找到这里。军队一个小时内是赶不到这里的。他们这些人当中有一半是流氓，闯进的房间越豪华，他们越喜欢。明摆着的……他们当真在清场。穿上这件裙子，戴上女帽，跟我冲出去。”

“你是说——”本辛顿开口道，从床底探出头，像只乌龟。

“我是说，把这些穿上，来呀！明摆着的。”他用力将本辛顿从床底拉了出来，开始为他穿戴，把他装扮成一个老妇人。

科萨尔把本辛顿的裤腿卷起，让他踢掉拖鞋，脱下衣领、领带、外套和背心，给他套上黑裙子，一件红色法兰绒围腰和一件外衣。他令本辛顿卸下特征明显的眼镜，把女帽扣在他头上。“你可能生来就是个老妇人。”他边说边给本辛顿系帽带，然后是橡皮筋帮子的靴子——对本辛顿的鸡眼来说，这简直是可怕的钳子——还有围巾，终于，打扮好了。“起立，蹲下。”科萨尔说，本辛顿老老实实地服从着。

“你行的。”科萨尔说。

然后，在这层伪装的掩盖下，本辛顿蹒跚地、别扭地踩着他那很不习惯的裙子，用一种古怪的假声，向着一心想处死他的喧嚣的群氓念起女人的措辞，诅咒他自己，以证明他现在的角色。这位敌大力神四号的首创者走过切斯特菲尔德楼的走廊，混迹于激动的骚乱人群，从构成本故事的事件线索中隐去了。

此次逃亡之后，他就不再涉足神食的开发。在所有人当中，他作为始作俑者，曾经居功至伟。

三

这位挑起整个事件的小个子，从故事中淡出了。过一阵，他又淡出了世界重大事件的舞台。然而，因为他是肇事者，对他的退出添一页关注还是得体的。在他的后半生，读者还将有机会看到他，就在汤布里奇井这个地方。人们又认出了他，他在一段时间的隐居之后，在汤布里奇井重新露面，他已经明白暴民的火气是多么短暂、多么异常和没有意义。他是在简堂姐的护翼下重新出现的，为自己治疗神经休克。他对一切都丧失了兴趣，而且，对当时甚嚣尘上的新的扩散中心和神食婴孩似乎也全然无动于衷。

他在光荣山水疗宾馆住下，那里有很多特别的沐浴设施，有碳酸盐浴、木馏油浴、电流和法拉第疗法、按摩、松林浴、淀粉和铁杉浴、镭浴、光浴、热浴、糠针浴、焦油和鸟羽毛浴等。他专心投入该治疗系统的开发。直到他离开人世，这个系统还不是很完善。有时，他会穿着海豹皮外套，租一辆车出去；有时，只要脚允许，他就会走到筒瓦屋，在那里，他就在简的眼皮底下呷一口含铁矿泉水。

他的溜肩、粉红的肤色，亮闪闪的眼镜成了汤布里奇井的一道风景线。大家对他十分友善。确实，这个地方、这个宾馆好像都欣然于他的光临。现在，没有什么能剥夺他的名声了。尽管他不乐意跟踪日报中报道的他的伟大发明的进展，但是每当他穿过宾馆的休息室，或走过筒瓦屋的时候，总能听到有人低语说："就是他！他过来了！"，他心中还是不无得意的，这令他嘴角柔和，眼里放光。

这个小个子，这个渺小的人物，把神食带到了世上！人们不知道，是这些科学家和哲学家的伟大，还是他们的渺小，才是最令人惊叹的。那里，就在筒瓦屋，你可以想象一下，他裹在毛皮镶边大衣里，站在涌泉边的瓷器窗下面，手里拿着铁矿泉水杯呷着。透过金边眼镜上方，一只明亮眼睛盯着简堂姐，带着一种令人费解的严肃表情。"唔。"他又呷一口。

作为一种纪念，我们将我们的发现者最后一次聚焦、拍摄下来，然后便把他留在这里——在我们的前景中，他只是一个小点。我们要进入围绕他发展起来的更广大的图景中，我们要进入他的神食故事，了解四处分布的巨婴如何一天天长大，发现这个世界对他们来说实在太小；我们要了解，旺发食品委员会那时还在编织的旺发食品法和旺发食品协定网如何在孩子们渐渐长大时收得越来越紧，直到……

中篇

神食进村

第一章
神食降临

一

这个故事在本辛顿先生的书房中孕育时还是那么紧凑，如今却已开枝散叶、枝节蔓延，我们的整个故事可以说就是神食散布史。追踪神食的来龙去脉，就是跟踪一棵大树不断繁衍的枝杈。神食自从在黑克雷布罗附近的小农场诞生以来，短短十几年，就把势力扩张到了全世界。神食带着有关它的报道，飞快地横扫英国，不久是美国，然后是整个欧洲大陆、日本、澳洲，最后是全世界。它朝着既定的目标前进，总是以缓慢迂回的方式扫除阻力。这是一股巨型化的暴动之流。不管遇到陈腐偏见、法律法规，还是人类秩序基石中最顽固的保守势力，只要神食一施放，它就会坚定地完成其难以捉摸而又无以匹敌的进程。

这些年来，神食儿童生长稳定，这已成为时代的基本事实，但这段历史的创造得归因于神食的泄漏。吃过神食的孩子们成长起来了，不久又有其他孩子加入，世上再好的办法都无法阻挡神食的泄漏和再泄漏。神食泄漏，犹如活物刻意逃逸一般。拌有此物的面粉在干燥的天气里极易碎成粉末，好像有意要变成无法触摸的粉尘，一有风吹草动就飞升、飘散开来。一会儿，某种新昆虫突然长得奇大，一会儿，又有老鼠或其他害虫从下水道中暴长出来。有一段时间，伯克郡庞波纳的村民苦战巨蚁，结果三人被咬死。有的地方一片恐慌，有的地方则奋起抗战，最后，巨大的怪物被击溃，然后，又总是在生活中无人注意的地方留下一些东西——一些永远变形走样的东西。接着，又有一次惊人的急性爆发，有巨型灌木丛的疯长，有蓟类植物的恶性蔓延，有蟑螂与人的枪战，还有巨蝇的肆虐。东南西北，此起彼伏。

在偏僻的地方也发生过奇怪的殊死搏斗。神食造就了许多为“捍卫小型事业”而奋战的英雄。

在生活中，人们对这样的事件见多不怪，经常以一时的权宜之计处之，还互相安慰说“事物的基本秩序没有改变”。第一次恐慌之后，尽管凯特汉巧舌如簧，但还是成了政治舞台上的配角，在人们心目中，他是极端分子的代表。

温可斯博士很明确地指出：事物的基本秩序没有变——在经过缓慢的进程之后，这位现代思想的杰出领袖总算赢得了主导形势的地位。而当时被称为进步自由主义代言人的那些人，则对这种进步的根本性伪善表现出了伤感。他们的梦似乎完全构架在小国家、小语言、小家庭的基础上，靠小农场自给自足。社会上崇尚小而精，大就是“庸俗”，而短小精悍、小巧玲珑、“小而全”，则成为评论时尚的关键词。

与此同时，神食儿童正在必然地、悄悄地、不紧不慢地生长着，加入了经过变化适应后开始接受他们的世界。他们聚集着力量，增高着身材，丰富着知识，培养着个性和目标，渐渐走向命中注定的辉煌。现在，他们似乎是世界自然而然的一部分，所有引起骚动的大玩意儿好像都是如此，人们记不清以前的事物是怎样的了。人们不断听到关于巨孩有多大能耐的故事，嘴上说“太棒了！”心里却没当回事。有通俗报纸报道说，科萨尔的三个神童如何力举大炮、把铁块猛掷出几百码，还能跳两百英尺高。据说，他们为寻找地球诞生以来隐藏的财宝挖了一口世上最深的矿井。

通俗杂志报道说，这些孩子能移山填海，把地球挖得蜂窝般隧道纵横。“太棒了！”小人们说，“可不是吗？我们将会多么方便啊！”随后他们该干啥还干啥，就当神食不存在一样。这些只不过是神食孩子们初试锋芒而已，只不过是儿戏，只不过是巨能的首次亮相，漫无目的。他们自己并不知道为何出世。他们是孩子——一群正慢慢成长的“新人类”之子。巨人的力量与日俱增，巨人的意志需要凝聚目的，寻找方向。

把时间缩短以后回过头来看，不难发现，这些过渡的年代实际上属于同一类事情的连续演变。但当时确实没有人看到世界巨变的到来，就像人们也是过了好几个世纪才看到罗马帝国的衰落和覆灭一样。那时，身在庐山中的人们完全局限于这些变化中，忘了把问题联系起来看。甚至有智者认为，神食只是带来了难以驾驭、毫无联系、毫无规律可循的一季收成而已，也许会制造些麻烦，但无法动摇人类现有的秩序和组织。

对至少一个观察家来说，在那段压力积聚的日子里，最奇妙的事情莫过于广大人民群众脑海里无法战胜的思维惯性。他们默默地固执己见，漠视巨型的存在，并且漠视其中更巨型的事物正在生长，即将喷薄而出。就像许多河流在汇成湍急的瀑布前，是最平缓、最安静的一样，人们的保守心理在后来的日子里似乎占据了稳定的优势，且深不可测、强大无比。一时间，社会上反动变得堂皇，人们谈论着科学的破产、进步的死亡、官老爷要复辟。与此伴随着的，则是神食孩子挺进步伐的阵阵回响。旧时代式的革命毫无意义，过分讲究细节；一大群傻瓜似的小人追赶着傻瓜似的小君主，这确乎已经过时、消亡了，但变革不会消亡。只有变革本身才发生了变化。新时代正以自己的方式降临，不是庸庸碌碌的世界所能理解的。

原原本本讲述它的来临，等于写一部历史。在任何地方，都有一连串平行发生的事件，所以，讲述新时代在某个地方的降临方式，就可以窥一斑而得全豹。丢失的巨物种子偶然落在了位于肯特郡的一个名叫奇辛·埃尔布莱特的清秀小村庄，而讲述其奇怪的萌芽及后来造成的无端悲剧，就好比通过一根线索，来追踪时间织布机上所生产的庞大致密织物的运行方向。

二

奇辛·埃尔布莱特当然也有教区牧师。教区牧师有很多种，其中我最不喜欢的是革新派牧师，他们是貌似进步的双面职业反动派。奇辛·埃尔布莱特的这位牧师是最不提倡改革的牧师之一。他个子矮壮，年富力强，思想保守，十分可敬。我们不妨先倒回去讲一下他。他和所辖的村子十分般配。可以想见，日落时分，当斯金纳太太来到村头的时候，牧师和村庄都一如往常，别无二致。读者大概还记得斯金纳太太仓皇出逃的情景吧！正是她不知不觉地把神食带进了这个宁静的乡村。

在夕阳的余晖里，村子美丽极了。它坐落在山毛榉树林陡坡下的山谷中，是一排红瓦或茅草小屋、格子屏的门廊和火刺木的门面，小路沿着教堂旁的紫杉树通往小桥，随着不断下坡，房屋也越来越紧密地簇拥在一起。牧师的住宅位于小旅馆外的树林中，并不显山露水，早期乔治王朝风格的门面已经饱经沧桑，教堂的塔尖在山谷造成的落差中明快地昂首向天。蜿蜒的山涧中，天蓝色的溪流夹杂着泡沫，沿着波纹形三角草地的中心流淌，在厚厚的芦苇丛、千屈菜和垂柳间波光粼粼。暖暖夕阳下，整个场景是奇特的、成熟的英国式文明，臻于完美的安谧圆满。

牧师看上去老成持重，在习惯和本质上似乎都很成熟，仿佛一个诞生于老成阶级的乖巧娃娃，一个成熟而迷人的孩子。就算他不说，人们也能看得出来，他曾经上过一所爬满常青藤的、可以倚老卖老的寄宿公学，是那种有着光荣传统、贵族血统、没有化学实验室的公学，然后进过最成熟的有着哥特式建筑的名牌学院。他读的书中很少有历史短于一千年的，多半是亚罗、埃利斯和优秀的卫理公会布道文等作品。他身材中等，由于横向发展而略显矮小，原本老成的脸上显得熟透了。大卫式的胡须掩饰了多肉的下巴。为了雅观，他没有戴表链，朴实的牧师制服是伦敦西区的裁缝做的……他把手放在膝下坐着，对全村子赐福般地眨着眼，挥了挥胖胖的手掌。低声部又唱起了合唱的副歌。人们更欲何求？

“我们真幸运，能住在这样好的地方。”他淡淡地说。

“我们生活在群山的怀抱里。”他扩充道。

他滔滔不绝，意犹未尽：“咱们远离尘嚣。”

他和朋友们谈论着时代的恐怖、民主、世俗教育、摩天大楼、汽车、美国人入侵、公众读书漫无目的，以及高尚情趣的消失。

“我们远离尘嚣。”他重复道。就在他说话的时候，有一个人的脚步声重重地传入他的耳朵。他转过身注视着她。

果不其然，一位老妇人颤抖不止地蹒跚前进，瘦长而多节的手里抓着包裹，她的鼻子（也就是整个脸盘）坚定地皱着，宁可不喘气。罂粟花在她的无檐女帽上宿命般地上下摆动，短裙下是一双灰白色的弹性帮子靴，朝东西两边缓慢而又不可挽回地变换着方向。手臂下夹着的一把雨伞值不了几个钱，却不断摇摆和滑落，就像不甘心的俘虏。牧师不会知道，这个奇形怪状的老太太正是那类可以决定事物发展兴衰甚至改变命运走向的巫婆式的人物，至少对他的村子来说是这样。可是读者明白，她就是斯金纳太太。

因为行李太多，不方便行礼，她干脆假装没看见牧师和他的朋友，在他们旁边不到三码处踢踏踢踏地走过，径直向村子里走去。牧师默默地看着她走过，同时想好了一句话……

这件事其实对牧师来说无关紧要。老太太自古以来就携带着包裹走东串西的，这又有什么可奇怪的？

“我们远离尘嚣。”牧师说，“我们生活在简朴而永恒的环境中，活着就要埋头苦干，春播秋收。喧嚣和我们无缘。”他对所谓永恒的东西总是很津津乐道。“事物不停地变化，”他总是说，“但人性却是‘青铜般的恒久’。”

这就是牧师。他喜欢微妙地把这样一个古老典故引用错。而斯金纳太太呢，她没有优雅可言，但是很果断，她充满新奇地踏上了威尔默丁家的门槛。

三

无人知道牧师是怎么看待巨型马勃蘑菇的。

他无疑是最早发现它们的一个。这些变异的真菌分布在他每天散步经过的路上，在草地和村头之间。数一数，总共有三十多颗吧。牧师似乎看过每一颗蘑菇，还用他的木杖戳过一两次。一次，他试图用手臂合抱去丈量，但蘑菇在他的大肚怀抱中爆破了。

他对很多人说过，蘑菇“不可思议”，并对至少七个人提及一个广为人知的故事——真菌将石板从地窖的地板上顶了起来。他查阅了许多资料，想看看它是否是“空灰孢”或者“巨素”——自从吉尔伯特·怀特[1]出名以来，像牧师那类人都喜欢这么做，他就是吉尔伯特·怀特的信徒。他坚信“巨素”的命名不怎么恰当。

不知道他是否注意到，那一连串白色球体出现在昨天老妇人经过的小径上，最后几个是在离卡多斯的家门十几码的地方长出来的。但哪怕他观察到这些，也不会记录在案。他对植物的观察，仅仅是低层次科学工作者所称的“训练有素的观察”——寻找某个特定的事物，别的一律忽略。他没有把这个现象和卡多斯家的孩子联系起来。卡多斯在一两个月之前的某个星期天下午去看过他的岳母，听过斯金纳先生（已亡故）吹嘘他如何饲养母鸡。从此以后，他的孩子就开始不停地生长，已经持续了好几个礼拜。

四

继卡多斯家孩子的长势异常后，马勃蘑菇的生长本该让牧师大开眼界的。前者他已经在抱过去洗礼时充分领教了——他几乎抱不动那个小毛头。

他把冷水洒到孩子的额上，锁定神的传承，给他命名为“艾伯特·爱德华·卡多斯”，这时，小孩发出震耳欲聋的哭声。母

1 吉尔伯特·怀特（1720—1793），英国博物学家，鸟类学家。

亲已经抱不动他了，卡多斯蹒跚着抱过去，一边对个头上自叹弗如的家长们洋洋得意地笑着，一边把孩子抱回自家人占的空座位上去照顾。

“我从没有见过这样的小孩儿！”牧师说道。

这是卡多斯的孩子首次亮相，他出生时不到七磅，却一心要为父母争气，简直就是光宗耀祖。在一个月之内，他们的光荣已经非常耀眼，以致以卡多斯的地位和人们打交道已经显得不得体了。

屠夫给婴儿称了十一次体重。他是个沉默寡言的人，即使有话也很快就说完了。第一次他说：“是个胖小子！”第二次他说：“好家伙！”第三次他说：“天哪！妈呀！”以后每称一次，他都一个劲儿地喘粗气，挠头，以从未有过的那种怀疑盯着秤。每个人都来看巨婴——大家一致同意这样称呼他——大部分人说：“可以做保镖。”几乎所有人对他的评价都是：“见过这么大的孩子吗？”弗莱彻小姐说她“从来没有。”这倒是千真万确。

第三次称重的次日，作为“乡豪”的汪德胥特夫人来看小孩儿。她透过眼镜仔仔细细地察看了整个情况，令婴儿充满恐惧。“真是个不同寻常的大孩子。”她大声指示孩子母亲，“应该给他特别护理，卡多斯。当然用瓶子喂养是不会长久的，但我们必须尽力而为。我要给你送些法兰绒来。”

医生来了，先用皮尺量孩子，然后在本子上记下数字。在上马登务农的老德里夫哈索克先生陪一个做肥料生意的外地人走了两英里来看孩子。外地人问了三遍孩子的年龄，最后说他要晕倒了。究竟如何晕倒，为什么晕倒，让大家费思量了，显然是孩子的身量令他不能自持。他说这孩子应参加好宝宝表演。每天下课的时候，孩子们不断地跑来说："卡多斯太太，请让我们看一看你的孩子，好吗，妈妈？"直到卡多斯太太不得不阻止。在人们表现出惊讶的场景中，斯金纳太太往往站在后面窃笑，两只瘦长多节的手分别托着肘部，鼻子下面和周围布满了意味深长的笑纹。

"甚至这讨厌的老太太也显得和蔼起来。"汪德胥特夫人说，"尽管我很不高兴看到她来。"

当然，和几乎所有的农村孩子一样，东家照顾、西家帮助总是在所难免，然而这个孩子很快用巨人般的哭声表明，大人给他奶瓶里的奶还装得远远不够。

这个孩子真可以称得上"九日奇迹"，但如今两倍的时间都过去了，大家还是那么兴奋地对这孩子的旺长表现出极大的新鲜感。然后呢，你知道，他还没完，还不打算被其他孩子的奇迹抢去风头，个子长得更快了！

汪德胥特夫人听了管家格林菲尔德太太的诉说，感到无比惊奇。

"卡多斯又在楼下了？小孩没吃的！我的格林菲尔德太太，这不可能。小家伙吃东西像头河马！我确定这不可能。"

"我确信，夫人，我希望没有人来缠您。"格林菲尔德太太说。

"这些人很难说的，"汪德胥特夫人说，"我的好格林菲尔德太太，现在我希望，你今天下午亲自去那儿看一看——确保他有奶喝。尽管婴儿很大，可我无法想象每天需要喝超过六品脱的奶。”

“那不符合常理，夫人。”格林菲尔德太太说。

汪德胥特夫人的手颤抖着，情绪里有一种想让对方“一手交钱、一手交货”的味道。真正的贵族，一想到下层阶级毕竟也有可能与高贵者同样不善，自己可能受到了欺骗，不禁感到一阵刺痛，心中遂涌动起怀疑和愤怒。

但格林菲尔德太太抓不到克扣的证据，所以指示给卡多斯家的育婴室天天增加配给。第一批刚刚送去，卡多斯就来到大宅邸可怜巴巴地道歉了。

“格林菲尔德太太，我们尽可能仔细地照料孩子，我敢向您保证，太太，可他把衣服撑破了！纽扣乱飞，一颗打碎了玻璃窗，而另一颗击中了我，就这里，真痛。”

当汪德胥特夫人听到孩子惊人地撑破了他那漂亮的慈善衣服时，决定亲自和卡多斯谈谈。他被召到她的面前，头发是匆匆忙忙搞湿的，刚用手整理过，气喘吁吁，紧紧握着帽檐，好像握着救生圈一样。由于慌张，他被地毯边绊了一下。

汪德胥特夫人喜欢欺负卡多斯。卡多斯是她心目中的下层人物，不老实，但忠心耿耿，可怜，勤劳，并且不可思议地没有责任心。她告诉他，如果孩子的情况继续发展下去是很严重的。“问题在于他的胃口，夫人。”卡多斯提高声音说。

“控制一下他吧，又办不到。”卡多斯说，“尊敬的夫人，他躺在床上，拼命踢腿，还喊叫，烦人哪。我们不忍心啊，尊敬的夫人。就算我们忍心，邻居们也不会答应的。”

汪德胥特夫人咨询了教区医生。

“我想知道的是，”汪德胥特夫人说，“这个孩子有这么罕见的食量，正常吗？”

“这个年龄的孩子的合理饭量，”教区医生说，“是二十四小时一品脱半到两品脱奶。我看你们不必多提供。如果你们这样做了，那是你们大方。当然，我们可以按合理的饭量试几天。但是我必须承认，不知为何，这个孩子在生理上似乎与众不同。可能这就叫突变。这是一个全身过度生长的病例。”

“这对教区的其他孩子不公平。”汪德胥特夫人说，“我敢肯定，如果情况继续发展下去，别人就会来投诉。”

“我认为，不应该让有的人领取额外的配给。我们应该坚持原则，要是他不干的话，就把他送到病房去。”

汪德胥特夫人想了想，说：“我想，除了个子和胃口，你没有发现其他异常吧，像怪兽之类的？”

“没有，没有，没发现。但毋庸讳言，如果这种过旺的生长持续下去，我们就会发现道德和智力上的严重缺陷。根据马克斯·诺尔道定理，这是可能预测到的。他是个天才，著名哲学家，汪德胥特夫人。他发现，不正常就是——反常，真是很有价值的发现呀，值得记在脑子里。我发现这在实践中非常有用。碰到不正常的事情，我立即判断——这是反常。”他的眼睛变得深邃，压低声音，好像在说很秘密的事。他笔直地举起一只手。“我就是从这种精神出发来进行治疗的。”他说。

五

这是斯金纳太太来后的第二天。“啧啧！”牧师吃早饭时对着碗盘叹道，“啧啧！这是什么？”他抗议地对着报纸摆动眼镜。

“巨蜂！这世界怎么啦？我猜是美国记者写的吧！这些猎奇的玩意儿，见鬼去吧！我有大醋栗吃就已经足够了。”

“蠢话！”牧师一口喝光了咖啡，眼睛死死盯着报纸，怀疑地咂着嘴。

“呸！”牧师说着，不相信那一套。

但第二天，这种暗示更强烈，背景材料也来了。

但事情不是一下子就明朗的。那天外出散步时，他仍在嘲笑报纸上欺世盗名的荒唐故事。真的有巨蜂——蜇死了一条狗！他路过第一株马勃蘑菇时，注意到那儿的草长得很茂盛，但没有把这跟那件好笑的事联系起来。“我们本该听到一些传闻的。”他说，“惠特斯特布尔离这儿还不到二十英里呢。”

稍远处，他发现了另一株马勃，属于第二批蘑菇，像大鹏蛋[1]似的耸立在异常粗壮的草皮上。

---

1 大鹏蛋在英语中指虚幻之物。

他灵机一动。

那天早上他没有照常散完步。而是在第二个栅门处拐弯，来到卡多斯家。“孩子在哪儿？”他问道。看见孩子后，他惊叹了一声：“天哪！”

他边在胸前画十字边向村里走去，跟医生撞了个满怀。牧师一把抓住了医生的胳膊。“这意味着什么？”牧师说，“你看过这两天的报纸吗？”

医生说看过。

“哦，那个孩子怎么了？一切都怎么了，巨蜂，马勃，孩子？啊？是什么东西使他们长得这么大？真是出乎意料。肯特郡！如果是美国的原因呢？”

“有点难说到底是什么原因。”医生说，“就从症状来说——”

“是什么？”

“生长过旺症——总体生长过旺症。”

“生长过旺症？”

“是的。总体——影响所有生理结构——所有组织。我个人是这样认为的，你我之间说说而已，我几乎肯定是这种病……但下结论必须小心。”

“噢！”牧师说，他发现医生方寸未乱，不禁感到欣慰许多，“可它以这种方式爆发，四面铺开，又是怎么回事啊？”

“那，”医生说，“又很难讲。”

“从厄肖特，到这里。肯定是传播性病症。”

“对。”医生说，“我这样认为。反正它和某种流行病很像。可能是流行性生长过旺症吧。”

“流行病！”牧师说，“难道说它会传染？”

医生温和地笑了，搓着双手。“那我说不上来。”他说。

“可是——”牧师叫了起来，双目圆睁，“假如它传染——它——会传给我们的！”

牧师朝前跨了一大步，然后转过身来。

“我刚去过，”他叫道，“我是不是最好——我要立刻回家沐浴熏衣。”

医生看着牧师后退了几步，然后掉头朝家里跑去。

在路上医生想到，有一例病症在村子里已发生一个月了，并没有人染病，所以他迟疑了一下，决定做一名勇敢的医生，像男子汉一样对待危险。

他后来的想法的确有道理。在他身上重演生长发育之类的事是万万不可能的了。他可以吃成车的敌大力神——牧师也可以吃的——没事，因为他们早已不再长个子了。生长发育在这两位先生身上已一去不复返了。

六

此番对话后一天左右，也就是实验农场焚毁后一天左右，温可斯来看赖德伍得，并带给他一封侮辱信。这是封匿名信，小说作者应该尊重书中人物的秘密。信上说："你只是发现了自然现象，真是贪天之功，还写信给《泰晤士报》标榜自己。你们和那些旺发食品！我告诉你们吧，那名字可笑的食物，与那些巨蜂和巨鼠只有瞎猫碰上死老鼠的联系。事实很简单，只是爆发了生长过旺的流行病而已——传染性的生长过旺症——你们声称已控制它了，可是控制它跟控制太阳系一样难。那不过是一套老掉牙的东西。阿纳克家族以前就患生长过旺症。在你们的控制范围之外，在奇辛·埃尔布莱特村，现在就有一个小孩儿——"

"歪歪扭扭的字。显然是老头儿写的。"赖德伍得说，"可是奇怪呀，一个孩子——"

他又读了几行，忽地恍然大悟。

"天哪！"他说，"那是失踪的斯金纳太太！"

第二天下午，他突然出现在她面前。

他走进大门时，斯金纳太太正在女儿家前面的小菜园里拔葱。她站在那儿，惊愕了一下，然后抱起胳膊，左腋下夹着一小把葱，十分防备地等待他靠近。她的嘴巴张开合拢了好几次。她在仅剩的牙齿缝里嘟囔着，突然屈了屈膝，眼睛像闪烁的弧光灯般眨了眨。

"我想我应该找你谈谈。"赖德伍得说。

"我想您会的，先生。"她回答，毫无笑意。

"斯金纳在哪儿？"

"他从没有给我写信，一次也没有，先生。我来这儿以后他没来看过我，先生。”

“你不知道他怎么样了吗？”

“他没写过信呀，先生。”她朝左跨了一步，笨拙地想把赖德伍得挡在谷仓门外。

“没人知道他的下落吗？”赖德伍得说。

“我敢说他自己准知道。”斯金纳太太说道。

“可是他不说呀。”

“他总是能把自己照顾得很好，却让亲近的人遭殃，这就是斯金纳。尽管绝顶聪明。”斯金纳太太说。

“孩子在哪儿？”赖德伍得突然问道。

她请他再问一遍。

“那小孩儿我听说了，你一直用我们的东西喂的那个孩子——重二十八磅的那个。”

斯金纳太太的手动了一下，葱掉在地上。“真的，先生，”她反驳道，“我不太懂您的意思，先生。我女儿卡多斯太太，倒有一个孩子，先生。”她颤巍巍地屈了屈膝，鼻子扭到了一边，像没事一样东张西望着。

“你最好让我看看这个孩子，斯金纳太太。”赖德伍得说。

斯金纳太太领他进去的时候，只睁着一只眼看他。“当然啦，先生，可能有一点点你们的东西，装在‘好吃来’小罐子里，我让他父亲从农场带过来的，还有一点点，好像是我碰巧带过来的，我行李整理得匆匆忙忙……”

赖德伍得凑到孩子身边，“哇！”他惊叹道，“哦！”

他告诉卡多斯太太，这的确是个很棒的孩子——这已经是她智力所能理解的全部了——除此之外，他就不再理会她。后来，她随便找了个理由，准备离开谷仓。

“既然现在已经让他开始，你们就必须坚持到底，知道吗？”他对斯金纳太太说。

他突然转身过来。“这次，不要到处播撒了。”他说。

“到处播撒，先生？”

“嘿，你知道的。”

她用震颤的手势表示心领神会。

“你还没有告诉这里的人吧？孩子父母，乡绅和大户人家的什么人，医生，谁也没告诉吧？”

斯金纳太太摇摇头。

“我不会说的。”赖德伍得说。

他向谷仓门走去，并查看了一下周围的环境。门外一边是茅屋的尽头，一边是废弃的猪圈，装有五条栅栏的门通向大路。对面是一道爬满常青藤、桂竹香和景天科植物的高高红砖墙，顶上还有碎玻璃。转过墙角，阳光照射下，绿黄相间的枝头之间有一块公告板，竖立在首批落叶的丰富色调中，写着“私人树林，擅闯必究”。树篱裂口的阴影里露出了醒目的铁丝网。

“嗯。”赖德伍得说，然后又加重语调说了一声，“嗯！”

马蹄嘚嘚声和车轱辘声传了过来，汪德胥特夫人的灰马进入了视野。当马车接近时，赖德伍得看清了马夫和侍从的脸。马夫是很典型的一类人，健壮魁梧，驾车时带有一种神圣庄严的气派。别人也许会怀疑他们的行当和社会地位，但他在任何情况下都能坚如磐石，他是为尊贵的夫人驾车的。他身旁坐着的侍从合拢着胳膊，一脸的顽固不化。接下来他看清了夫人的尊容，她戴着粗俗的帽子，披着土气的斗篷，以示倨傲，而且不时地透过眼镜张望。两位年轻女士也伸着脖子向外看着。

牧师从另一边经过，赶忙把帽子从大卫式的额头上摘下来，却没人理睬。

赖德伍得双手反剪，在门口站了好一会儿，直到马车远去。他的眼睛投向绿灰色的丘陵草地，接着是云层密布的天空，然后又回到了插满玻璃的墙头。他转向室内凉阴处，在伦勃朗式昏暗色彩的斑驳中，只见巨孩只用法兰绒布裹着，正坐在一大捆干草上玩脚趾头。

“我开始明白，我们做了些什么。”他说。

他沉思着，小卡多斯、他自己的孩子和科萨尔的孩子在他的冥想中交错混合。

他突然大笑，脑子里闪过一个念头。

他又回到了现实，对斯金纳太太说：“不管怎样，他不能受断粮的虐待。至少我们可以防止这个。我每半年给你送一罐神食，应该足够他吃了。

斯金纳太太嘟囔着“听您的，先生”，还有“也许是错装进去的……想想给他一些应该没有坏处”。她通过各种颤抖的手势表示她明白了。

孩子长啊。

长啊。

“说实在的，”汪德胥特夫人说，“他把这里的小牛都吃光了。如果我这里再有一个卡多斯这样的孩子——”

七

不管有多闭塞，生长过旺症一说再也无法在奇辛·埃尔布莱特长存下去了——无论其传染与否——因为关于神食的喧嚣与日俱增。过了没多久，就传出了许多令斯金纳太太备受煎熬的说法——对这些说法，她只能用瘪嘴嘟嘟囔囔——她受到了盘问、搜查和揭露——直到陷入一片谴责中。她只得以新近守寡、伤心无比为挡箭牌，来维护起码的尊严。她边把故意噙着泪的眼睛投向愤怒的大户人家的女主人，边擦去手上的肥皂水。

“您忘记了，夫人，我是强撑着的呀。”

紧接着这句提醒，她有点抗议地说：“我的夫人，我整天整夜一心想的都是他。”

她抿着嘴唇，声音变得模糊颤抖：“手上有水，夫人。”

做了上述辩解之后，她把夫人不要听的那句话又说了一遍：“给这个孩子喂什么，我并不比其他人更知情啊，夫人。”

夫人只好往更有指望的方向去想，当然，顺便又把卡多斯大骂一通。密使们玩弄着外交辞令，闯入本辛顿和赖德伍得动荡的生活，威胁恐吓。他们以教会政务委员的名义，一本正经地、像留声机似的重复着准备好的话："本辛顿先生，你要对我们教区蒙受的创伤负责，你要负责。"

有这样一个律师事务所，里面的律师有着蛇一样的风格——他们管自己叫班赫斯特、布朗、弗莱普、科德林、布郎、特德和斯诺克斯顿。他们一律是小个子绅士，皮肤是红褐色的，尖尖的鼻子，看着就狡猾——喜欢拐弯抹角地提起有关损失赔偿的事。其中有个处事圆滑的家伙是夫人的代理人，某天突然他找到赖德伍得，问："我说，先生，你打算怎么办？"

对此，赖德伍得答道，如果他或本辛顿为这些事再受到骚扰，就打算停供神食了。"我可是免费提供的。"他说，"如果你们不给他喂神食，那么他饿死之前，会把你们的村子吼塌了。孩子在你们手上，你们必须照看好。你看，汪德胥特夫人如果不偶尔承担一些责任，就不可能一直做教区里慷慨的女施主。"

当他们把赖德伍得的话添油加醋地转告汪德胥特夫人后，她断定："闹剧已经结束了。"

"闹剧已经结束了。"牧师附和道。

事实上，闹剧才刚刚开始。

第二章
巨人小鬼

一

巨孩长得很丑——牧师一口咬定。“他一直是丑陋的——像所有过分的东西一样。”在这件事情上，牧师的一己之见已经使他一叶障目。即使在那个幽静的乡野，还是有不少人找巨孩拍照片，但照片上的证言不利于牧师的说法，这个小怪物一开始长得还是蛮漂亮的，一头浓密卷曲的头发都到眉毛了，很爱笑。瘦小的卡多斯则一般都是喜滋滋地站在孩子身后，因此更加突出了他的矮小。

两岁以后，孩子的漂亮相貌有了微妙变化，不同的意见也越来越多。他开始长得像他倒霉的外公肯定会说的那样——“过旺”。他没有了鲜嫩的脸色，看上去“虽大仍小”的感觉越来越明显。

他变得很脆弱。眼睛和脸部则长得更细腻了，按照村民们的讲法是“很有趣”。他的头发剪过一次后，就卷成了一团。“这是他身体开始退化的表现。”教区医生边说边记录下这些现象。但他的看法到底对不对，还有巨孩的健康状况越来越不理想，是否与老待在粉刷过的谷仓里有关，都还是个疑问。尽管汪德胥特夫人是出于公平正义的慈善意识，才让巨孩住在谷仓里的。

从那些三到六岁期间拍的照片来看，巨孩的眼睛长得圆圆的，头发呈亚麻色，鼻子好像被截短了一段，目光友善，嘴角经常挂着淡淡的笑意，跟其他早期巨婴照片上看到的表情差不多。夏天，他穿着松松的系带子的粗布衣服，头上通常扣着一个草篮——工人们用来装工具的那种，赤着脚。在一张照片上他咧嘴大笑，单手拿着一块咬过的甜瓜。

冬天的照片就没那么多，也不太令人满意。他穿着巨大的木鞋，毫无疑问，是山毛榉木做的，袜子是用麻布袋做的，裤子和外衣分明是用图样明快的破地毯裁成的，内衣是粗法兰绒布的，脖子上围着五六码长的法兰绒，像羊毛围巾那样打了个结。头上的东西可能是用另一只麻布袋做成的。他瞪着相机镜头，有时微笑，有时可怜巴巴的。甚至在他只有五岁的时候，就有人发现，他那柔和的褐色眼睛上方的额头上不可思议地长出了皱纹。

牧师总是声称，巨孩从一开始就是这个村里可恶的讨厌鬼。他似乎有种与其体态相当的玩的冲动，非常好奇，很好交往，此外，他身上有一种渴望——非常可悲——总是吃不饱。虽然按格林菲尔德太太的说法，他从汪德胥特夫人那里得到了“过分慷慨”的食物补助，但还是表现出了“罪恶的胃口”，医生当初的诊断就是这样。汪德胥特夫人发现，尽管给他的营养定量比成年人必需的已知最大极限还多得多，但仍有人看见他偷吃东西，这不禁让她油然而生极大的感慨，对下等人的印象也一落千丈。他狼吞虎咽地吃偷来的东西，他的大手会伸过花园的墙，他垂涎面包师车上的面包，马洛商店阁楼上的奶酪会不翼而飞，他也不放过每个猪食槽。有农民走过自己的甘蓝地，发现他巨大的脚印和蚕食鲸吞的证据——这儿拔起一根，那儿拔起一根，还以孩子气的狡猾把留下的洞掩盖起来。他吃甘蓝就像吞吃萝卜。如果旁边没有人，他会站着吃树上的苹果，就像正常的小孩吃灌木上的黑莓。不管怎么说，供给的短缺在某种程度上有利于奇辛·埃尔布莱特的和平——多年来，他几乎吃光了给他的每一粒神食。

毋庸争辩，这孩子又烦人又不合时宜。“他总是在旁边晃荡。”牧师常这么说。他不能上学，显然因为房间容积局促的关系；他也不能上教堂。有人试图贯彻那条“最愚蠢、最破坏性的法律”（教区牧师语）——1870 年《初等教育法》——的精神，让他坐在窗外听课。可是他的出现扰乱了其他孩子的秩序。他们总是伸出头去看他，他一发言，他们就发笑。他的声音是那么奇怪！所以人们只好让他离远点。

他们也不逼他去教堂做礼拜，反正巨大的块头并不能说明他的虔诚。信教这件事本来可以比较容易的。有理由相信，他庞大的身躯里萌发着宗教感情。也许是音乐吸引了他，礼拜天的早晨，他经常逗留在教堂墓地，教徒们进去后，他就轻轻地在墓间漫步，然后，坐在门廊外听完做礼拜的全过程，就像一个人在蜂箱外聆听着什么一样。

开始，他做得不够得体，教堂里面的人会听到他的大脚不停地绕着他们祈祷的地方嘎吱嘎吱作响。有时也隐约看见他的脸从彩色玻璃窗外探进来，又好奇，又羡慕；有时一些简单的赞美诗不知不觉地打动了他，他就发出哀伤的号叫，竭力跟上调子。每当此时，小斯娄派特就会迅速而勇敢地冲出去把他赶走。小斯娄派特是礼拜天管风琴手、教堂守卫、牧师助理、司事和敲钟人，其余的日子里则是邮差和扫烟囱工。我很高兴地告诉大家，在斯娄派特考虑更周全的时候，是能体会到巨人的悲哀的。他告诉我，这就像出门散步前把狗打发回家一样。

小卡多斯受到的智力和道德方面的教育虽然断断续续、支离破碎，但总体上还是明晰的。从小，牧师、母亲还有满世界的人就联合起来跟他讲清楚，他巨大的力量是不可乱用的。这是种不幸，所以他必须好自为之。他得留心人们对他说的话，做别人规定他做的事，小心翼翼地唯恐打坏或弄伤什么。特别是他不能踩东西，冲撞东西，也不能跳来跳去。他必须尊敬地对慷慨的老乡行礼，感谢他们节衣缩食施舍的衣服和食物。他顺从地学习所有这些，从本质上讲，这家伙是孺子可教的，成为巨人仅仅是因为事故和神食。

起初，他对汪德胥特夫人表现出极大的敬畏。她发现，每当她身穿短裙、手拿狗鞭，和他交谈就容易些。她用鞭子做手势，说话总带着傲慢的腔调，声音刺耳。但有时牧师更能控制他。牧师个子不高，已经人到中年，是个气喘吁吁的卫道士，老是用斥责、责备和领主式的命令连连打击稚气的巨人。现在，怪物已经长得很大了，以至人们很难想起，他毕竟才七岁，与所有孩子一样，盼望受人注目，喜欢玩耍，喜欢新鲜的东西；与所有孩子一样，渴望理解和关爱；也与所有孩子一样，有着对他人的依赖，容易感到无聊以及成长的烦恼。

阳光明媚的早晨，牧师走在村子里，会与十八英尺高的笨拙的“莫名之物”不期而遇。对牧师来说，他不啻是又奇怪、又讨厌的“新型异端”。那孩子正伸着“鹤颈”走走停停，寻找着孩提时代的两种基本需求——吃和玩。

这家伙的眼睛里会流露出一种贼头贼脑的敬意，这会儿又想去摸额前打结的刘海了。

不管怎么有限，牧师还是有想象力的——无论如何，那也可以说是想象力的残余——小卡多斯肌肉发达至极，是不是极有可能造成人身伤害？假如他突然发狂！假如他一时无礼！不过，真正勇敢的人并不是不害怕，而是善于克服害怕。每次牧师总是压制着这样的想象，坚定有力地、以做礼拜的口吻对小卡多斯说：“艾伯特·爱德华，还乖吗？”

小巨人会靠墙慢慢地侧身移动，脸涨得通红，回答道：“是，先生，我在努力。”

“记住，要乖。”牧师说着走过他身边，最多只是气喘得急了些。为了维护个人的尊严，他立了一条规矩，不管想到什么，危险过去后就不再回头看。

牧师会不定期地给小卡多斯做私人补习。他从不教这怪物识字——不需要。他教《教理问答手册》中的要点，比如说对邻居的义务；比如说，如果他胆敢不服从牧师和汪德胥特夫人，就会受到神严厉的惩罚。课堂通常设在牧师家的院子里，过路人会听到一个巨大而古怪的稚气的童声干巴巴地念诵着英国国教的基本教义。

“尊敬和听从国王的旨意，他的权威至上。服从所有长官和教师的教诲，听从牧师和主人的话。做人要谦卑，对所有贵族要恭敬——”

不久，巨人的大个子就让马无法适应了，马看到小卡多斯就像看到骆驼一样。所以人们就告诫他要远离马路，不单是靠近灌木丛的那条（他在墙上面痴呆儿似的笑令夫人气急败坏），是所有马路。他从不完全遵守这条规则，因为马路对他有着巨大的吸引力。以前，这里还是他常去玩耍的地方，现在，去马路玩变成了一种偷来的乐趣。最后，他的活动范围几乎就只限于旧牧场和丘陵草原一带了。

假如没有丘陵草原，我不知道他还能干什么。这里有足够的空间，可以一走就是几英里，于是他就在这里徘徊。他可以采集树枝，做成很大很大的花束，直到被禁止；他可以擒拿羊只，排成整齐的队列，羊呢，又立刻从队列中走开（他一看到这种情况总是开怀大笑起来），直到又被禁止；他挖去草皮，刨出很大的洞来玩，直到又被禁止。

他在丘陵草原上最远可以漫游到雷克斯通的山上，但不能更远了，前面就是耕地。因为他会糟蹋那里的块根植物，更因为他那张邋遢的大脸常常让人们又敌对又害怕，那里的农民总是放出狂吠的狗把他赶走。他们吓唬他，用马鞭抽他。听说他们有时还用猎枪打他。在相反的方向，他漫游到可以看见黑克雷布罗的地方。在瑟斯雷林地山顶，他可以望见从伦敦经查塔姆到多佛尔的铁路，可是耕地和一个多疑的村庄阻止了他进一步靠近。

一段时间以后，村里竖起了大牌子，上面用红字写着禁止他去每一个方向。他不认识“出界”这个词，但是很快就明白了。那些日子里，铁路上的乘客经常能看到他下巴靠着膝盖，高高地停歇在丘陵草原上，紧挨瑟斯雷的白垩矿坐着。后来他就被安排在矿上工作了。列车似乎勾起了他内心一丝友好的情感，有时他会向它挥挥巨手，有时他会向它发出一声质朴的、不连贯的欢呼。

“真大！”看见他的乘客会说，“又一个旺发孩子。听说，他自己什么也不会——实际上比傻瓜好不了多少，对当地是个很大的负担。”

“我听说他的父母非常穷。”

“全靠当地的慈善人士。”

大家都会以了解内情的目光盯着远处蹲坐的这个怪物看上一会儿。

“幸好这种情况已经被制止。”某个喜欢遐想的人说，“要是有上千个这样的人领取公共救济金，那还得了？”

通常都有一个聪明人爽朗地告诉这位哲人说：“您说得正是，先生。”

二

他也有倒霉的日子。

比如，他在那条河上就闯了祸。

他用整张报纸做了很多小船，这是他从斯班达男孩那儿看来的手艺，他让它们顺流而下，像很大的三角纸帽。当它们在桥下消失时，他就发出一声大叫。那桥可是严格的私人地界，里面是埃尔布莱特的大宅邸。他会绕道跑一圈，穿过陶麦特的新地，蹚水过去迎接他的小船。（天哪！可以想象陶麦特的猪是怎样四散奔逃，把好端端的肥膘都变成了瘦肉！）他的小船以前总是正好驶过埃尔布莱特大宅邸正前方的草地，就在汪德胥特夫人的眼皮底下！叠得乱糟糟的报纸！干得漂亮！

因为没人骂他，小卡多斯冒险的胆量就大了起来，他开始搞起幼稚的水利工程。他用一扇旧棚屋的门作铁锹，为他的纸舰队挖了个巨大的港口。当时，正好没人注意到他的工作，他天才般地设计了一条运河，却意外地冲垮了汪德胥特夫人的冰窖，最后他在河上筑起了水坝。他只用几门板的土就完成了，把小河拦腰截断——他工作起来准是惊天动地的——于是惊涛骇浪般的大水冲过灌木丛，冲走了斯平克斯小姐和她的画架，还有她开始画的最有希望成名的水彩素描。或者说，至少冲走了画架，并让她一直湿到膝盖。她大惊失色，卷起裤腿逃进屋子。大水横扫菜园，接着通过绿色大门闯入巷子，最后沿着水沟又回到了河床。

与此同时，正在跟铁匠谈话的牧师惊奇地看见搁浅的鱼儿跳出水洼，看见十分钟前还有八英尺深的清澈溪流，转眼露出了河床上成堆的绿色水草。

干了这些以后，小卡多斯被自己造成的后果吓坏了，离家出走了两天两夜。他饿得实在不行才回了家，平静地承受严厉的责骂。在以前这个快乐的村子里，这种责骂从没有降临到他头上，现在却几乎要跟他的个头成比例了。

三

汪德胥特夫人自这一事件以后，立即设法加强对他的惩戒性训诫和禁食，并发布了一道“谕旨”。她首先将“谕旨”下达给男管家，由于非常突然，把男管家吓了一跳。当时，他正在收拾餐桌，而她则透过高高的玻璃窗看着小鹿跑过来接受喂食的露台。“乔伯特，”她说，口气威严至极，“乔伯特，这个东西必须自己养活自己。”

不仅对乔伯特，她对村子里的其他人，包括小卡多斯，都说了这件事。像对其他事一样，她总是说一不二。

“让他干活。”汪德胥特夫人说，“这是对卡多斯先生的忠告。”

“我认为，这是对所有人的忠告。”牧师说，“播种和收获是简单的义务，淳朴的轮回——”

“对极了！”汪德胥特夫人说，“我总是说，魔鬼会引诱闲人做坏事的。至少在劳工阶层中是这样。我们对待女仆从来都是这个原则。我们派他做什么呢？”

这是个难题。他们想到了很多事情，同时他们先让他干力所能及的活，在特别紧急的时候，用他代替快骑信使来速递电报和便条。他们还为他找了一张大网，让他把行李和木条箱子这类东西兜在里面扛着，非常方便。看来，他喜欢就业，把它当作一种游戏。金科是汪德胥特夫人的代理人，有一天看到小卡多斯为夫人搬一座假山，便想到了让他到她在黑克雷布罗附近瑟斯雷林地的白垩矿工作。一旦这个妙计付诸实施，他的问题似乎就解决了。

他在白垩矿工作，起初带着顽童的激情，后来则成了习惯，挖矿石，装矿石，拖货车，把满载的货车沿着铁轨送到铁路侧线上，用大起锚机的铁丝把空车拉上去，最后整个石矿就只剩下他单枪匹马在劳动了。

听说，金科的确为汪德胥特夫人很好地安置了他，小卡多斯除了消耗食物，其余什么也不用开销。尽管夫人总是不停地谴责

“那家伙”是慈善事业的大寄生虫……

那时他经常穿麻布袋的工作服，一块块皮革拼起来的裤子，脚踏包着铁皮头的木鞋。他头上有时戴着很奇怪的东西——原本是张破旧的蜂窝状的草编椅子，但通常是光着头的。他总是若有所思地在矿上走动。牧师在中午时分爱做保健性散步，逛到矿上时，总可以看见他背对着大家羞愧地狼吞虎咽。

他的食物是一堆带壳的谷子，是每天用货车——一辆铁路小货车，就是他不断装白垩石的那种货车——运来的。他在石灰窑里把一车谷子烤焦后吃光，有时会用一袋糖拌着吃。有时他会坐着舔一块通常给奶牛吃的那种盐，或者吃一大堆枣子，囫囵吞下，就是人们在伦敦的独轮车水果摊上看到的那种。为了喝水，他会走到黑克雷布罗实验农场焚毁现场后面的小溪，然后把头浸到水里。就是由于他这种餐后喝水的方式，神食终于还是失控了。首先是河边长出了巨型杂草，然后出现了大青蛙、更大的鳟鱼和搁浅的鲤鱼，最后小山谷的植物到处疯长起来。

一年以后，铁匠铺前面那片地里的巨大蛴螬越长越大，变成了令人可怕的叩头虫和大甲虫——孩子们把它们叫作“汽车甲虫”。汪德胥特夫人闻风逃到了国外。

四

但是不久，神食在小卡多斯身上的影响进入了一个新阶段。

尽管牧师给了他一些简单明了的指示，想彻底结束这种适于一个巨人农民的俭朴自然的生活，但是巨人开始发问，刨根究底。他开始思考了。当他由孩子长成青少年的时候，越来越明显，他的头脑有了自己的思想——超出了牧师的控制。牧师尽力不去想这一令人苦恼的现象，但是他还是能感觉到它的存在。

思想的材料俯拾即是。由于视野广阔，小巨人不经意地眺望到很多事情，看到人类生活的方方面面，他越来越清晰地认识到，除了笨拙的巨大身材以外，他也是人。他一定也越来越多地意识到，有多少生活内容因为他令人悲哀的与众不同而把他拒之门外了。学校的社会活动，众人盛装参与的隆重而神秘的宗教仪式，教堂发出的甜美旋律，旅店里传来的欢乐合唱，他在黑暗中窥视到的温暖明亮的房间点着蜡烛、生着炉火，板球场四周激动的狂呼，那种穿着法兰绒衣服你来我往的热情劲令人费解……所有这些，都向他那友善的好交际的心灵呼唤着。当他身上青春期的迹象日渐明显时，似乎开始对情侣的交往、好感和择偶的事情——那些生活中基本的亲昵行为——产生了极大的兴趣。

一个礼拜天，就在星星和蝙蝠开始出动、田园生活的激情开始迸发的时候，有一对小情侣在恋爱巷里亲吻。这是条很深的长满树篱的小巷，向后通向山林上的小屋。他们感情迸发，和任何情侣一样，在暖和的黄昏里是很安全的。他们想象得到的、最有可能的打扰肯定只是看见巷子里有人来。通向寂静的丘陵草原的树篱有十二英尺高，对他们来说是绝好的屏障。

可是突然间——难以置信的——他们被拎了起来、分了开来。

他们发现自己被举到空中，腋下各有一个大拇指和另一个手指，小卡多斯瞪着困惑的眼睛，扫过他们温暖而潮红的脸。他们自然被这种情况吓呆了。

“你们为什么喜欢这么做？”小卡多斯问。

我猜，这尴尬的情形一直在持续，直到情郎缓过神来，记起自己是男子汉大丈夫，强烈地用大叫、威胁、威猛的辱骂等诸如此类的行为来应付紧急局面，命令小卡多斯把他们放下来，否则严惩不贷。当小卡多斯意识到自己的举动时，他礼貌而小心地放下他们，放得很近，方便他们重新拥抱。他在他们的头顶犹豫了一会儿，就消失在了暮色里。

“可我觉得真蠢。”情郎向我吐露说，“像这样被抓起来，我们简直都无法对视。

“我们在接吻——你知道。

“奇怪的是，她全怪我。”情郎说。

“她破口大骂，回家的路上根本不理我。”

巨人开始着手调查，毫无疑问。显然，他的头脑里在想问题。他很少问别人，但窝在心里徒生烦恼。想必，他的母亲有时会受到盘问。

他总是走进母亲家的后院，仔细地查看地上有没有母鸡和小鸡，然后才背靠着谷仓慢慢地坐下。只消一会儿，喜欢他的小鸡就围拢过来，啄他衣缝里绒毛一样的白垩泥。卡多斯太太的小猫一直很喜欢他，如果外面刮风下雨，它就会做出一个弓背的姿势，跑进小屋，爬上厨房的火炉围栏，转一圈，又跑出来，跳到他的腿上、他的身上、他的肩膀上，沉思片刻，然后又飞快跑开，又回来，反反复复。有时它会快乐地拿爪子抓他的脸，但他从不敢碰它，因为他没把握他的手放在这么脆弱的动物上有多大分量，而且，他喜欢小猫抓他。过了一段时间，他向母亲问了一些愚蠢的问题。

“妈，”他说，“如果劳动是好事，为什么不是人人都劳动？”

他母亲抬起头，看着他回答道：“劳动对我们这种人是好事。”

他会沉思，然后又问：“为什么？”

他母亲没有回答。“为什么要劳动，妈？为什么我每天挖白垩，你每天洗衣服，而汪德胥特夫人坐着她的马车闲逛，到那些我们不能去的漂亮的国外游山玩水，妈？”

“她是夫人呀！”卡多斯太太说。

“哦！”小卡多斯说，陷入了深深的沉思。

“如果没有绅士给我们活儿干，”卡多斯太太说，“那么我们穷人可怎么过日子？”

这句话需要好好消化消化。

“妈，”他又说，“如果没有绅士，东西会属于像你我这样的人吗，如果他们——”

“老天保佑，这孩子欠打！”卡多斯太太说。自从斯金纳太太死后，她凭着好记性，尽量保持精力旺盛的样子，“自从你可怜的外婆去了以后，我就受不了你了。不要再提问题，人们不会跟你讲实话的。如果要我认真回答你那没完没了的问题，你爹就只好出去讨饭了——更别说把这堆衣服洗完啦。”

“好吧，妈。”他说着，迷惑地看了她一眼，“我不想烦你的。”

然后他接着思考。

五

四年后，牧师最后一次见到他时，他还在思考，这时的牧师已经不是成熟，而是过熟了。可以想见，这位老绅士现在显然又老了点儿，衣带又放松了些，想法和讲话方式都变得有些粗放，有点无力。他的手有些颤抖，信念也有些不稳，可他的眼睛明亮依旧，快乐依旧，尽管神食给他的村子和他带来诸多麻烦。他不时地受到惊吓和打扰，但还不是照样活着，一切还不是老样子？长长的十五年过去了——这是有关永恒的一个好例子——见怪不怪，其怪自败。

“我承认，它引起了混乱。”牧师说，“一切都大不一样了，很多方面。以前小孩就可以除草，现在大人出行必须带着斧子和橇棒了——至少有些地方，灌木丛旁边的草已经拔不动了。整个山沟里种满了小麦——今年的麦子有二十五英尺高——开沟灌溉前还是河床的地方也不例外，对我们这些老派人士来说，这些事情还是有点古怪的。二十年前，人们用老式的长柄大镰刀收割，用四轮大马车把收成运回家，以简单、朴实的方式欢庆丰收。有点单纯的沉醉，有点天真的嬉戏，总而言之，可怜的汪德胥特夫人，她不喜欢这些创新。她太保守了，可怜的夫人！我总是说，她有18世纪的遗风，比如她的言谈举止……喜欢虚张声势。

“她死得很可怜。巨大的杂草闯入了她的花园。她不是搞园艺的女人，可她喜欢整洁的花园——东西哪儿种就在哪儿长，不要变花样——不失控。这些东西长得出人意料，着实令她不安。她不喜欢这个小怪物不断侵犯她的领地，至少她开始臆想他老是隔墙瞪着她。她不喜欢他几乎和她的房子一样高，这与她对于分寸的概念大有出入。可怜的夫人！我本来希望她活到这时候，是骚扰我们一年的大甲虫要了她的性命。它们的幼虫就很大——老鼠一般大的恶心东西——是从山沟的草皮里滋生出来的。

“巨蚁无疑也是雪上加霜。

“既然一切都乱了套，既然已无宁静之所可寻，她说她不如去地中海赌城蒙特卡洛。然后她就去了。

“听说她玩得很大胆，死在了宾馆。悲惨的结局……背井离乡……出乎所有人意料……一个天生的英国人的领袖……叶落不归根，呜呼！”

“但即便如此，”牧师唠叨说，“这也没什么大不了的。麻烦肯定有，因为怕被蚂蚁什么的咬，孩子们不能再像以前那样自由奔跑之类的。但也许不全是坏事。以前就有相关讨论——貌似这东西可以给一切带来革命。但还是有些东西能抵抗这种新生力量。至于到底是什么，我当然不知道啦。我又不是你们那种现代哲学家，动不动就用以太和原子来解释一切。还有进化之类的废话。我说的是某某学里面并没有包含的东西。是理性的问题，不是理解问题。成熟的睿智，人性，青铜般的恒久，随便你怎么说吧。”

然而生命的最后时刻来临了。

牧师没有预感到什么正在向他走近。他像过去几十年一样散步，穿过法辛高地，向可以观察小卡多斯的地方走去。他爬上白垩矿山顶的时候有点气喘——他早就没有早年肌肉结实的强健步履了——可是卡多斯没在干活。于是，他绕过已经开始遮掩林地的巨型欧洲蕨丛，发现怪物巨人正坐在山上，好像正对着整个世界沉思。卡多斯盘着双腿，手托下巴，歪着头。他的肩膀正对着牧师，因此看不见那双困惑的眼睛。他一定想得很深，至少坐在那儿一动不动。

他没有转身。他根本不知道，这位对他的生活造成很大影响的牧师，正在做无数次观察中的最后一次。他压根儿就不知道牧师在那儿。（世事就是这样，生离死别常在不知不觉中。）当时，牧师突然意识到这样一个事实，即世界上居然还无人知道，这个巨型怪物在自主决定的工间休息时思考了些什么。但那天牧师懒得想这个新课题了，他宁愿回到以往的思维习惯中去。

“青铜般的恒久。”他自言自语着慢慢地往回走，那条小路不再像以前那样笔直地横跨草皮，而是曲里拐弯的，以避开新冒出来的丛丛巨草。“不！什么都没变。大小尺寸算什么。简单的轮回，共同的道路——”

那天晚上，牧师无疾而终，无人知晓，他自己就走上了那条共同的道路——脱离了他一生都在否认的变化之秘。

他们把他埋葬在村里的教堂墓地，靠近最大的一棵浆果紫杉，朴素的墓碑上刻着他的墓志铭。最后一句话是：坚持原则，贯彻始终。墓碑几乎立刻就被长得过大、镰刀割不动、羊儿也啃不动的巨型灰色草穗给挡住了。这些巨草从山沟潮湿的草地上生长蔓延开来，像雾一样笼罩了村子。这里，神食正在发挥着威力。

下篇

神食丰收

第一章
世界变了

一

变化以新的套路捉弄了世界二十年。对大多数人来说，新生事物是点点滴滴、日积月累而来的，明显而不突兀，不会让人无所适从。但至少对一个人来说，积累了二十年的神食造就的变化是突然在一天之内展现在他面前的，这足以让他目瞪口呆。为方便起见，我们只讲述他一天之内的经历，看看他到底发现了什么。

此人是一名罪犯，被判无期徒刑，他的罪行与我们无关，而且法律在二十年后也认为可以赦免他。一个夏日的早晨，这个二十三岁就脱离了花花世界的可怜虫，发现自己从习以为常的简单的苦力和无聊的管教生活中获得了释放，被抛回到令人眩晕的自由世界。他们给他穿上已经令他不太习惯的外套，他的头发已经蓄了几个礼拜，好些天前就中分了。他站着直眨眼睛，其实是灵魂在眨眼，尽管外表笨拙，内里简陋，他的身心可是焕然一新。他又出来啦，他努力想去理解这件不可思议的事情，即他又可以生活在现实世界里一阵子了，而且还是在毫无思想准备的情况下，没有比这更不可思议的了。所幸的是，有个弟弟来接他，握他的手。虽然弟弟的眼神已经有些陌生，但很怀念两人早年朝夕相处的日子。他入狱前，弟弟还是个小家伙，现在已经是一个长着络腮胡子的成功人士了。他和这个陌生的亲人来到了南边的多佛尔，两人交谈并不多，却百感交集。

他们坐在酒馆里，相互询问一些熟人的消息，回想起过去的生活情景，不禁感慨万千，然而他们对眼前无数新事物和新理念似乎视而不见。接着，他们到车站搭乘去伦敦的列车。他们的名字和谈话涉及的私事与我们的故事无关，我们只想叙述这个可怜的回乡人在曾经熟悉的世界里，发现了什么变化和奇事。

在多佛尔，他倒没看到什么大变化，唯有锡杯里的啤酒直让他叫好——他可从来没有喝过这样的扎啤，不禁激动得热泪盈眶。“啤酒还是和从前一样好！”他连称啤酒好得出奇。

当火车驶过福克斯通站时，他才得以观察感怀以外的东西，看到这世界究竟发生了什么。他望着窗外。“阳光明媚，”他已经说了十二遍，“没见过这么好的天气。”此刻，他第一次发现，世界的大小尺寸有了新奇的错位。“天哪！”他叫了起来，挺身坐直，第一次显得生龙活虎，“河岸上金雀花旁边长着的是巨蓟吧。

它们是蓟吗？还是我的记性出了问题？”

它们就是蓟，而且被他当作高高的金雀花的其实是新生的青草。在这些青草中间，有一队英国士兵，他们穿着永远的猩红色军装，正在根据操练手册的指示进行搜索演习，这本手册在布尔战争后做过部分修改。火车“咣当”一声进了隧道，然后进入已被花丛掩盖的黑乎乎的三德岭枢纽站——尽管所有灯都亮着。巨型杜鹃花丛爬出附近的花园，满山遍野地铺往山沟，三德门的侧线有一列火车，上面高高堆着杜鹃木，这个回乡人第一次在这里听说了旺发食品。

当火车快速驶入那似乎万古不变的乡村时，两兄弟交流得好困难。一个急切地问着乏味的问题，没完没了。另一个连想都没想过这些问题，从来没为这些简单的事费过心思，因而总是引经据典，令人费解。“这不就是旺发食品嘛！”他说，另一个则正在搜肠刮肚，“你不知道？他们没有告诉过你？旺发食品！你知道的——旺发食品。所有选举都围着它转。这是科学上的东西。没有人告诉你吗？”

他想，监狱已经把哥哥变成了可怕的笨蛋，连这东西都不知道。

他俩一问一答地广泛交流着。在谈话的间隙，还乡人便盯着窗外看。起初这个人对事物的兴趣是模糊的、宽泛的。他忙着想象老某某会怎么说，某某会是什么样子，如何跟大家伙儿把话说得滴水不漏，才可以轻描淡写地涉及他的“收监”。这种旺发食品乍看起来好像报尾上的一段奇闻，接着他又觉得这是跟他弟弟智力差距的根源。不过他很快发现，他的每个话题都离不开旺发食品了。

那个时代，世界的面貌正像一块变革转型的拼图，所以当新世界的大事件展现在他面前的时候，着实引发了他对剧烈反差的一连串震惊。变化的过程是千差万别的，传播的中心也是零零落落的。国家变成了条块状。大片区域尚未受到神食的波及。在有些区域，神食则已经侵入土地和大气，广为分散，传播强劲。这一新鲜大胆的主题正在一片古色古香的氛围中蔓延。

在多佛尔到伦敦的铁路沿线，这种对比真是生动。有一会儿，经过的乡村似曾相识，唤起了他儿时的记忆。那里都是长方形的小块田地，围着树篱，用矮马就可以把一块地耕完。小路有三辆马车宽，榆树、橡树和白杨点缀其中。河边柳树丛生，干草垛只有巨人的膝盖那么高，小茅屋装着菱形的窗玻璃。那里还有砖场和四通八达的乡间小路，有小户人家的大宅子，铁路路基上长满了鲜花，车站花团锦簇。逝去的 19 世纪的所有小东西仍在对抗着巨型化潮流。巨型蓟草东一片、西一片的，风把种子播撒到这里，又把它们吹得残缺不全，斧子都砍不动。到处都是十英尺高的马勃蘑菇，不然就是巨草焚毁后的灰色草秆。但这些只是神食降临仅有的暗示。

几十英里过去了，并没有任何预兆警示他，就在离铁道线十几英里的小山后面，怪异的巨型小麦和杂草隐藏在奇辛・埃尔布莱特山谷中。然而不久，神食的痕迹又开始现形。首先，令人震惊的是汤布里奇的巨型新高架桥。由于一种巨型轮藻的疯长堵塞了梅德韦河，那里开始形成沼泽，人们只好造一座大桥。接着，又是小小的乡村。然后，随着伦敦小规模、多样化的巨大生物透过雾霾开枝散叶，人们排除巨人巨物的战斗痕迹便开始多如牛毛，绵延不断。

当时，在伦敦的东南地区，就是科萨尔和孩子们居住地的四周，神食正神秘地汹涌泛滥。人们在每天怪事迭出的氛围中生存着，只有一边思考巨类的增长，一边慢慢适应它们的存在，才不会过于惊慌。但对这个回乡人来说，他探出头去，第一次看到神食造成的种种现象，奇怪而又无处不在：在伤痕累累而又生灵涂炭的土地上，林立着又大又丑的碉堡和防御工程；还有因为神食顽强而微妙的影响，已经强行闯入人们生活的军营和弹药库。

第一个实验农场的经历已经在此反复上演，而且愈演愈烈。正是在生活中一些不起眼的偶发事情上——在脚下和废墟上，新生力量和新问题最先宣告了它们的到来，不合常规而又不着边际。散发着恶臭的大院子和围墙里，一些很难割的杂草正被运来作为巨型机器的燃料。这里有为大汽车造的马路，是由生长过旺的大麻纤维铺成的。人们建起了高塔，装了蒸汽警报器，若有新害虫泛滥，可立即拉响警报，告诫世人防范。更奇怪的是，古老的教堂塔楼顶部装上了机械鸣叫器，特别扎眼。这里还有漆着红漆的难民棚和驻军收容所，每处都备有步枪，有三百码的射程。这里，步兵们每天用软头子弹对着画成巨鼠的靶子练习射击。

自斯金纳事件发生以后，巨鼠灾害已经爆发了六次，每次都发端于伦敦西南的下水道。现在，人们已经对此熟视无睹，就像不奇怪老虎出没于加尔各答附近的三角洲一样。

弟弟在三德岭随手买了一份报纸，它终于吸引了这位刚刚出狱的人的注意。他打开陌生的版面，与以前的相比，报纸似乎小了一点，页数多了一些，字体也今非昔比——他看到数不清的稀奇古怪的照片，里面的东西实在过于离奇，反让人倒了胃口。大栏目的标题多半词不达意，像用外语写的："凯特汉先生的演讲""旺发食品法"。

"谁是凯特汉？"他问道，想挑起个话题。

"他人不错。"弟弟说。

"啊，是个政客吗？"

"将要搞垮现在的政府。干得正是时候。"

"啊！"他思量着说，"我想，他跟以前我知道的那些人差不多吧，张伯伦[1]、罗斯伯里伯爵[2]之类的——怎么了？"

弟弟抓住了他的手腕，指着窗外。

"那就是科萨尔家的人！"新出狱之人顺着手指的方向看去——

"我的天！"他叫了起来，第一次被惊呆了。报纸不知不觉滑落到他的双腿之间，无人问津了。他的目光穿过树林，可以清

1 张伯伦（1869—1940），1937—1940 年任英国首相。

2 罗斯伯里伯爵（1847—1929），1894—1895 年任英国首相。

晰地看到一个足有四十英尺高的巨人，那人正两腿岔开，随意地站在那里，手里捏着个球，像要扔出去。这个人在阳光下闪闪发亮，身上是一套白色金属织就的衣服，腰间一条宽宽的钢腰带。他全神贯注地盯了巨人一会儿，然后又被远处一个准备接球的巨人吸引过去。塞文欧克斯北面的山坳里一大片低洼处伤痕累累，看得很真切。

白垩矿的顶上有一个巨大的壕沟，里面有一座埃及式的低矮的怪房子，是科萨尔在巨型托儿所结束使命后，为儿子们盖的。房子后面是一个大黑棚子，高度足以容纳一个大教堂，里面白炽灯忽明忽灭，传出的巨大气锤声振聋发聩。他的注意力又跳回巨人这边，只见巨人正把包着铁皮的大木球从手里抛出去。

兄弟两个站起来盯着看。球似乎和木桶一样大。

“打中了！”出狱的那个人叫道。树正好遮住了投球者。

火车只有几十秒的时间让人们看到这些场景，瞬即便转到树林后，进入了奇斯尔赫斯特隧道。“我的天！”漆黑一片时，出狱的那个人又说，“嘿，那个家伙跟房子一般高。”

“那是小科萨尔们。”弟弟说，一边意味深长地摇头，“他们是这些麻烦的根源。”

他们从隧道出来后，看到了更多报警用的塔楼、红色的屋子和远郊密密麻麻的别墅。时光荏苒，张贴艺术方兴未艾，无数高高的招贴广告牌林立，房子上、木栅上等各种制高点挂满了旺发食品大选的五颜六色呼吁标语，“凯特汉”“旺发食品”“巨人杀手”等，铺天盖地，他们几分钟之前看到的巨大而闪亮的人物被歪曲成了成百上千种怪模样。

二

弟弟本想风风光光地庆贺哥哥重返社会，计划在人们公认的最上等的餐馆安排一场盛宴，宴席后还有一场音乐会——当时很流行的那种，光怪陆离，非常刺激。自由的吃喝玩乐可以洗净从监狱带来的浮尘，真是个好主意。但是该计划的第二项改变了。晚宴照常进行，但是哥哥有一种欲望，这种欲望远比看演出要强烈，比任何戏剧都能更有效地让他告别往日的可怕记忆。他对旺发食品和旺发儿童既好奇又困惑。这种新的巨怪似乎主宰了整个世界。他说：“我不明白这些事，他们让我很不安。”

弟弟善解人意，不在意把操办多日的款待计划搁置一边，“这夜晚是属于你的，亲爱的哥哥。”他说，“我们想办法去人民宫参加群众集会吧。”

出狱者总算幸运地挤进人群，远远地看着灯光明亮的讲台。讲台后面是高高的管风琴，旁边是看台。管风琴乐师演奏的曲子与人们蜂拥而入的“踏踏”声混在一起，后来总算安静了下来。

出狱者找了一个位置，与一个用肘顶他的缠人的家伙刚刚吵完架，凯特汉就进来了。凯特汉从阴影处走向讲台中央，这是一个最不起眼的小个子，远远看去，一个小小的黑色身影，满面通红——从侧面可以看见他特别明显的鹰钩鼻——他的出现引起了令人费解的欢呼。欢呼从讲台那边开始，然后蔓延过来。讲台上，一开始的唾沫飞溅突然变成了沸腾的喧嚣，横扫人民宫内外的人群。他们欢呼得多起劲啊！乌拉！万岁！

人群中没人像出狱者那样欢呼。泪水在他脸上流淌，直到哽咽了才停止欢呼。只有在监狱里待上相当长一段时间的人才能理解，或者才能开始理解，在人群中放声大喊意味着什么。

接下来是一阵宁静。凯特汉收敛了，变得很有耐心，引人注目，而他的属下讲着冠冕堂皇的废话，根本听不清，好像透过春天树叶的窸窣声听到的某种声音。“哇哇哇哇——”这又有什么关系？听众中有人在交头接耳。“哇哇哇哇——”又持续了一阵。难道那个灰白头发的笨蛋真的讲个没完？不烦人吗？当然烦啦。“哇哇哇——”我们不是应该好好听听凯特汉讲什么吗？

不管怎样，现在还可以观察一下凯特汉。你可以站着研究一下伟人远看时的容貌。他的尊容很容易描绘，世人已经在灯罩、儿童餐碟、反旺发食品的奖牌和旗帜上、凯特汉丝绸织物和棉布织边上，还有英国式的凯特汉帽檐上慢悠悠地欣赏过这个人了。他出现在那个时代的所有漫画里。人们看到的他，要么站在老式套筒步枪旁的一个水手形象，手持标有《新旺发食品法》的枪铳，而巨大、丑陋、吓人的怪物“旺发食品”则在海上翻滚着；要么全副武装，军装和盔甲上别着圣乔治十字勋章，而一个胆小的巨人则坐在可怕的山洞门口一堆亵渎神明的东西当中，拒绝受到《新旺发食品条例》的夹道鞭笞；要么他就是珀修斯[1]，从天而降，把锁链环身的美丽的安德洛墨达[2]从海怪手里解救出来，怪物的脖子和手爪上写着“异教”“粗暴的利己主义”“机械主义”“怪物”等。但是大家认为，把凯特汉描绘成“巨人杀手”最恰如其分，正是根据这张海报，出狱者才看清了远处的这个小个子。

“哇哇哇哇”戛然而止。

他总算说完了，已经落座了。是他！不是！是他！这是凯特汉！“凯特汉！”“凯特汉！”欢呼声又此起彼伏。

一片嘈杂之后，场地里突然安静下来，这需要多少人参与才能做到啊。就像荒野中独自一人——毋庸置疑是一种安静，听得到自己的呼吸，听得到自己挪动的声音，听得到一切声响。而此时，全场只能听到凯特汉的声音，非常明朗、清晰，宛如黑天鹅绒壁龛里的一盏小灯。真的听得到！就像他在身边讲话一样。

对出狱者来说，这个在光晕和各种飘摇的声波中打着手势的小个子是何等的具有感染力。后面台上坐着一些支持者，他们多半隐没在阴影中；前面是不计其数的背影和侧影，正在聚精会神地聆听他的讲话。这个小个子似乎吸收了所有人的魂魄。

凯特汉谈到了古代的制度。“耶耶耶！”人们呼喊道。“耶！耶！”出狱者也叫道。他谈到古代的秩序和公正精神。“耶耶耶！”人们又喊了起来。“耶！耶！”出狱者被深深打动了，也喊了起

1 珀修斯，希腊神话中杀死蛇发女怪梅杜莎的英雄。

2 安德洛墨达，埃塞俄比亚公主，其母因夸公主美貌而得罪了海神，致使全国受海怪骚扰。

来。他谈到了祖先的聪明才智、古老制度的源远流长、道德和社会传统，就像皮肤之于手一样符合我们英国人的国民性格。“耶！耶！”出狱者嘟哝着，激动得泪流满面。现在所有这些东西要被彻底改革，是的，彻底投到熔炉里去！因为二十年前，伦敦有三个人，把一些无以名状的东西在一个瓶子里混合起来，他们以为这样做是合适的，所有秩序和圣洁——“不！不！”的呼喊声——如果不希望如此，那么就要全力以赴，维护我们的秩序，必须告别犹豫——说到这里爆发出一阵欢呼声。必须跟犹豫和半推半就道声再见。

“先生们，我们听说，”凯特汉喊道，“荨麻变成了巨型荨麻。起初它们跟别的荨麻一样，是用一只手就可以抓起、拔掉的小植物。但是现在，如果放任自流，它们就会像瘟疫一样迅速蔓延，到最后，就不得不用斧子和绳索，不得不伤及肢体，甚至有生命危险，不得不劳苦和忧伤——砍倒它们的同时有可能会丧命，人们在砍倒它们的同时有可能会丧命——”

一阵骚动，讲话中断。不一会儿，出狱者又听到了凯特汉更加清楚、雄壮的声音：“以其人之道还治其人之身——”他停顿了一下，“抓紧时间，揪荨麻[1]去！”

他停下来，擦了擦嘴唇。“讲得好！”有个人叫起来，“讲得太好了！”这个声音马上奇怪地扩大，变成了雷鸣般的喧闹，直到整个世界似乎都在欢呼。

出狱者终于走出了人民宫，他被深深打动了，脸上带着大彻

1 双关语，英语中“揪荨麻”有迎难而上的含义。

大悟的表情。他知道了，大家都知道了。他的想法不再模糊。他已经回到一个危机四伏的世界，刚好是下决心解决惊人问题的关头。他必须在这场战斗中表现得像个男人——一个自由的、有责任心的男人。对抗的场面像幅画一样展现在他的面前。一方面，是那个他早晨看到的、穿着盔甲的神态自若的巨人——他现在用另一种眼光来看待他们了；另一方面，是聚光灯下这个身着黑衣、打着手势的小个子。这个小个子循序渐进，有着旋律般的说服力，说话声不大，却有着奇特的磁性声音，约翰·凯特汉——巨人杀手。他们必须团结起来，不失时机地“揪荨麻”了。

三

在所有神食儿童中，最高、最强壮、最引人注目的是科萨尔的三个儿子。在塞文欧克斯周围一英里左右，到处都挖了壕沟，挖得既深又曲折。他们在那里度过了童年，那地方与众不同，盖着棚子，四散着他们的大型工作模型，表现出巨人日益长进的能耐。而对他们要做的事来说，这里早就太小了。大儿子是一个很能干的设计师，会设计轮式发动机。他为自己制造了一种巨型摩托车，世界上没有一条道路可以容下，没有一座桥梁可以承载。这辆由轮子和发动机构成的巨型车辆，时速可达两百五十英里，但是除了有时他爬上去，在碍手碍脚的工作场地里前后骑骑，没什么用处。他本来想用它来环游这个小小的世界的。在他还只是个喜欢梦想的孩子时，就为此目的做了摩托车。现在，车辐上磁漆被蹭掉的地方生了绣，像深红色的伤口。

“要骑车，得先造路，儿子。”科萨尔说过。

所以，在一个晨曦初现的早晨，小巨人和他的兄弟们开始建造一条环绕世界的大路。他们已经预感到会有抵制，于是不知疲倦地工作着，把那条路修得像子弹飞行的路线那样直，直逼英吉利海峡。当人们发觉他们的行动时，已经有几英里的路经过了平整、筑基、夯实。正午时分，一大群激动的人制止了他们，有地产主、土地代理人、地方官员、律师、警察，甚至引来了士兵。

“我们在造路。”大儿子解释道。

“尽管造。”在场领头的律师说，“但同时请尊重其他人的权利。你们已经侵害了二十七个私人地产主的权利，藐视了城区管委会、九个教区委员会、一个乡村政府、两个煤气工厂和一个铁路公司的特权和财产……”

“天哪！”大儿子喊道。

“你们必须停止。”

“难道你们不希望有一条笔直的大路，代替这些破街烂巷？”

“我并没有说这样不好，但是——”

“没法干了。”最大的男孩儿说着，捡起了工具。

“只是不能这样干。”律师说，“不能。”

“怎样干才可以呢？”

领头的律师回答得既复杂又含糊。

科萨尔看到孩子们闯的祸，把他们严厉地训斥了一通，然后哈哈大笑起来，好像对此事特别高兴。他对他们嚷道："做这种事之前，乖儿子，你们得等一等。"

"律师说，我们必须先准备一个计划，然后要取得特别的授权，办好所有手续。他说这需要很多年。"

"我们很快就会有计划的，孩子。"科萨尔把手放在嘴边，大声说，"不要怕。你们最好先玩玩，从模型入手，设计你们想干的事情！"

他们乖乖地照办了。

但科萨尔的孩子们还是经过了一番思考。

"这不错，"老二对老大说，"但是我不想只是玩玩和设计。我想来真的。我们这么强壮，来到这世界上，不是为了在这片乱糟糟的小地方玩耍的，少许散步，还不得进城。"因为当时已经禁止他们进入所有城镇。"无所事事是邪恶的。我们能不能找到一些小人们想做的事情，然后替他们做——只是为了干活的快乐？"

"他们许多人没有房子住。"老二说，"我们在伦敦附近建一所大房子吧，可以容纳成千上万的人，非常舒适，非常漂亮。再为他们造一条很好的小路——一条笔直的小路，把它造得尽可能漂亮，要多整洁有多整洁，令人耳目一新——让他们可以出去做生意。然后他们就不能像现在这样住在又窄又脏的环境里了。有充足的水供给他们——你知道他们脏得很，十之八九的房子里没有浴室。有浴室的人总是辱骂那些没有的，却不去帮助他们建浴室，还管他们叫“伟大的免澡族”。看看，我们将改变这一切。我们还要生产电灯，为他们烧饭，洗衣，等等。想想，他们竟然让快要做妈妈的妇女趴在地上擦地板！”

“我们要把一切都干得很漂亮。我们可以在山那边造一条河谷大坝，修建一个水库，我们还可以盖一个大发电厂，把这个地方变得既美丽又可爱。不好吗，哥哥？这以后，也许他们就会让我们做些别的事情啦。”

“是的，”大哥说，“我们可以做得很好。”

“那就干吧。”老二说。

“我也不介意。”大哥说着开始寻找顺手的工具。

这又引发了一场可怕的纠纷。

不安的人们立即找上来，提出上千条理由，要他们停工。其实，全都毫无理由——一群喋喋不休、糊里糊涂的各色人等。一会儿说，造房子的地方太高了，不可能安全。一会儿说，很难看，妨碍了本地段正常比例的房子出租。又说，破坏了街区的格调，实在是格格不入；违反了地方建设法规；损害了地方当局自搞小型高价电力供应的权利；干涉了地方自来水公司的事务。

地方政府官员采用了法律禁止手段。小律师又出现了，代表十多家受害方的利益；当地的地产业主起来反对；人们各怀神秘的目的，提出的赔偿要求十分出格；所有建筑行业的工会联合起来大肆叫嚷；各种建材经营商则组成了反对团体。有人预见，将出现审美恐怖，于是组成特别联盟，在他们建大房子的地方、筑水坝的河谷大搞集会，要求保护生态。科萨尔的孩子们认为，最后这批人是最坏的蠢驴。科萨尔孩子们建造的美丽房子很快就会像一根插入黄蜂窝的拐杖，引起轩然大波。

“我不干了！”大哥说。

“我们干不下去了。”老二说。

“真是死不开窍的小混蛋，”老三说，“我们什么都做不得！”

“哪怕是为他们的舒服生活着想都不行。我们要给他们造的房子多好啊。”

“他们愚蠢地过一辈子，似乎就是为了互相拆台。”老大说，“动不动就是权利啊、法律法规啊、卑劣行为啊，就像挑棍游戏。好吧，反正他们只好继续在又脏又小的破房子里待下去了。明摆着我们干不下去了。”

于是，科萨尔的孩子们离开那座大房子，留下一个地基的大洞和一面刚建起的墙，气恼地回到自己的大房子里。过了一段时间，洞里积满了死水、杂草和害虫。要么是科萨尔的儿子们掉落了神食，要么是风吹尘土一样把神食吹过来了，反正，它以自己通常的方式开始助长。这里开始闹水鼠，满地都是鼠洞。某天一个农夫看到自家的猪正在这儿喝水，立即警觉起来——因为他听说过奥克姆的巨猪——就把它们全宰了。这个深水洼里还孳生了蚊子，非常可怕的蚊子，它们唯一的功效是使科萨尔的儿子们被咬后无法忍受。于是他们选了一个治安官睡觉的月夜，将水排进了布鲁克的小河。

可是，他们仍旧让大杂草、大水鼠和所有那些恶心的巨型东西留着，在他们挑选的那个地方繁衍生长，那里，小人们本来可以有一座高耸入云的美丽的大房子。

四

上面都是儿子们童年的故事，现在他们眼看就成人了。他们身上的枷锁却一年紧似一年。巨人年年长、神食年年播、巨类年年成倍出世、紧张和担忧年年添加。神食一开始对大多数人来说还是遥远的奇迹，现在已经进入每个家庭，威胁、压迫并扭曲着整个生活秩序。它阻止这个，打翻那个，它改变了自然物产，并且通过改变自然物产，使就业停顿，使成千上万的人失业。它横扫很多国家，把贸易的世界变成了灾变的世界。难怪人类憎恨它。

由于憎恨生物比非生物容易，憎恨动物比植物容易，憎恨人的同类又比憎恨动物彻底，人们对巨型荨麻、六英尺高的草叶、可怕的昆虫和彪形害虫由恐惧和忧虑演变成憎恨，矛头直指那批分散的巨人——神食儿童。这种仇恨已经成为政治的中心力量。新问题的持续出现跨越了老党派之间的分野，现在的冲突集中在妥协派和反对派之间，前者主张由政治家来控制和管理神食，后者是凯特汉代言的党派，言论总是更乖张、更含糊，喜欢用威胁的说法开腔，接下来还是威胁，来凝聚他的意图。他说，现在人们必须“控制黑莓的生长”，说现在人们必须找到“治疗象皮病的办法”。最后，在选举的前夜又说，人们必须“揪荨麻”。

一天，科萨尔的三个儿子坐在一堆无用的作品中间，用他们自己的方式谈论着这一切。他们现在不再是男孩，而是大男人了。在父亲要求他们挖的一系列又大又复杂的壕沟中，他们已经干了整整一天。现在是日落时分，他们正坐在大房子前的小花园里，望着周围的世界，稍事休息，直到屋里的小仆人告知食物准备好了。

不妨想象一下这些巨大的身材，最小的也有四十英尺高，斜倚在一片草皮上，而这片草皮对普通人来说，就像一茬芦苇。一个巨人坐起来用手上的铁梁刮去大靴子上的土；另一个正托着胳膊休息；第三个在削一棵松树，弄得空气中到处都是松香。他们穿的不是布做的衣服，内衣是绳索编织起来的，外衣是用铝线毡做的，鞋子是用木头和铁做的，衣服上的链扣、纽扣和腰带都是钢片。他们居住的巨大平房，大小很埃及化，建造材料一半是巨大的白垩块，一半是山上的岩石，前厅足有百英尺高，屋后是烟囱和风车。大吊车和他们的工作室屋顶高高地直插云霄。透过一个圆形的窗子，可以看见一些白热化的金属从斜槽里滴下，不紧不慢地滴进一个不在视线之内的容器。这个地方被巨大的钢衬土坝所圈定，经过粗糙加固，翻越丘陵草原的山脊，跨过河谷的斜坡。它的规模需要普通尺寸的东西才标示得出来，从塞文欧克斯驶来的火车冲入他们的视线，然后进入隧道，不见了，看上去像一个小自动玩具火车。

“他们已经把伊特姆这边的树林划出界外了。”一个说，“还把诺寇特以外两英里多的边界往这里挪。”

“他们还算克制。”小儿子停顿了一下说，“他们想灭一灭凯特汉的气焰。”

“那还不够，对我们来说，已经太过分了。”第三个说。

“他们在把赖德伍得兄弟跟我们分开。上次我去他家的时候，两头的红色告示牌各移近了一英里。从丘陵草原去他家的路变成了羊肠小道。”

说话者思考着：“我们的赖德伍得兄弟怎么了？”

“怎么？”大哥说。

说话者劈了一段松树枝。“他好像没有醒。他似乎心不在焉的，没听到我说了什么，他提到什么——爱情。”

小儿子一边用铁梁敲着铁鞋底边，一边笑道：“赖德伍得兄弟有梦想。”

大家沉默不语。大哥说：“这种缩小活动范围的举动已经令我忍无可忍了。我相信，最后他们会在我们靴子外画一条线，并告诉我们待在那里面。”

老二用一只手扫去一堆松树枝，挪了挪坐姿，说：“他们现在做的与凯特汉掌权后将要做的相比，简直是小菜一碟。”

“如果他掌权？”小弟说，用铁梁敲打着地面。

“他会掌权的。”大哥边说边盯着脚看。

老二停止了砍树枝，看着包围他们的大土坝。“那么兄弟们，”他说，“我们的孩提时代就要结束了，像赖德伍得父亲早就说的那样，我们必须表现得像男子汉。”

“是的，”大哥说，“但那到底意味着什么？那句话是什么意思——当麻烦来临的时候？”

他也看着他们周围那些简陋的巨大防御工事，不过，更像穿过它们，望着山外的无数群众。他们脑子里想的都是同样的事情——想象中小人们发动了战争，像洪水一样，不知疲倦，接连不断，恶毒无比。

“他们很小，”小弟说，“但是他们有数不清的人，像海里的沙子。”

“他们有武器，甚至有我们在桑德兰的兄弟们造的兵器。”

“还有，兄弟们，除了害虫，除了一些小的恶性事故，我们还看到过什么杀生之事？”

“我知道，”大哥说，“尽管如此，我们还是我们。遇到麻烦的时候，我们该怎么干就怎么干。”

他一边“啪”地合上小刀——刀刃足有一人长——一边用新削的松树枝撑着站起来。他挺起身，转向灰色的大平房。深红色的夕阳照在他身上，照在盔甲和扣子上，照在胳膊上的金属编织物上。在他兄弟的眼睛里，他好像突然浑身是血。

年轻的巨人站起来时，看见高地上方的堤坝顶部在灿烂的夕阳下显出一个黑色的小影子，黑色的肢体舞动着，姿态不敢恭维。

肢体的摇摆触动了年轻的巨人，肯定有急事。他挥动着松树枝作为应答，山谷里回响起他喊“喂”的巨响，他一边向兄弟们发出“出事了”的信号，一边跨出二十英尺的大步去迎接并帮助他的父亲。

五

碰巧的是，与此同时，一个不是巨人的年轻人正在就科萨尔儿子们的事慷慨陈词。他是从塞文欧克斯以外的地方翻山过来的，是和一个朋友一块儿来的，而发言的是他。他们在路上听到了树篱中的惨叫，便拔刀相助，从几个巨蚁的进攻中解救出三只刚孵出的山雀。正是这一历险让他滔滔不绝。

“反动！”看到科萨尔家的住地时，他说，“谁能说这不是反动的？看看那片土地，那里曾经甜蜜而美好，现在却被糟蹋、亵渎、破坏了！那些棚子！看那个巨大的风车！那个怪物般的带轮子的机器！看那些土坝！看那三个怪物坐在那儿，谁知道正策划着什么丑恶的怪咖！看——看这片土地！”

他的朋友瞟了他一眼。“你听过凯特汉的演讲？”他说。

“我相信我所看到的。想想我们以前的和平与秩序。这丑恶的神食是魔鬼最后的化身，还想毁灭我们的世界。想想我们以前的日子，想想母亲生我们的时候是什么样子，再看看现在吧！想想这些山坡曾经在金色的丰收时节怎样微笑，想想曾经满是美丽山花的树篱把这家那家的小块土地分割开来，还有红瓦农舍点缀着大地，远处教堂塔楼的钟声，怎样让每一个安息日充满了宁静的祈祷。而现在，一年又一年，巨型杂草、巨型害虫，还有我们周围的这些巨人越来越多，它们都爬到我们头上来了，冲撞着我们世界里一切精妙和神圣的东西。就这儿——看！”

他顺手一指，朋友的视线便跟了过去。

“他们的一个脚印。看！踩出了三英尺多深，马和骑士的陷阱，粗心人的圈套。这里有一枝野玫瑰被踩死了，那里的草被连根踩出来，起绒草倒在一边，农夫的排水管被压裂，路的边缘也塌落了。毁灭！他们满世界地折腾，践踏人类世界的秩序和礼仪，践踏所有东西。反动！除此之外还有什么？”

“但是——反动。你希望做什么？”

“制止它！”牛津青年叫道，“事不宜迟。”

“但是——”

“不是不可能的。”牛津青年叫道，声音骤然提高，“我们出手要强硬，计划要精到，态度要果断。我们过去说话拐弯抹角，手段软弱，吊儿郎当，放任神食一长再长。然而，即使现在——”

他停顿了一会儿。“这是拾凯特汉的牙慧。”他的朋友说。

“即使现在，即使现在还有希望——大有希望，只要我们明白自己想要保护什么、破坏什么。民众站在我们这一边，比几年前多得多；法律站在我们这一边；社会构成和秩序、宗教精神，也站在我们这一边。人类习俗和我们一起——与神食对抗。我们为什么要放任？我们为什么要撒谎？我们痛恨神食、不需要神食，那为什么还要留着神食呢？你是否只想抱怨，被动地阻止，无所作为——直到大限到来？”

他突然停住，转过身来。“看那儿的荨麻林，中间原是一户人家——现在废弃了——以前，朴实纯洁的家庭在那儿安居乐业！”

“再看那儿！”他转向小科萨尔们正在互相抱怨的地方。

“看他们！我认识他们的父亲，一头粗鲁的蠢猪，大嗓门，不容分说，在我们慈悲为怀的世界里胡作非为了三十多年。一个工程师！我们信奉和热爱的东西对他来说都是空的，空的！我们人类和土地灿烂的传统、高贵的制度、古老庄严的秩序，陈陈相因，代代相传，稳扎稳打，步步为营，养育了我们伟大的英国人民，并给予这片明媚的土地自由的精神——这些对他都是无稽之谈，要一笔勾销。一些华而不实的预言便抵消了所有这些神圣的东西……这种人，如果他想造一条最便宜的电车道，会在自己母亲的坟墓上通过。你想敷衍塞责，以为计划了一个妥协方案，就可以让自己苟且偷安，而他们那种——那种体制——也以自己的方式存在其中。我告诉你，这没戏——毫无希望。就像与老虎扯皮！他们想要怪物，我们想要理智和美好的事物。这是你死我活的事情。”

“但是你能做什么？”

“很多！全部！制止神食！这些巨人现在是一盘散沙，还不成熟，还没有联合起来。把他们锁起来，堵住他们的嘴，钳制他们的言论。要不惜任何代价制止他们。这世界不是他们的就是我们的！要制止神食。把制造神食的人关起来。要千方百计地制止科萨尔！你好像忘了——一代人——只需镇压一代人，然后——然后我们就可以铲平那儿的土丘、填平他们的脚印、拆掉我们教堂钟楼上那些丑陋的警报器、砸掉所有大炮，然后恢复过去的秩序、回到契合人类心灵的成熟的旧文明上来。”

“这得花大功夫。”

“都是为了成就大事业。如果不这样做呢？君不见我们的前景昭然若揭了？巨人们会到处增长，而且成倍增长，到处会制造并散布神食。巨草会疯长到我们的田里，杂草会在我们的树篱中疯长，害虫会在灌木丛里疯长，老鼠在下水道里疯长。越来越多，无休无止。这还只是开始。昆虫的世界会骑在我们头上，还有植物的世界，甚至连海里的鱼都会吞没我们的船只。巨物将淹没我们的房子，窒息我们的教堂，打破我们城市的所有秩序，我们将变成“新人类”脚下弱小的寄生虫。人类将被淹没在自己造就的东西中！一切皆空！尺寸！只是因为尺寸！放大后再从头开始。我们已经在未来的肇始处择路而行了。我们所做的一切就只是说声‘多么不便’！只有抱怨，没有行动。不！”

他举起了手。

“让他们该怎么做就怎么做！我也如此。我赞成反抗——不遗余力、无所畏惧的反抗。除非你也想吃神食，世界上还有什么事情可为？我们举棋不定已经太久了。你！举棋不定是你的习惯，你生存的圈子，你的空间和时间。所以，我不干。我是反对神食的，全身心地反对神食。”

他听到伙伴不同意的哼哼声，就转过身来问：“你在听吗？”

“这是件复杂的事情——”

“哦！随风倒！”牛津青年挖苦说，肢体摇摆了一下，“中庸之道是空洞的说教，这是你死我活的事。要么吃神食，要么毁神食，二者必居其一，难道还有什么别的法子吗？”

第二章
巨人情侣

一

凯特汉在大选前对旺发孩子发起了攻势，想借此上台——偏偏当时的形势很有悲剧色彩，非常糟糕。此刻恰逢巨人公主为了履行一项重要使命，从她父亲的王国来到英格兰。尊敬的公主殿下幼年的营养问题在温可斯医生一生的光辉事业中曾有举足轻重的影响。为了国家利益，她与某位王子订了婚——婚礼说是要办得有国际影响，却被神秘地一拖再拖。关于此事，一时谣言四起，加上添油加醋，众说纷纭。据说，王子抗婚，声称自己不愿出洋相——至少这个说法是对的。人们同情他。这是此事最重要的方面。

说来也怪，在巨人公主来英格兰之前，她的确不知道还存在其他巨人。她生活的世界里，人们对权术趋之若鹜，韬光养晦者就像空气一样，无处不在。巨人的事对她是绝对保密的，他们不让她看见任何巨人，甚至不让她怀疑。她根本不知道世界上还有她的同类，直到遇见了小赖德伍得。

公主的父王有大片的荒山野地，她习惯在那里自由漫步，最喜欢日出日落和气象万千的广袤天空，但是在既民主又忠君的英格兰民族中，她的自由受到了极大限制。人们乘着四轮马车、旅游列车，有组织地前来“观摩”，他们会大老远地骑车过来盯着她看。如果她想安静地走路，就必须早起。就在那个清晨，小赖德伍得来到了她的身边。

她居住的王宫边上有一个大公园，位于宫门西南方向二十多英里的地方。在大公园内，林荫道两旁的栗树在她的头顶上方高高耸立。她走过的每一株树似乎都盛开着鲜艳的花，比普通的树更繁茂。她一开始还满意花景和香味，后来终于抵御不了诱惑，开始忙着挑选、采摘起花朵来，直到小赖德伍得走到身边她才看到。

她漫步在栗树林中，命中的爱人在靠近，出其不意，谁也想不到。她双手扳着树枝，折断采下，物我两忘。然后——就在她抬头的一刹那，佳偶天成。

我们不妨设身处地从小赖德伍得的角度想象眼前这位美人。对我们来说，公主巨大得令人难以接近，故而我们无法马上对其产生怜爱，而这种情形对他来说就不存在。她亭亭玉立，再没有比这个造物更像为他安排的伴侣了。她身材苗条纤细，衣着轻巧，清新的晨风吹动长袍，更显曲线饱满的体型，她手上还拿着一大捆盛开的板栗花呢。长袍的衣领翻开，露出白皙的脖颈和圆润的肩膀。微风吹起了她的一缕头发，红褐色头发贴在面颊上，蔚蓝的眼睛睁得大大的，当她把手伸进树枝的时候，双唇总是保持微笑的模样。

她突然回头，看到了他，于是四目相对。对她来说，他的出现是多么令人惊奇，多么不可思议，因而至少有片刻是可怕的。他带给她的震惊非同小可，她就像看到了超自然的幻象一样。他破坏了她世界里所有的成规。他是一个二十一岁的青年，细长的个子，继承了其父的黝黑肤色和严肃神情。他穿了一件素淡的褐色软皮衣，轻松紧身，咖啡色的紧身裤漂亮地勾勒出腿部。不管什么天气，他都不戴帽子。他们站着凝视着对方——她吃惊不已，感觉难以置信，而他的心则快速地跳动着。这是他们生活中决定性的会面，没有前奏。

对他来说，惊奇要小得多。他一直在寻觅她，可是心还是跳动得厉害。他缓缓地走近她，目不转睛地看着她。

“你是公主，”他说，“父亲告诉过我。你是吃过神食的公主。”

“我是公主——是的。”她说，眼神里充满了诧异，“然而——你是干什么的？”

“我是神食制造者的儿子。”

“神食！”

“是的，神食。”

“但是——”

她的脸上露出了无限迷惑。

“什么？我不明白。神食？”

“你没有听说过？”

“神食！没有！”

她发觉自己颤抖得厉害，脸色大变。“我不知道，”她说，“你的意思是——”

他等待着。

“你的意思是有别的——巨人？”

他又问道：“你难道不知道吗？”

她越来越趋向恍然大悟，回答：“不知道！”

对她来说，整个世界和世界所有的意义都在发生变化，一枝板栗花从她手里滑落。“你是想说，”她傻乎乎地重复着，“世界上还有其他巨人？因为某种食物——”

他注意到了她惊讶的神色。

“你一无所知？”他喊道，“你从未听说过我们？神食已经把我们变成一家人了！”

她盯着他，眼睛中仍然充满了恐惧，她把手举到颈部，然后落下来，低声说：“不知道。”

她好像快要哭出来、快要晕倒了，然而就在那时，她控制住了自己，说话、思路还是那样清晰。“这些情况他们一直都瞒着我。”

她说，“这像一场梦。我梦到——我梦到过这种事情。但是现在是清醒的——不。告诉我！告诉我！你是干什么的？神食是干什么的？慢慢地——清楚地告诉我。为什么他们瞒着我，其实，我并不孤单？”

二

“告诉我。”她说。小赖德伍得颤巍巍的，激动地开始把神食和分布世界各地的巨人孩子的情况告诉了她——有一会儿，他叙述得有点蹩脚，断断续续的。

可以想象，他们两个涨红着脸，站相仓皇，听半句，说半句，一会儿重复，一会儿又迷惑地中断，然后再重新开始，彼此猜测着对方的意思——这是一场奇妙的谈话，把她从前半辈子的懵懂中唤醒。慢慢地，她明白她不是人类秩序中的例外，她有一群散居的弟兄，这些弟兄们吃了神食，并从他们脚下的小人的成长界限中永久性地超脱出来。小赖德伍得谈到了他的父亲、科萨尔，谈到了散布于全国各地的弟兄们，还有足以载入人类史册的那个意义深远的伟大发现。“我们处在新纪元的开端。”他说，“他们的世界只是神食创造的世界的前奏。”

“我的父亲相信——我也相信——总有一天，狭小的事物终将告别人类世界。那时，巨人们可以自由地行走在地球上——他们的地球上——不断开创更伟大和更辉煌的事业。不过——那是以后的事了。而我们甚至算不上那个时代的第一代人——我们只是第一批试验的产物。”

“这些事情，”她说，“我却一无所知！”

“有时，我觉得我们来得太早了。可转念一想，又觉得总得有人先来一步，但是，世界对我们的来临，以及对那些低等巨类的来临一点准备也没有，因此便发生了失误和斗争。小人们憎恨我们……

“他们对我们有怨气，因为他们是那么的小……又因为我们的脚重重地踩在组成他们生活的层面上。反正，他们现在憎恨我们，不会容纳我们——除非我们缩回到普通身量，他们才会开始原谅我们……

“他们快乐地生活在对我们来说像监狱似的房子里；他们的城市对我们来说太小了；在他们狭小的马路上行走，我们真的很难受；我们还无法在他们的教堂里做礼拜……

“我们可以跨过他们的墙壁和防护栏，漫不经心地就可以看到他们上层窗户里的事情；我们俯瞰他们的生活风俗，他们的法律只不过是我们脚边的一张网……

“每当我们趔趄一下就会听到他们大叫；每当我们伸展手脚做一些范围开阔的事情，都要撞及他们的界限……

“我们轻柔的脚步对他们来说是轰响的飞行，而他们认为伟大神奇的事物，对我们来说只不过是玩偶金字塔。他们微不足道的方法、应用和想象会阻碍并破坏我们的力量。我们没有配合我们手劲的机器，也没有我们合用的辅助设施。他们用千千万万看不见的绳子奴役我们的巨力。一个对一个，我们要强过他们百倍，可惜我们手无寸铁；巨大使我们四处举债；他们声称，我们站着的土地属于他们；他们向我们的大食量和大住房征税，为此，我们还得使用侏儒为我们制造的工具去做苦工——以此满足他们侏儒般的异想天开……

“他们在什么方面都要把我们圈起来。只要活着就没法不越过他们的边界。甚至今天来见你，我也越过了一个界线。我们生活中所有合理的、值得拥有的东西都被他们圈在界外了。我们不能进城，不能过桥，不能踩他们的耕地，不能进入他们打猎的动物栖息地。除了科萨尔三兄弟，我不能与其他巨人联系，甚至去科萨尔家的那条路也一天比一天狭窄。可想而知，他们想方设法要整我们，手段越来越卑鄙……”

“可是我们很强壮。”她说。

“我们确实很强壮——是的。我们感觉到，我们所有的人——我知道你肯定也感觉到——我们有力量，有力量去成就大事业，力量在我们的身上汹涌澎湃。但是在我们做任何事以前——”

他挥了挥手，似乎要横扫世界。

“尽管我原以为自己在世界上孤身一人。”她停顿了一下，“我也已经想到了这些事情。他们总是教育我，力量几乎就是罪恶，小的比大的美好，所有真正的宗教都是保护弱小，鼓励弱小，帮助他们繁衍，直到人多得要叠起来为止。为了他们的事业，我们要牺牲全部的力量。但是……我对他们的说教总是心存疑虑。”

“这生命，”他说，“我们的身体，并不是为了死亡而存在的。”

“对。”

“也不能碌碌无为。但如果我们不想听他们的，那么，我们所有的弟兄都清楚，斗争无法避免。在小人们容忍我们根据自己的需要生活以前，我不知道不久将发生怎样残酷的斗争。弟兄们都已经考虑过这个问题。我提到过的科萨尔，也想到了这点。”

“他们很小很脆弱。”

“他们就这副德性。但是你知道，各种致死的手段在他们手里，好像正好趁他们的手。我们是侵入了他们的世界，可千百年来，这些小人们一直在学习怎样相互杀戮，他们很擅长那个，他们懂得很多杀戮方法。另外，他们还会欺骗，会突然变卦……我不知道……一场冲突就在眼前。你——你也许和我们不同。对我们来说，这是肯定的，冲突就在眼前……他们把它叫作战争。我们也知道战争。可以说我们已经做好了准备。但是你知道——这些小人们！我们不懂如何杀戮，至少我们不想杀戮——”

“看！”她打断道，然后他听到了一声尖尖的喇叭声。

顺着她的视线，他发现一辆橙黄色的汽车，上面坐着戴护目镜的黑皮肤司机，还有穿着皮衣的乘客。汽车突突地叫着，在他的脚跟边怨恨地等候。他把脚移动了一下，这台机器喷了三声气后，就重新聒噪地驶上了去镇上的路。

“挡住了道路！”他听到了他们的话。

接着某个人说：“看！你们看到了吗？树后面是那个怪物公主耶！”所有戴护目镜的脸都回过头来看。

“我说，”另一个说，“那样不行……”

“所有这些，”公主说，“都令人瞠目结舌。”

“他们竟然不告诉你……”他的话只说了一半。

“在你来到我身边以前，我的世界里只有我一个巨人——很孤独。我曾经对这样的一种生活逆来顺受，还以为自己是大自然某种畸形变异的牺牲品。现在这个世界崩溃了，就在半小时之内，然后我看到了一个新世界，新情况，看到了更多的可能性——同伴——”

“同伴！”他回答。

“我想让你告诉我更多，详详细细的。”她说，“你知道这些事情就像故事一样划过我的脑海，甚至你也是……也许一天后，或者几天后，我才会信任你。现在——现在我正在做梦吧……听！”

他们听到，远处宫廷办公室上方的钟敲响了第一声。他俩一起机械地数到了“七”。

“这，”她说，“应该是我回去的时间了。他们会把我的咖啡端进我睡觉的厅堂里。这些小官吏和仆人——想象不出他们有多严肃——会为着他们小小的责任忙个不停。”

“他们会生疑……但我想和你说话。”

她思忖着。“但是我也要思考。我想现在单独思考，就这些变化思前想后，与过去的孤独告别，还要思考进入我世界的你和其他人……我要走了。今天，我要回到我的城堡寓所，明天，当清晨来临的时候，我又会来这儿。”

“我将在这儿等你。”

“我整天都会梦想着你给我的新世界。哪怕现在，我还是不能相信——”

她退了一步，然后把他从脚到脸打量了一遍。他俩目光相遇并相互锁定了一会儿。

“是的，”她说，一半是笑一半是哽咽，“你是真的。真是太神奇了！你认为——这确实——假如明天我来，发现你——像别人一样是侏儒！是的，我得好好想想。今天就这样吧——来，像小人们那样——”

她伸出手，他们第一次互相触摸到对方。他们的手牢牢地拉在一起，目光再次相撞。

“再见，”她说，“今天到此为止。再见！再见，巨人弟兄！”

他欲言又止，最后他简单地答道：“再见。”

他们互相拉着手，注视着对方的脸。分手后，她好几次转过身来半信半疑地看着他，伫立在他们相遇的地方。

穿过宫廷巨大的院子，她梦游般地走进了她的房间，手里携着一大捆板栗花。

三

他们从头至尾一共见了十四次面，或在大公园，或在高地，或在道路崎岖的长满石南的荒野峡谷中，黑黝黝的松林延伸到西南面。他们有两次在板栗树的树荫大道约会，五次在她曾祖父修造的观赏湖边约会。那里有一片修剪整齐的草地，周围是高高的针叶林，草地呈斜坡平缓地贴近湖面。她坐在那里，他枕着她的膝头，一边看着她的脸庞，一边向她讲述以前发生的故事，他父亲以前完成的工作，还有巨人们有朝一日将成就的伟大而广阔的梦想。他们通常在清晨见面，但是有一次他们在下午碰面，很快便发现有很多人在周围窥视、偷听，有骑车的，有走路的，这些人或躲在灌木丛里，或藏在他们身后的树林里偷看，弄得枯叶沙沙作响（像麻雀在伦敦的公园里沙沙作响一样），或划着小船找寻靠近的角度。

这一迹象第一次说明，整个乡村正带着极大的兴趣关注着他们的会面。有一次，他们的约会引发了丑闻的传播。那是第七次会面的时候，皎洁的月光下，夜晚温馨而安详，他们相会于微风轻拂的荒野，柔声细语地交谈着。

他们很快就意识到，巨人的新世界正由他们并通过他们在地球上形成，意识到他们注定要参加巨人和小人之间的大战。话题后来又转入更个人、更宽阔的兴趣上。每次他们相见、交谈、相互注视，他们的潜意识就会更多地发觉，俩人之间有一种比友谊更亲密、更美好的东西，这种东西在他们之间流动，将他们的手牵在了一起。他们很快就相互表白，成了情侣——世界上“新人类”的亚当和夏娃。

他们并肩走在爱的美妙山谷里，那是个深邃、安宁的地方。周围的世界随着他们的心情而变，仿佛成了他们见面的美丽天幕，星星是爱情脚下的花灯，黎明日落是路边的彩色幕布。他们彼此不再是血肉之躯，而是温柔和欲望的化身。他们先是低语，然后无声地互相靠近，天穹下他们探索着对方被月光照亮的、阴影勾画的脸。静静的黑松树守卫在他们的身边。

时间跳动的脚步也静默了，宇宙对他们来说已经静止，只有心跳是听得见的。他们似乎一起生活在没有死亡的世界里，那一时刻确乎如此。他们似乎奏响了，确实奏响了，人们从未触及的隐藏在万物中心的华彩乐章。即便对卑微的灵魂来说，爱情也是生命华彩的启示，何况这是吃了神食的巨人情侣。

可以想象，当这个秩序井然的世界得知王子的未婚妻、尊贵的公主殿下——有着王室血统的公主——与一个普通化学教授的巨人后代见面——而且还经常见面时，群情会有多么恐慌。他是一个没有身份、没有地位、没有财富的怪物。她和他谈话，就好像世上不存在国王，不存在王子，没有高低等级，没有尊卑贵贱似的——只有巨人和侏儒！而且很显然，她把他当作爱人。

“如果记者抓到这件事！”亚瑟·普窦·布特力克爵爷倒吸了一口气。

“我听说——”弗鲁姆普斯的老主教小声说。

“楼上的新鲜事，”男仆一边说，一边啃着甜点心一类的东西，“据我了解，巨人公主——”

“大家都说——”那个在温莎城堡宫门边开文具店的老妇人说，来参观国家外交大厅的小小的美国人就是从她那里买门票的。

然后——

“我们授权辟谣——”《小道消息报》的“海盗”说。

就这样，整个麻烦公开了。

四

“他们说我们必须分手。”公主对恋人说。

“可是为什么呀？”他叫道，“这些家伙总是想一出是一出！”

“你知道吗？”她问道，“爱上我——就是叛国！”

“亲爱的！”他叫道，“那有什么关系？他们的权利——毫无道理的权利——他们的叛国和他们的忠诚与我们何干？”

“你听着。”她说，然后将人们告诉她的所有事情讲给他听。

“我平生见过的最奇怪的小人走过来，像猫一样轻柔地走进了房间。他嗓音很美，走路轻盈，每当宣讲什么重要的事情，总是要把漂亮的白白的手举起来。他是个秃头，但还不是全秃，小鼻子和小脸蛋光滑红润，胡须修得尖尖的，看上去很利索。他有几次假装发火，好让眼睛熠熠发光。他是皇室的朋友，管我叫亲爱的姑娘，甚至从一开始就很同情我。‘我亲爱的姑娘，’他说，

‘你知道——你不可造次，’说了几次，然后说，‘你有义务的。’”

“怎么还会有这种人？”

“他就喜欢这样。”公主说。

“但是我不明白——”

“他跟我讲了一些严肃的事情。”

“你该不会不认为，”他突然转向她说，“他的话有道理吧？”

“他的话当然有道理。”她说。

“你的意思是——”

“我的意思是，我们不知不觉中践踏了小人们最神圣的观念。我们王族是单独的阶级。我们是受崇拜的囚犯，是仪仗队里的玩偶。为了受崇拜，我们失去了最基本的自由。我本来要嫁给那个王子——你不知道他的，是个侏儒王子。这样似乎能加强国家与国家的关系。这个国家也会受益。想象一下！可以加强关系！”

“那么现在呢？”

“他们还希望我跟王子结婚——就当我们之间没发生任何事。”

“没发生任何事！”

“是的，但这还不够。他说——”

“你的权术专家说？”

“是的。他说，如果我们两个不再交谈，会对你，对所有巨人有利。他就是这么说的。”

“但是假使我们不听，他们能怎么样？”

“他说你也许可以获得自由。”

“我！”

“他强调地说，‘我亲爱的姑娘，如果你们自愿分开，会更好，更体面。’他就是这么说的。强调了自愿。”

“但是我们在什么地方相爱，怎么相爱，关他们这些小混蛋什么事？他们和他们的世界和我们有什么关系？”

“他们不这样考虑。”

“当然，”他说，“你别理会这些。”

“对我来说，这愚不可及。”

“他们要用法律锁住我们！我们生命中的第一个春天要断送在他们陈旧的婚约制度中，那个毫无意义的制度！哦！我们不理它。”

“我是你的。到现在为止——是的。”

“到现在为止？那么以后呢？”

“但是他们——如果他们想分开我们——”

“他们能怎么样呢？”

“我不知道。他们能怎么样呢？”

“管他们能怎么样，管他们要做什么！我是你的，而你是我的。还有什么比这更重要呢？我是你的，你是我的——永远不变。你以为我会受阻于他们的小规则、小禁令，还有他们鲜红的警示牌吗？我会因此而离开你？”

“不会的。不过，他们会做什么呢？”

“你的意思是，”他说，“我们该怎么办？”

“是的。”

“我们？我们要继续来往。”

“如果他们想办法阻止我们呢？”

他攥紧了拳头，看了看周围，好像小人们已经来阻止他们了，然后转过身望着眼前这个世界。“是的，”他说，“你问得对，他们会干些什么呢？”

“在这些小地方……”她说着停顿了一下。

他似乎知道她要说什么：“他们无处不在。”

“但是我们可以——”

“去哪里？”

“我们可以走，我们可以一起游过大海，到海的那一边——”

“我从来没去过海的那一边啊。”

“那儿有雄伟而荒凉的高山，在那儿我们就像小人了。那儿有幽深荒芜的山谷，有隐藏的湖泊和积雪覆盖的高地，杳无人烟。那儿——”

“但要到达那儿，我们必须夜以继日地杀出千百万小人的重围。”

“这是我们唯一的希望。在这片拥挤的土地上找不到宁静，没有藏身之所。在这些人中间，我们哪有立足之地？小人们可以互相躲避，但我们躲在哪里？我们没有吃饭的地方，没有睡觉的地方。如果我们逃离，他们会白天黑夜地追踪我们的脚印。”

他灵机一动。

“有一个地方，”他说，“甚至就在这个岛上。”

“哪里？”

“在我们弟兄建工程的地方。他们建造了巨大的土坝，东南西北都围着他们的房子。他们已经挖了很深的洞，有躲藏的地方，而且，最近他们有人来找过我。他说——我当时没有完全注意他说的话，但是他谈到了武器。也许在那儿我们能找到容身之处。”

“有很多天了，”他停顿了一下说，“我都没有见过我的弟兄们。天哪！我一直在做梦，我简直太健忘了！时间流逝，而我除了盼着来见你，什么事都没做。我必须到他们那儿去谈谈，告诉他们你的事情和我们面临的所有事情。如果他们愿意就能帮助我们，那样我们就有希望了。不知道他们那地方有多坚固，但科萨尔肯定会把那里搞得很坚固的。在这之前——你来到我身边之前，我现在记起来了——好像酝酿着什么事。有一场选举——所有的小人靠点人头数来决定事情，现在想必结束了。有股势力正威胁着我们所有人，除了你。我必须去看看我的弟兄。我必须告诉他们我们之间的一切，以及现在的威胁。”

五

下一次见面的时候，她等了很长时间他才来。他们约定中午时分在位于河流转弯处的大公园里见面。她一边等待，一边手搭凉棚向南面看去，周围世界很安静，静寂得有点森然。尽管已经很迟了，但她发现，平常自愿充当间谍的随员没有跟着。她左右环顾，没有看到任何人，泰晤士河的银白色波浪上一条船也没有。她试图去找到这奇静的原因。

然后，令她欣慰的情形出现了，远处，小赖德伍得出现在遮断她视线的树林的缝隙里。

树林立即遮住了他，过了一会儿他穿过林子，又出现在她的视线里。可她察觉到某种异常，她看到他一反常态，走得很急，而且还一瘸一拐的。他向她打手势，于是她走向他。他的脸看得清楚些了，她十分担忧地看到，他每走一步都十分痛苦。她向他跑过去，脑海里充斥着疑问和难以名状的害怕。他靠近她，不打招呼便开始说话。

“我们会分开吗？”他气喘吁吁地说。

“不分开！”她回答，“怎么了？出了什么事？”

“但是如果我们不分开，现在就得见分晓。”

“怎么了？”

“我不想分开，”他说，“只是——”

他顿了一下，问道：“你不想离开我吧？”

她坚定地看着他的眼睛。“发生了什么事？”她逼问道。

“暂时分开呢？”

“多久？”

“也许是很多年。”

“分开？不行！”

“你已经想好了？”他坚持问。

“我不愿分开。”她抓住了他的手，“哪怕是死，马上就死，我也不会放开你。”

“哪怕是死……”他说。她感觉到他抓紧了她的手。

他环顾四周，就怕在说话之间小人们跑过来，然后说：“可能我真的会死。”

“快告诉我，怎么了？”她说。

“他们试图阻止我来。”

“怎么阻止？”

“当我走出为科萨尔营地制造神食的车间时，发现一个小警官——一个穿蓝制服戴洁白手套的人招手让我站住。‘这里封路了！’他说。我想都没想，绕过车间来到向西的另一条路，那儿还有一个警官。‘这里封路了！’他说，还补充道，‘所有道路都封了！’”

“然后呢？”

“我和他争辩了一会儿。‘那是公共路段！’我说。

“‘说对了。’他说，‘你破坏了大家的道路。’

“‘很好，’我说，‘我走农田。’这时从树篱的后面又跳出几个人，说：‘这些田地是私人的。’

“‘让你们的公共和私人见鬼去吧，’我说，‘我要去见我的公主。’然后，我弯腰轻轻地把他捡起来——他又踢又叫——

放在一边。这一刻，我周围所有田地里都跑满了人。只见一匹马在我身边飞驰，马上的人边骑边念着什么东西——大声叫嚷着什么。他念完后返身骑了回去——垂着头。我不明白怎么回事，我听到了背后传来枪声。”

“枪！”

“枪！他们用来射巨鼠的那种。子弹射到空中发出撕裂的声音，我腿上被叮了一枪。”

“然后呢？”

“我就到你这儿来了，他们在后面叫喊，奔跑，射击。现在——”

“现在？”

“这只是开始。他们认为我们必须分开。即使现在，他们还在追我。”

“我们不分开。”

“当然不分开。但是如果我们不分开，你就必须跟我到我的弟兄那儿去。”

“怎么走？”她叫道。

“朝东。那也是他们追我过来的路。我们只能走这条路，沿着这条林中小路走。让我先走，如果他们在那儿等我——”

他向前跨了一步，但是她抓住了他的胳膊。

“不！”她喊道。“我要挨着你，搀着你。或许会因为我是王族，是不可侵犯的，如果我搀着你——愿老天让我抱着你飞起来！也许他们就不会向你开枪了。”

她攀住了他的肩膀，边说边牵他的手，挨近他。“他们也许就不打你了。”她重复道。这时他突然涌上一股柔情，一把将她拥入怀里，亲吻了她的面颊。他们就这样拥抱了一段时间。

“哪怕要面对死亡。”她轻声说道。

她用双手抱着他的脖子，抬起脸。

“亲爱的，再吻我一次。”

他把她拉近。他们默默地亲吻着对方的双唇，然后又拥抱在一起。然后，他们手拉着手出发了，她紧紧地靠着他往前走，希望在小人追上来之前到达科萨尔的儿子们建造的避难所。

当他们穿过大公园的时候，城堡后面的树林里冲出一队骑兵，想徒劳地赶上他们的大步。他们的前面是房子，里面有枪手在往外跑。看到这个情形，尽管他仍然想继续前进甚至杀出一条血路，但是她已经拉着他转身向南面跑去。

逃跑中，一颗子弹“咻”地划过他们的头顶。

第三章
小卡多斯在伦敦

一

小卡多斯对形势的发展一无所知，也不了解法度对他的弟兄们正越收越紧，甚至根本就不知道在这世上还有其他弟兄。他决定离开白垩矿，出门看看世界。他好不容易才做出这个选择。在奇辛·埃尔布莱特，他那么多的问题都得不到解答：新牧师比老的更蠢，那毫无意义的劳动之谜终于令他气急败坏。“为什么我要在这里日复一日地工作？”他问道，“为什么要把我圈在这里，不让我看外面美丽的世界？我做了什么事，注定要受到这样的惩罚？”

有一天，他站起身，挺直了腰杆，高声说：“不！”

“我不愿意！”他说着，使劲咒骂起矿井来。

他言语不多，主要用行动来表达思想。他在一辆货车上装了一半白垩矿石，然后举起来，甩了出去，撞到另一辆车上。接着他抓住一排空车，扔下了堤坝，又扔出一大块矿石，矿石砸到了那些空车上，然后还用巨脚踩烂了十几码的铁路。他开始了对矿井的破坏。

“整天工作，”他说，“整天干这个！”

对于那位小小的地质学家来说，这是惊心动魄的五分钟，他全神贯注地做着自己的工作，没有留意到小卡多斯。这个可怜的小东西差点儿被两块巨石砸到。他慌忙从矿山西角跑出去，逃下了山。他穿着灯笼裤的腿跑得飞快，背上的帆布包不停地跳动着，身后留下了一连串白垩纪棘皮动物般的脚印。小卡多斯十分满意自己的破坏，大步流星地走出矿山，去实现他的理想了。

“在那个旧矿井里工作到死，腐烂，发臭！他们把我巨大的身子当什么了？天知道为了何种愚蠢目的挖白垩矿！我才不干呢！”

也许是道路和铁路的引导，也许纯粹是出于偶然，他的脸转向了伦敦。他大步流星，穿过高地和草地，顶着下午的酷热，来到了使他无限惊异的大世界。墙壁和谷仓上飘动着被撕坏的红白标语，上面写着各种各样的名字，这对他毫无意义；推“巨人杀手”凯特汉上台的选举革命他也毫不知情。一路上，每个警察局的通知栏都有凯特汉所谓的旨意，公告中没有特许，宣称任何巨人——也就是身高超过八英尺的人——都不能离开“居住地”五英里远。

但这对小卡多斯毫无意义。在他身后，警官们暗自庆幸自己发现较晚，对着他渐渐远去的背影摇动着警告的传单，这对他也毫无意义。他要看看，广大世界究竟要向他展示什么东西。这个可怜的怀疑一切的木头脑袋觉得，那些零星遇见的向他喊“你好”的人，不应该挡在他的路上。他走过罗彻斯特和格林尼治，向着越来越密的房屋群缓缓地走去，东张西望，摇动着巨斧。

伦敦人以前听说过他，知道他是白痴但很有礼貌，被汪德胥特夫人的代理人和牧师调教得服服帖帖；他木讷地尊敬这些权威，并对他们的照顾感激不尽。那天下午，当他们从报纸公告上得知连他也“罢工”了，很多人认为这是有预谋的统一行动。

“他们想试探我们的力量。”火车上，那些出差回来的人们说。

“幸好我们有凯特汉。”

“这就是对他公告的回应。”

俱乐部里的人们消息更灵通，他们聚集在电报机纸带旁或在吸烟室里成群结伙地交谈。

“他没有武器。如果不用公告刺激他，本来他会去塞文欧克斯的。”

“凯特汉会对付他的。”

售货员传消息给他们的顾客；餐馆侍者在上菜间隙抓紧时间看晚报；出租车司机看完博彩消息后，便马上查看巨人的消息……

官方主要晚报的布告牌上一律鲜明地打出了“揪荨麻”的标题。其他报纸为吸引读者，打出了“巨人赖德伍得继续与公主见面”的标题。《回声报》自己添了一行：“英格兰北部传言巨人暴乱。桑德兰巨人向苏格兰进发。”《西敏寺报》发出例行警告：“小心巨人。”报上还试图在这上面做文章，竭力撮合自由党的统一——该党当时已被七个自私的领导人搞得四分五裂。后来，报纸又异口同声地宣称：“巨人在新肯特路。”

“我想知道的是，”茶馆里面色苍白的年轻人说，“为什么我们没有小科萨尔们的消息，想必他们会参与所有这一切。”

“据说，另一个小巨人逃了出来。”酒吧女招待一边擦着杯子一边说，“我总是说，他们四处走动是有危险的。一开始就讲过……这应该被制止。不管怎样，希望他不要到这儿来。”

“我倒想看看他。”坐在吧台上的年轻人鲁莽地说，“我看见过公主。”

“你觉得他们会伤害他吗？”酒吧女招待说。

“势在必行吧。”坐在吧台上的年轻人说，尔后举起酒杯一饮而尽。

就在无数类似的言论甚嚣尘上时，小卡多斯来到了伦敦……

二

人们在新肯特路上看到了小卡多斯，夕阳暖洋洋地抹在他迷惑张望的脸上，至今令人难忘。路上车水马龙，有公共汽车、电车、货车、马车、手推车、自行车和汽车。惊讶的人们聚集在他小心移动的大脚后面，其中有无业游民、女人、女护士、女售货员、儿童和冒险的青少年。招贴板上到处是乱糟糟的撕破的竞选标语，四周充斥着嘈杂声。顾客和售货员挤在商店的走道里，橱窗前人来人往，街上的小孩边跑边叫，警察们对此视而不见，工人们在脚手架上歇息……真是一片沸腾的景象。他们向他叫喊，既像鼓励，又像侮辱；而他低头看着他们，从没想到世界上有这么多的小人。

一进伦敦，他就不得不放慢脚步，越走越慢，因为周围已经挤了那么多的小人。他愈往前走，人群愈密集，最后，在两条主要道路交会的一处角落，他停了下来。一大群人涌向他，把他团团围住。

他站着，两脚略微分开，背对着街角一家豪华大酒店，那个酒店是他身高的两倍，顶上是广告牌。他注视着侏儒们，一脸纳闷，无疑想把这些和他生活中的其他事物联系起来——高地中的山谷，夜晚的情侣，教堂的歌声，他每天敲打的白垩矿石，还有本能、死亡和天空——然后又试图把所有的一切联系在一起，使之成为有意义的整体。他眉头紧锁，伸出巨手去挠自己粗糙的头发，高声地呻吟起来。

“我不明白。”他说。

他的口音是陌生的。空地上响起了巨大的嘈杂声，在这嘈杂声中，电车叮叮当当、锲而不舍地驶过人群，就像麦地里冒出的红罂粟。“他说什么？”“他说他不懂。”“他说海在哪里？”“他说座位在哪里？”

“他想要一个座位。”“这傻子不能坐在房子上面吗？”

“你们这些小人拥过来干什么？你们在干什么？为的是什么？

“我在矿里挖白垩的时候，你们这些挤来挤去的小人们在干什么？”

他那奇怪的声音，对奇辛·埃尔布莱特学校的纪律来说是怪叫，当时却使人群迅速安静下来，但最后还是引起了人群的混乱。一个聪明人大叫：“讲呀，讲呀！”“他说什么？”这个问题困扰着大家，然后便开始传言他喝醉了。“喂，喂，喂！”公共汽车司机大叫，挤出一条危险的路。一个酩酊大醉的美国水手四处游荡，眼泪汪汪地问：“他想要什么呢？”一个脸长得像皮革一样粗糙的衣贩子站在小马车上，在混乱的人群上方吼道：“回家去！你这个混蛋巨人！回家去！你这个危险的混蛋巨人！没看到你把马给惊了吗？回家！没人告诉你法律吗？”听到这些吼叫，小卡多斯瞪着眼，困惑不解。他期待着什么，不再说话。

后面一条岔路上走来一小队严肃的警察，灵巧地在车辆中穿行。“走开，”警察说，“请不要停留。”

小卡多斯感觉到，一个深蓝色的小人重重地在他的小腿上击了一下。

他低头看了看。“什么事？”他说着，弯下身来。

“不能站在这儿。”巡逻官说。

“你不能站在这儿。”他重复道。

“要我去哪儿？”

“回到你的村子，你的居住地。反正，现在你必须移动一下。你阻塞了交通。”

“什么交通？”

“马路交通。”

“但是交通通往哪儿？又从哪儿来？交通意味着什么？他们都围着我。他们想要什么？他们在干什么？我想弄明白。我已经厌倦了挖白垩，厌倦了孤身一人的生活。我在挖白垩的时候，他们为我干了什么？我就想现在在这儿弄个明白。”

“对不起，我们不是到这里解释这种事情的。我必须要求你离开。”

“你不明白我的意思吗？”

“我必须要求你离开——劳您大驾了。我还是劝你快回家。我们尚未接到特别指令，但你这样做是违法的。离开这儿，快离开。”

他左边的人行道硬生生地被让出来了，小卡多斯慢慢地上路了。但现在他的舌头都管不住了。

“我不明白，”他嘟哝道，“我不明白。”他断断续续地问跟在他后面的、旁边的不断变换的人群。“我以前不知道有这样的地方。你们这些人都在干什么？这一切都是为了什么？一切都是为了什么？这是个什么地方？”

他已经带来了一条新的时髦语。聪明的、精力充沛的年轻人互相学道："啊，公鸡，这为了什么啊？一切开着花的都是为了什么？"

由此还引发了一连串百花齐放的妙语应答，其中大部分都很粗鲁。最流行和最适合大众使用的似乎是"闭嘴！"要么就是洁身自好的说法——

"滚！"

三

他在寻求什么？他想要某种这个侏儒世界尚未给予的东西，他想达成这个侏儒世界阻止他达到的目的——他们甚至阻止他看清这个目的，他也从来没有看清楚过。这个目的体现了这个孤独寡言的巨大怪物社会性的一面，他要为他的同类，为他亲近的事物呐喊，为他可以爱、可以为之服务的东西呐喊，为他所能理解的目的和所能遵守的命令呐喊。要知道，所有这些都是无声的，在他身体里无声地激荡。即使遇见一个巨人同伴，他也无法通过语言把这种激情宣泄、表达出来。他所知道的生活，就是在村子里单调地绕圈；他所知道的言语只有那些村舍闲话。这种生活在面对他巨大身材的最低要求时，显得不堪一击，一触即毁。他根本不知道钱为何物，这个巨人傻瓜不懂贸易，不懂小人社会赖以构筑的复杂矫饰。他需要，他需要——不管他需要什么，从来就找不到他需要的东西。

整整一天一夜他都在四处游荡，饥饿但不疲倦，观看着不同街道上的车水马龙，这些微小人物莫名其妙的营生。总的来说，这些东西对于他只不过是一团乱麻。

据说，他从肯辛顿的马车上拽出一位女士，她穿着最漂亮的那种晚礼服，他仔细地观察她，看她的长裙和肩胛骨，然后把她放了回去——有点儿漫不经心——并深深地叹了口气。对此我不能担保属实。他花了一小时左右，看着人们在皮卡迪利终点站的公共汽车上抢座位。下午，有人看见他在肯宁顿椭圆板球场逛了一会儿，但是当他看到成千上万的人都聚焦在神秘的板球上，根本不注意他时，便哼了一声离开了。

在晚上十一点和十二点之间，他回到皮卡迪利广场，发现了一类新的人群。显然他们很专注：由于不可思议的原因，他们有很多事要做，也有很多事不做。他们盯着他，嘲笑他，然后径直上路。鹰鼻鹞眼的出租车司机们在拥挤的人行道边一个挨着一个。人们从餐馆出来进去，有人严肃、专注，有人尊贵、有风度，有人温和，有人激动，有人兴奋，有人警觉——最厉害的侍者也讹不了他们。这个巨人站在自己的角落里，扫视着他们。“这一切都是为了什么？”巨人用低沉的嗓音悲伤地嘟囔着，“这一切都是为了什么？他们都那么一本正经。我不明白这是为什么？”

他们似乎没有人能像他那样看到：角落里喝醉酒的可怜的浓妆小姐，下水道边肮脏的捡破烂的人，以及诸如此类无足轻重的人。他们似乎没有人能感觉到这个巨人的需要，也无人察觉到他们的道路已经蒙上了未来的阴影。

马路对面的高处，神秘的字母亮了又灭。如果他能看懂，这些文字会告诉他人类的兴趣所在，会告诉他小人眼中生活的基本需要和特点。

首先是一个闪亮的“天”字；

接着是“牛”字，

天牛；

然后是“牌”字，

天牛牌；

最后，横跨天空的广告牌完整出现，这条使人振奋的信息是针对所有感觉到生活重担的人们的：

天牛牌补酒，健身强体。

啪！它消失在夜色里，后面是另一条慢慢显示的广告：

美容香皂。

注意，这并不仅仅是清洗用的化学物质，而是像他们说的那样，是一种“理想之物”；接下来，是组成小人生活的完整的第三部曲；

杨基黄药丸。

这以后又出现了天牛牌那燃烧的红色字母，啪，啪，横贯虚空。

天牛牌……

似乎，小卡多斯凌晨就来到了阴森森的安静的摄政公园[1]。

---

1 伦敦著名景点。

在靠近人们冬季滑冰的地方，有一处草地斜坡，他跨过栏杆在那里躺了下来，睡了一个来小时。清晨六点的时候，他和一个睡在汉普斯特德公园附近一条沟里的衣衫褴褛的女人聊了起来，他非常认真地问她，她为什么会睡在那里。

四

卡多斯在伦敦的游荡到第二天早上就出事了——饥饿攫取了他。他在一个把香喷喷的热面包装进马车的地方驻足犹豫了一会儿，然后平静地跪下来开始抢劫。他把马车洗劫一空，面包店的伙计跑去报警，接着他的巨手又伸进店里，扫空了柜台和盒子。他捧着一摞面包，边吃边寻找另一家店继续他的早餐。当时恰逢就业困难季，食物很昂贵，但那个街区的人们对一个攫取自己也急需的食物的巨人却表示了同情。他吃第二顿的时候人们报以掌声，他看见警察时做了个鬼脸，他们竟哈哈大笑。

“我饿极了。”他嘴巴里塞满了食物说。

“好！”人群欢呼道，“好！”

当他进入第三家面包店的时候，六七个警察挡住了他的去路，他们用警棍打他的腿。“喂，可爱的巨人，跟我来。”领头的警官说，“你不可以这样离家出走，和我一起回去吧。”

他们竭尽全力要拘捕他。听说，当时有一辆电车正沿着马路跑，它的链条滑轮和电缆被用作了这场大追捕中的手铐。当初他们并没有想杀他。“他与这个阴谋无关。”凯特汉说，“不到万不得已，我手上不愿沾上无辜者的鲜血。”

开始，卡多斯并不明白他们的用意。当他听懂以后，就告诉这些警察不要犯傻，然后大步流星向前走去，把他们甩在身后。面包店在哈罗路，他一直穿过伦敦运河，走到了圣约翰树林，然后他在一个私人花园里坐了下来。他刚开始剔牙齿，马上受到了另一拨警察的骚扰。

“你们别惹我！”他吼道，无精打采地穿过花园，踩坏了几处草地，踢翻了一排篱笆。那些精力充沛的警察则紧追不舍，一路人马跟着穿过花园，另一路人马沿着房前的道路紧随其后。他们中有一两个带着枪，但是没有使用。当他走进艾奇威尔路的时候，人群中出现了一种新的声音和新的活动。一个骑警踩了他一脚，然后忙不迭地对他的疼痛表示抱歉。

“你们别惹我。”面对气喘吁吁的人群，卡多斯说，“我又没对你们做什么。”

他当时赤手空拳，因为他把砍白垩的斧头留在了摄政公园。但是现在，这个可怜的人感觉需要武器防身。他转身走向了大西部铁路的货仓，扭下了一根高高的弧光灯柱作为狼牙棒，扛在肩上。当他发现警察仍过来纠缠时，就沿着艾奇威尔路折回克里克伍德，愠怒地大步向北走去。

他一直游荡到沃尔瑟姆，然后向西折回伦敦。他走过公墓，在正午时分翻过海格特山顶时，又看到了这个巨大的城市。他转到一旁，在一个花园里坐了下来，背对着一所可以俯瞰整个伦敦的房子。他气喘吁吁，低下了头，现在人们不再像他刚进伦敦那样围着他，而是蹲在邻近的花园里，小心翼翼地探头探脑。他们知道，这件事比他们先前想得要可怕。“为什么他们不让我一个人待一会儿？”小卡多斯吼叫道，“我得吃饱啊。为什么他们不让我一个人待一会儿？”

他阴沉着脸坐着，边咬着指关节边俯视着伦敦。一路上所有的疲倦、担忧、困惑和无名的愤怒随时准备发作。“他们真不是东西。”他低声说，“他们真不是东西。他们不会让我一个人待着的，他们会挡我的道。”然后他一遍又一遍地对自己说，“没劲。”

“哦，这些小人！”

他狠狠地咬着指关节，皱紧了眉头。“为他们挖白垩，”他轻声道，“整个世界都是他们的！我与什么地方都格格不入。”

这时，他又愤怒之极地发现一个熟悉的警察身影正从花园墙上跨过来。

“别惹我！”巨人嘟囔着，“让我一个人待会儿。”

“我要履行职责。”小警察说。他脸色苍白，态度坚定。

“让我一个人待会儿。我要像你一样生活。我要思考。我要吃饭。你让我一个人待会儿。”

“这是法律，”小警察说着并没有走近，“法律可不是我们颁布的。”

“也不是我。”小卡多斯说，“你们这些小人在我出生前就制定了一切。你们和你们的法律，见鬼去吧。我必须做什么，我不许做什么。我没有饭吃，除非像奴隶一样工作，没有休息，没有房子，一无所有。你告诉我——”

“这一切与我无关，”警察说，“我不是来辩论的。我要做的是执法。”他把另一只脚也跨过墙来，似乎要爬下来。其他警察在他的身后也出现了。

“我不跟你吵——听着！”小卡多斯说着，握紧了巨大的狼牙铁棒，脸色苍白，用瘦削的巨手指着这个警察，“我不跟你吵，但是你让我一个人待会儿。”

这个警察试图保持镇静，保持平常心，来面对这场近在眼前的危机。“把那个通告给我。”他对身后躲着的随从说。一张小小的白纸递到了他的手里。

“让我一个人待着。”卡多斯说，双眉紧紧地扭在了一起。

“这个的意思是，”警察在宣读通告前说，“回家，回到你的白垩矿去。否则你会受到伤害。”

卡多斯发出了口齿不清的咆哮。

公告宣读完毕，警官做了个手势。四个拿着步枪的人进入了视线，并假装平静地在墙上占好位置。他们穿着捕鼠警察的制服。看到枪，小卡多斯不禁勃然大怒。他记起了莱克斯通农民用子弹叮他的那份痛楚。“你们要向我开枪？”他指着他们，警官认为他肯定是害怕了。

“如果你不回到你的矿——”

话还没说完，警官就被扔过了墙，灯柱从六十英尺的高空旋转落下，当即要了他的命。砰！砰！砰！重型步枪开火了，哗啦！墙头崩裂，公园尘土飞扬！什么东西飞了出去，开枪者的手上流下了红色的液滴。步枪手们四下躲避，继而又勇敢地转身，再次开火。但是两次中弹的小卡多斯已经转过身来，寻找是谁狠狠地打中了他的背部。砰！砰！他看见房子、温室和花园的幻觉，看见躲在窗边的人们，统统在眼前可怕地、神秘地晃动。他似乎趔趄了三步，举起又放下了手中巨大的狼牙棒，抓住胸部。疼痛击倒了他。

这是什么？手上又热又湿的东西……

一个从卧室窗口窥视的人看见了他的脸。他一脸痛苦的表情，瞪着手上的鲜血，双膝弯曲，倒在地上。这是第一个牺牲在凯特汉魔爪下的巨人——他本打算最后再揪这棵荨麻。

第四章
赖德伍得的两天

一

凯特汉发现，揪荨麻的时机已到，于是一手遮天，下令逮捕科萨尔和赖德伍得。

赖德伍得在劫难逃。他刚接受了肋部的一个手术，医生们曾排除一切干扰，直到他身体康复。现在，他们已经放他出院了。赖德伍得这会儿刚起床，坐在炉火融融的房间里，身边是一堆报纸。他第一次读到令凯特汉大获全胜、执掌全国政权的那场骚动，第一次知道笼罩着公主和他儿子的麻烦。这事就发生在小卡多斯死去的那天早晨，警察试图阻挡小赖德伍得去见公主。赖德伍得手头最近期的报纸，仅仅依稀地预示这些事情迫在眉睫。他心情沉重，把这些灾难的先兆又看了一遍，越看越能感觉到死亡的阴影，他满脑子都是这些消息，等候进一步的报道。当警官随仆人走进他的房间时，他急切地抬起头。

“我以为晚报提早送到了呢。”说完，他站起来，很快改变了态度，“这是干吗？”

从那以后，赖德伍得有两天没有得到任何消息。

他们开车来准备带他走，发现他正在患病，便决定让他多待一天半天的，直到走动对他无碍为止。警察接管了他的房子，把它改造成临时监狱。曾几何时，就在这所房子里，巨人赖德伍得来到世上，第一次有人服用神食。现在，他却是鳏夫一个，独守空房已有八年。

他的皮肤变成了铁灰色，灰白的胡子尖尖的，棕褐色的眼睛灵动依旧。他还是像以前那样单薄，声音还是很温和，但是由于在沉思浩瀚宏大的世事，他的五官透着某种难以言表的气质。对来逮捕他的警官来说，他的相貌与他的滔天罪恶简直是鲜明的对照。“就是这家伙。”领头的警官对副手说，“为了搞破坏真是用尽伎俩，可他长得倒像个安分的乡绅，而为百姓维护社会秩序的汉伯鲁法官却长着颗猪脑袋。再看他们的举止！一个周全谨慎，另一个却只会哼哼唧唧。你看到了吗，不管做什么事，都不能以貌取人啊。”

可他对赖德伍得的敬意马上就受到了冲击。警官们起初发现他很烦人，后来对他讲明，提问题、讨报纸都是没用的。他们搜查过他的书房，把他现有的报纸也清了个干净。赖德伍得的嗓门很尖，带着规劝的口气，一遍又一遍地说："你们难道不明白吗，他是我的儿子，我唯一的儿子，他遇到了麻烦。我在乎的不是神食，而是我的儿子。"

"我的确希望能告诉你什么，先生。"警官说，"但是我们的命令很严。"

"是谁发布这些命令的？"赖德伍得叫道。

"啊，那个，先生——"警官说着向门口走去。

另一个警官在上司下来的时候汇报说："他在房间里走来走去，没问题，他会平静下来的。"

"但愿如此。"这位警长说，"我以前没想到，原来和公主谈恋爱的巨人是此人的公子。"

他们两人和第三个警官之间都相互交换了一个眼色。

"他还真是倒霉。"第三个警官说。

很明显，赖德伍得还没有完全认识到，一道铁幕已经隔断了他和外部世界的联系。他们听见他走到门口，转动把手，把锁弄得格格作响。这时，门外的执勤警官告诉他，这样做是于事无补的。后来他们听到他走到窗口，赖德伍得看见外面也有人正在抬头监视着他。"那样做也是徒劳的。"第二个警官说。然后赖德伍得就开始猛摁门铃。一名高级警官走上前去，万分耐心地解释说，那样摁门铃也起不了任何作用。如果摁门铃不是因为需要东西，那么下次摁门铃就没人理睬了。"合理的照顾可以有，先生。"警官说，"如果你按门铃只是为了表示抗议，先生，我们将不得不把它掐掉。”

警官听到的最后一句话是赖德伍得的尖叫：“可是你们至少应该告诉我，我儿子是否——”

二

此后，赖德伍得大部分的时间只能消磨在窗口了。

但是窗口不能向他反映外界事物的进程。这条街总是安安静静的，那天更显得特别静。整整一上午，几乎就没有一辆出租车或一辆售货马车通过。不时有一些人走过——从他们身上也看不出什么来，有时是一小群孩子，有时是一个护士和一个上街买东西的女人。他们从左或从右出场，要么走向街头，要么走向街尾，对自身以外的事情表现出令人愤怒的漠不关心的态度；他们吃惊地发现这所房子有警察站岗，于是就从房子相反的方向走开了，并不时回头看看，指指戳戳。偶尔也会有人过来向警察询问，但得到的回答都很粗略……

对面的房子一片死寂。一个女仆在对面卧室的窗口出现过一次，并注视了一段时间。赖德伍得想跟她打招呼，她似乎饶有兴趣地看了一会儿他的手势，做了一个含糊的回答，然后突然向后看，又转身走掉了。一个老人蹒跚地从37号里出来，走下台阶，往右边去了，根本没抬头看。十分钟里，马路上唯一的活物是一只猫……

就这样，那个冗长不堪的上午过去了。

十二点左右，邻近马路上传来了报贩的叫卖声，可马上就听不到了。与往常不同的是，报贩们没有进赖德伍得住的这条街，他怀疑警察正把守着街口。他试图打开窗子，但刚有动作就将一个警察引到房间里来了……

教堂的大钟敲了十二下，又过了很久——一点了。

他们用午饭来嘲弄他。

他吃了一口，把一些食物打翻在外面，想让他们把它拿走。他随意地喝着威士忌，接着拿了一张椅子又走回窗口。时间拉长为无限的灰色空间，有一阵他似乎睡过去了……

醒来时，他模模糊糊地感觉远处有震动。他察觉到窗子正格格作响，像地震引起的抖动，震动持续了一分钟左右便消失了。一阵沉寂之后它又回来了，接着又消失了。他猜想，这可能是重型车辆通过主要道路造成的。难道还会有别的可能？

过了一会儿，他开始怀疑是否听见了什么声音。

他开始不停地问自己，为什么他被扣了起来？凯特汉上台才两天，就已经有足够的时间来揪荨麻了？揪荨麻！揪巨人荨麻！这想法一产生，就在他的脑海里环绕不绝，无法打消。

凯特汉究竟能做出什么事呢？他是个信仰宗教的人。他多多少少受到宗教的约束，没有正当理由是不会动用暴力的。

揪荨麻！也许，比方公主被抓住了，被遣送到国外。那他的孩子可能会有麻烦。若真如此，为什么逮捕他呢？有何必要让他蒙在鼓里，不让知道这种事情？这一迹象表明，还有更深层的东西。

也许他们想监禁所有巨人，想把巨人都抓起来。这种暗示在竞选演讲时听到过。然后呢？

无疑他们也抓了科萨尔吧？

凯特汉是一个笃信宗教的人。赖德伍得抓住这点不放，他脑海里却是一片黑幕，黑幕上有一个词若隐若现。这是用火写成的一个词。他一直在与这个词做斗争。仿佛早已动笔开始写，却又一直写不完似的。

他终于面对它了。

“大屠杀！”就是这个无比残忍的词。

不！不！不！不可能！凯特汉是一个教徒，是文明人。何况这么多年都过去了，应该还有希望！

赖德伍得跳了起来，在房间里踱着步，自言自语，大声疾呼。

“不！”

人类肯定不会这样疯狂，肯定不会！这不可能，不可思议，不可能这样。巨类已经不可避免地在所有低等事物当中出现了，屠杀巨人又有什么好处呢？他们不可能如此疯狂！

“我必须打消这个念头，”他大声地说，“打消这个念头！彻底打消！”

他突然停下来。那是什么？

显然窗子在格格作响。他走过去张望街上的情况。对面，他的所见确证了他的所闻。35 号的卧室里是一个女人，手上拿着一条毛巾；37 号的餐厅里，一个男人躲在插着超大铁线蕨的大花瓶后面。两个人都一会儿向外，一会儿向上地顾盼，显露出不安又好奇的样子。他现在非常清楚地看到，人行道上的警察也听到了这个声音。这不再是他的想象了。

他转向黑乎乎的房间。

“炮！”他自言自语道。

他沉思着。

“炮？”

他们拿来了他惯喝的浓茶，显然他们咨询了他的管家。喝了茶以后，他在窗前再也耐不住了，于是在房间里躁动不安地踱起步来。他的思路现在变得更加连贯了。

这个房间作为他的书房已经有二十四年了。结婚时装修过，一切基本设施都是当时配备的。大而复杂的写字台，转椅，壁炉边的安乐椅，旋转书架，墙壁凹陷处的索引架。鲜亮的土耳其地毯，维多利亚后期的炉边地毯和窗帘透射出尊贵的气息，铜器映现出温暖的炉火。电灯代替了以前的灯台，这算是对原配家具的主要改进了。但是在这些物品中，反映他与神食的联系的东西最多。沿着一面墙，在护墙板的上方，拥挤地挂着一长列镶着黑镜框的照片和照片凹板，上面是他的儿子、科萨尔的儿子和其他神食儿童在不同年龄、不同背景下拍的照片。在这一系列照片中甚至可以看到小卡多斯心不在焉的那张脸。房间一角，立着一捆取自奇辛·埃尔布莱特的蓝草巨穗，书桌上放着帽子一样大的三棵空空的罂粟蒴果。窗帘杆是草茎做的。墙上挂着奥克姆巨猪硕大的头盖骨，壁炉架上方是怪异的象牙壁饰，两边眼窝内各立着一个中国瓷瓶，从炉火上方悬伸出来。

赖德伍得向照片走去，特别是他儿子的照片。

这些照片勾起了无数已经淡忘的回忆。他想起神食初创的日子，想起本辛顿胆怯的露面，还有他的简堂姐，想起科萨尔和那晚在试验农场所做的一切。这些事情现在看来虽然琐细，但很鲜明，很清晰，就像在晴天用望远镜观察到的东西一样。接下来，他想起了巨人的婴儿室，巨人的儿童时代，小巨人第一次开口说话的情形，第一次表达亲情的示意。

炮？

这个念头不可抗拒地涌入他的头脑，势不可挡。就在外面，在这该死的寂静和神秘以外，他的儿子、科萨尔的儿子以及属于更伟大时代的所有光荣早期成果，现在正在——战斗！为生存而战斗！甚至现在，他的儿子可能就处于某种凄凉的窘境，走投无路，受了伤，被制服了。

他从这些照片走开，在房间里来回踱步，两手比画着。“不能这样，”他叫道，“不能这样！不能有这样的结果！”

“那是什么？”

他停了下来，像受了电击一样一动不动。

窗子的颤抖又开始了，接着是“砰”的一声重击，把房子都摇动了。这一震荡似乎持续了很长时间，源头肯定离这儿很近。一段时间，似乎有什么东西击中了他头上的屋顶，重重的冲击力弄得玻璃哗啦啦地掉落。一切又归于寂静，然后下面的街上传来一阵飞跑的脚步声，听得十分真切。

这些脚步声把他从严酷的现实中解脱出来，他转向窗户，只见它已经裂开了花，碎了一地。

一种危机感，一种终于熬到了头、解脱了的感觉令他心跳加快。然而，一种无力挣脱的困境感很快又像幕布一样将他笼罩！

窗外，除了能看到对面的小电灯没点亮外，其余什么也看不见。第一阵惊天巨响之后，他又什么也听不见了。只有东南方的天空闪动着一种红红的亮光。

亮光一会儿大，一会儿小，当它暗淡下来的时候，他怀疑它是否曾亮起过。它与黑暗一起慢慢地袭来，这成为他在漫漫长夜里最大的疑问。有时这亮光似乎在抖动，他觉得这与跳动的炉火好像有些关系。有时他猜想，这亮光只不过是一般的夜灯反射。它在漫长的时间里亮了又暗，直到最后被清晨的霞光全部湮没，消失。这意味着？它能意味什么？看来，它显然是某种火焰，或近或远，但他不能区别这是烟还是天上的浮云。一点左右，忽隐忽现的探照灯光划过那红红的嘈杂处，在剩下的整个夜晚持续闪动。这是否也意味深长呢？它可能意味什么呢？而真实的意义又是什么？赖德伍得头顶着这片烟云密布的骚动天空，头脑里满是大爆炸的暗示。随后，又是一片寂静，再没有别的声音，没有奔跑，只有远远的一声叫喊，可能是远处的醉汉发出的……

他没有开灯，站在漏风的破窗子旁边。对一再往屋里张望、催他休息的警官来说，他的影子透着一种悲伤。

赖德伍得整晚都待在窗口，凝视着亦幻亦真、云彩漂浮的夜空。直到黎明来临，他才感到疲倦，于是在小床上躺了下来——这张小床是为他准备的，放在写字台和巨猪头盖骨下的壁炉之间。炉火快要熄灭了。

三

赖德伍得被监禁了足足有三十六个小时，与这两天的大戏完全隔绝。而这段时间里，小人们正在巨人时代降临前与神食儿童进行着生死搏斗。突然间，铁幕升起，赖德伍得发现自己离斗争中心近在咫尺。那道幕的升起和它的降落一样出人意料。傍晚时分，他被一辆停在外面的出租车的声音吸引到了窗前。一个年轻人下了车，一分钟后就站在了他的面前。他是个细高个儿，三十岁左右，胡子刮得干干净净，衣着得体，举止大方。

"赖德伍得先生，"他开口道，"您愿意到凯特汉先生那儿去吗？他需要马上见您。"

"见我！"赖德伍得的脑海里跳出了一个问题，一时却提不出来。他犹豫了一下，然后嗓音沙哑地问道："他对我的儿子干了什么？”说完，他站在那里，屏住呼吸，等待回答。

“先生，您的儿子吗？您的儿子很好。至少我们推测如此。”

“很好？”

“他受伤了，先生，是在昨天。您没听说吗？”

赖德伍得气得扔掉了斯文，他的声音里已不再有害怕，有的只是愤怒：“你明知我没有听说，你很清楚我一无所知。”

“凯特汉先生很担心您，先生，这是个多事之秋。没人知道会发生什么。他逮捕您是为了挽救您，先生，以免意外——”

“他逮捕我是防止我给儿子提出任何警告和建议！接着说，告诉我发生了什么。你们成功了吗？你们把他们都赶尽杀绝了吗？”

年轻人朝窗子走近一两步，然后转过身来。

“没有，先生。”他简洁地说。

“你有什么要告诉我的吗？”

“我们有证据，先生，这场战斗不是我们策划的。是他们找上来的……我们毫无准备。”

“你的意思是？”

“我的意思是，先生，可以说，巨人们顶住了。”

世界对赖德伍得来说变了样。有一会儿，某种歇斯底里的东西已经牵住了他脸部和喉咙的肌肉。然后，他长长地出了口气，发出一声“啊”，心里一阵狂喜：“巨人们顶住了！”

“爆发了可怕的战斗，可怕的破坏。全是骇人听闻的误会……

在北部和中部，巨人们被杀……到处都是。”

“他们现在还在战斗？”

“不，先生。停战白旗来了。”

“他们扯白旗了？”

“不，先生。凯特汉先生发出了停战白旗。整个事件就是个骇人听闻的误会。这就是他想和你谈谈的原因，把他的案由向您和盘托出。他们坚持让您来调停——”

赖德伍得打断了他的话。“你知道我的儿子怎么样了吗？”他问道。

“他受伤了。”

“告诉我！告诉我！”

“在包围科萨尔大本营的行动完成以前，他和公主来到了科萨尔在奇斯赫斯特的据点。他们突然出现，踏过河边茂密的巨型燕麦丛，遭遇了一支步兵纵队……士兵们已经紧张一天了，造成一阵恐慌。”

“他们打死他了？”

“没有，先生，他们逃跑了。有些人违抗了命令，向他开了枪——乱枪。”

赖德伍得发出不买账的哼哼声。

“千真万确，先生。我不会装腔，不开枪不是因为您的儿子，而是因为公主。”

“这倒说得通。”

“那两个巨人大喊着冲向营房，士兵们四散逃命，后来一些士兵开了火。他们说，看见他一瘸一拐的——”

“啊！”

“是的，先生。但是我们知道他伤得不重。”

“怎么说？”

“他捎信来，先生，说他很好！”

“捎给我？”

“还有谁，先生？”

赖德伍得紧紧抱住双臂，站了大约一分钟，回味着这些话。突然他的愤慨宣泄了出来：

“你们愚蠢地挑起事端，你们打错了算盘，跌了跤，于是你们就想让我相信，你们不是故意杀人，那么其他巨人呢？”

年轻人看出来他在盘问。

“其他巨人？”

年轻人不再假装误会了他的意思。他的声音低了下来：“十三个死了，先生。”

“其他人受伤了？”

“是的，先生。”

“凯特汉先生，”他喘着粗气，“还想见我！其他人在哪里？”

“一些人在战斗中跑进了营房，先生……他们似乎已经知道——”

“嗨，他们当然知道。肯定是科萨尔——科萨尔在那儿吗？”

“是的，先生。所有活下来的巨人都在那儿，战斗中没有到达营地的巨人在休战期间也都跑到营地去了。”

“那意味着，”赖德伍得说，“你们被打败了。”

“我们没有被打败。不，先生。您不能说我们被打败了。但是您的儿子们破坏了战争的规则。一次是昨天晚上，还有一次是现在。在我们撤出战斗后，今天下午他们开始轰炸伦敦——”

“那是合法的！”

“他们发射注满了毒药的炮弹。”

“毒药？”

“是的，毒药，神食。”

“敌大力神？”

“是，先生。凯特汉先生——”

“你们被打败了！那东西当然能将你们打败。是科萨尔干的！你们现在准备怎么办呢？现在无论做什么还有用吗？你们会在每条街道的灰尘里呼吸到神食。你们还为什么而战呢？现在凯特汉想骗我帮他讨价还价呢。谢天谢地！为什么要到你们那个吹破牛皮的家伙那里去？他的游戏也结束了……杀了人，也捣了乱。我干吗还要去？”

年轻人警觉而又恭敬地站着。

“事实是，先生，”他打断了他的话，“巨人们坚持要见您。他们只想见您这位大使。除非您去见他们，不然，我担心，先生，会有更多的流血。”

“在你们那方，也许。”

“不，先生，双方都会。全世界都下定决心了，此事必须结束。”

赖德伍得环顾书房，目光在儿子的照片上停留了一会儿。他转过身，碰到了年轻人期待的目光。

“好，”他终于说，“我会去的。”

四

他和凯特汉的抗争完全出乎他的预料。他在一生里只见过这个人两次，一次在晚宴上，另一次在议会的走廊里。赖德伍得对他的印象一直很鲜活，并不来自凯特汉本人，而是来自报纸和漫画家的创意：传奇人物凯特汉，巨人杀手，珀修斯，凡此种种，不一而足。然而，见到真人之后，这些印象全被冲散了。

这不是漫画和肖像里的那张脸。这张脸疲倦、睡眠不足、皱纹纵横、两眼浑浊、嘴角有点柔弱。眼前这个人长着红褐色的眼睛，黑色的头发，侧面是特征明显的煽动民心大政客的鹰钩鼻，但是也确有某些东西消除了对他的先入之见、蔑视和夸饰。这个人正处于痛苦之中，极度的痛苦之中，他承受着巨大的压力。开始的时候他还装模作样，现在，他用单一的手势、最细微的动作告诉赖德伍得，他一直是靠服药来坚持的。他把大拇指伸到背心的口袋里，说了几句话后，抛开掩饰，把小药片塞进了嘴里。

此外他承受着压力，尽管事实上是他错了，而且比赖德伍得要小十几岁，但是某种奇怪的特质仍旧伴随着他。说好听些，这种特质可以叫作个人魅力——这东西使他出洋相，陷入了这场大灾难，但依然存在于他的身上。在这点上赖德伍得也失算了。从一开始，就他们说话的过程和分寸而言，凯特汉要胜过赖德伍得。他们见面第一阶段的气氛由凯特汉确定，所有的节奏和程序都是他预设的。一切好像都发生得自然而然。一见到他，赖德伍得预先想好的一切便统统消失了。赖德伍得本打算避免和凯特汉亲近，但在他想起这码事之前，凯特汉便已经和他握了手。凯特汉从一开始就定好了他们会谈的基调，肯定而清楚，仿佛在为一个普通的灾难寻找对策。

如果说凯特汉有什么错误的话，那就是他的疲倦不时地要夺走他的注意力，他参加公众集会的习惯也使他常常不能自控。后来，他站直了身子——整个谈话过程中，他俩都是站着的——他的眼睛不看赖德伍得，开始搪塞，辩解。有一次，他甚至说了句“先生们！”

他平静地展开了长篇谈话。

有时，赖德伍得甚至觉得自己不是个对话者，而是这场独白的区区听众，一种特殊场合下的特权观众。这个人一直在滔滔不绝地讲话，其好听的声音笼罩着他。赖德伍得慢慢感受到了他们俩之间的一些区别。在他面前的这个大脑是那么强大又那么狭隘。从它的精力，它的个性力量，它对某些事情无以复加的漠视中，赖德伍得在脑海中产生了一种荒唐、古怪的形象。在赖德伍得眼中，凯特汉已经不是同属人类的对手，不是能肩负道义责任的人，不是能对其讲道理的人，而是某种犀牛般的怪物，仿佛是一头民主丛林里产生的文明犀牛，一头无坚不摧、不可战胜的怪兽。在所有纷乱的冲突中他是至高无上的。此外呢？这个人极其善于在人群中开拓前进。对他来说，没有比自相矛盾更严重的错误，没有比"利益"的调和更重要的科学。对他来说，经济现实、地形需求、刚刚发现的科学宝藏，不会比铁路、来复枪，或者地理资料更有意义。只有集会、核心秘密会议和选票才是实在的，最重要的是选票。他是选票的化身——数百万的选票。

现在，巨人们已经被击溃，但是没有被打败。在严重的危机中，这位选票怪物正讲着话。

太明显了，哪怕是现在，他也有很多东西要学。他不知道有物理定律和经济规律，不知道哪怕所有人投票一致通过选举都排除不了的数量和反应关系，违反这些规律只能付出毁灭的代价。他不知道，世间还有威武不能屈的道德天理，如果要它屈服，那么只会得到暴力报复。无论是面对弹片还是世界末日，赖德伍得确信，此人都会躲在下议院的某张挡箭牌似的选票后面。

他脑子里最关心的不是要增加南方的要塞力量，不是失败和死亡，而是这些事情对他的多数党有何影响，这是他生活中的基本现实。他只能击败巨人，否则就得下台。他并非彻底让人绝望。就在他惨败的此刻，双手沾满了鲜血和灾难，眼前还面临着更为可怕的灾难——世界在巨物化的浪潮下摇摇欲坠。他十分坚定地相信，只要通过他的声音，他的解释、描述和重申，就可以重建他的权力。无疑，他也困惑，也沮丧，极度疲乏和痛苦，但是只要他能坚持，只要他能坚持讲下去……

就在他喋喋不休的时候，赖德伍得觉得凯特汉好像是既前进又后退，既扩张又收缩。赖德伍得在谈话中占的份额处于非常从属的地位，只说了些硬插进去的话——“全是瞎说。”“不。”“这种建议于事无补。”“那你们为何开始呢？”

没人知道凯特汉是否真的听到赖德伍得说的话。凯特汉的讲话确实像急流撞击岩石一样绕过赖德伍得的插话。这个不可思议的人站在那儿，站在那块讲究的炉前地毯上，运用了很大的能量和技巧在讲啊讲，好像如果他的讲话、解释、观点见解的阐述、思想的阐发、权宜之计的说明有一点停顿，就会给敌手以可乘之机，让他们有机会发言——发言，这是他唯一能理解的存在方式。他站在这间光辉不再的略微褪色的房间里，在此，一个接一个的前任都拜倒在这一信条下：一定程度的干预，即是对一个帝国的创造性管理。

他谈得越多，赖德伍得就越感觉到无能为力。难道这个人没有意识到，就在他站着说话的同时，广大世界正在前进，不可抵御的生长之潮在到处蔓延；难道这个人没有意识到，有各种各样的时间，但就是没有议会的时间；难道他没有意识到，要求偿还血债的人手上也有武器？外面，一片五叶地锦的大叶子正悄悄地轻轻拍打着窗玻璃，使整间房间都暗了下来。

赖德伍得急切地想结束这场令人惊讶的独白，逃到理智和判断力的一边去，逃到被围困的营房里去，逃到未来的要塞里去，那里是巨类的核心，孩子们济济一堂。就是为了这个，他才忍受了这场谈话。他有一种古怪的印象，如果这场独白再不结束，他很快就会发现自己要受其影响了。就像人们和毒品做斗争一样，他必须和凯特汉的声音做斗争。在它的魔力下，事实被歪曲了，并仍旧被歪曲着。

这个人在说什么?

因为赖德伍得必须向神食儿童报告他的所见，所以从某种程度上讲，凯特汉的话还是很重要的。他不得不听他讲下去，并尽可能地保持自己的现实感。

有很多话是关于流血事件。那是狡辩，那并不重要。别的呢?

他提到一个协定!

他提议，幸存的神食儿童应该停止抵抗，离群索居，自成社区。这个做法有先例，他说："我们会封给他们土地——"

"哪里?"赖德伍得打断了他，退一步问道。

凯特汉抓住这一让步。他将脸转向赖德伍得，言语中满是入情入理的规劝。这个协定是可以达成的。他认为这是小事一桩。他接着规定："除了他们和他们居住的地方以外，我们要有完全的控制，神食和所有神食的果实都必须清除——"

赖德伍得讨价还价道："那公主呢?"

"她不在内。"

“不！”赖德伍得说，力图回到以前的立场，“那很荒唐。”

“这个以后再谈。不管怎样，我们已同意，神食的制造必须停止——”

“我没有同意什么，我什么都没说——”

“但是在一个星球上，有两类人，一类大，一类小！想想已经发生的事情吧！想想如果神食继续大行其道，之前发生的一切还只不过是一次小小的预演！想想你们带给世界的这些东西吧！如果存在一类巨人，不断增加、繁衍——”

“这轮不到我来辩论。”赖德伍得说，“我必须去孩子们那里。我想找我的儿子。这是我到你这儿来的原因。你把具体条件都摆出来吧。”

凯特汉就大谈了一番他的条件。

神食儿童将得到一大块保护地，也许在北美、非洲，他们可以按自己的方式了却一生。

“瞎说！”赖德伍得说，“现在国外也有巨人，遍布欧洲，到处都有！”

“可以达成国际协定，这不是不可能的。有人的确提出过类似的东西……但是在这块保护地里，他们可以按照自己的方式了此一生。他们可以做喜欢做的事，可以制造喜欢制造的东西。如果他们给我们造些什么，我们会很乐意，他们也会高兴。考虑一下！”

“条件是不能再生孩子。”

“正是。只有我们可以生。先生，这样我们就拯救了世界，我们就把世界从你们可怕的发明所造成的后果中彻底拯救出来了。对我们来说，现在还不算太迟。我们只是渴望仁慈地采取调和的权宜之计。即使现在，我们还在焚烧昨天被他们的炮弹击中的地方。我们能够控制局势。相信我，可以控制局势。但是用那种方法，就不会那么残酷，不会显得不公正——”

“要是孩子们不同意呢？”

凯特汉第一次正眼看赖德伍得。

“他们必须同意！”

“我认为他们不会。”

“他们为什么不同意？”他问，声调十分惊讶。

“假如他们不同意呢？”

“除了战争还能有什么？我们不能让这种事情继续下去。我们不能，先生。你们搞科学的难道没有想象力吗？你们没有慈悲之心吗？我们不能让世界由你们的神食繁衍的一群怪物和疯长的植物任意践踏。不能就是不能！我问你，先生，除了战争还会有什么呢？要记住，刚刚发生的只是个开头！这只是遭遇战。纯粹是警察的事。相信我，纯粹是警察的事。不要被比例大小，被新事物的爆发所蒙骗。给我们撑腰的是国家，是全人类。几千人倒下了，几百万人站起来。要不是害怕流血，先生，在我们第一期进攻后会有新的进攻，甚至现在就在组织。不管我们能否消灭神食，我们肯定能消灭您的孩子们！您太指望过去的东西了，指望区区几十年里发生的事情，指望一战定胜负。您对历史的缓慢进程缺乏感知。我提议签这个协定是为了大家的生命着想，不是因为它能改变注定的命运。如果您以为，那可怜的几十个巨人可以抵抗我们人民和来帮助我们的外国盟友；如果您以为一拳就可以定天下，用一代人就可以改变人类，改变人类的本性和身材——”

他挥着手臂。“现在去他们那里吧，先生！看看他们犯下的滔天罪行，蹲在他们的伤员旁边——”

凯特汉停了下来，好像突然看见了赖德伍得的儿子一样。

沉默片刻。

“去他们那里吧。”他说。

“那正是我想做的。”

“那么现在就走吧……”

他转过身去，按了电铃；外面立即传来了开门声和急促的脚步声。

谈话结束了。表演结束了。突然间，凯特汉似乎瘪了下来，萎缩成一个脸色蜡黄、筋疲力尽、中等个头的中年人。他向前迈着步，好像要从一张图画中走出来，带着一种对人类所有公开的冲突背后毕竟还有友好的成分的臆断，他把手伸向了赖德伍得。

似乎是自然而然的，赖德伍得第二次和他握了握手。

第五章
巨人同盟军

一

赖德伍得不久就坐在了南下的列车上，列车正跨过泰晤士河。他瞥了一眼火车灯照耀下的河流，只见北岸炮弹落下的地方还在冒烟。在那儿，有一大群人已组织起来焚毁从地上刨出的敌大力神。南岸一片黑暗，不知何故，也没有路灯，能看清楚的只有高大的告警塔的轮廓，还有黑簇簇的公寓楼和学校。赖德伍得仔细看了片刻，背对着窗子陷入了沉思。除非他看见孩子们，不然他没有什么事可看可做。

这两天的压力令他精疲力尽，情感也濒临枯竭。在出发前，他喝了浓咖啡提神，这会儿他的思绪变得清晰起来。他的脑海里闪过很多东西。结合最近发生的一切，他再次回顾了神食来到世上以及发展的整个过程。

“本辛顿本以为它是很好的婴儿食品。”他低声对自己说，淡淡地笑着。接着，他的脑子里出现了那些可怕的疑问，那是在他决定用神食喂自己儿子后产生的顾虑，如今依然历历在目。从那时候起，神食平稳拓展，尽管人类想尽种种办法，无论是促进还是阻挠，它终究已经传遍了整个人类世界。那么现在呢？

“即使他们把巨人都杀尽，”赖德伍得低声说，“也无法改变这一事实。”

制造神食的秘密已广为传播。那本是他自己的工作。植物、动物，还有一群多灾多难的孩子的协力，促使世界不可抗拒地回到神食的流转中，不管当前的斗争会有怎样的结果。“大局已定。”他说，脑子里胡思乱想了一阵，思绪最后停在了神食孩子和他的儿子的现实命运上。他们是因奋战而筋疲力尽、受伤、饥饿、濒于失败，还是仍旧精神抖擞、信心百倍，为日后更加殊死的斗争做好了准备？他的儿子受伤了！但他已经捎了信来！

他的思绪又回到和凯特汉的会见上。

火车停靠在奇斯赫斯特车站，把他带回到现实中。他认出了这个地方，卡姆登山顶有巨鼠警报塔，路边是成排盛开的巨型铁杉。

凯特汉的私人秘书从另一节车厢里走过来，告诉他往前半英里的铁路遭到了破坏，随后的路程要坐汽车。赖德伍得走下了只靠一个提灯照明的月台，脸上拂过清凉的晚风。这里是树林茂密、杂草丛生的破败郊区，昨天的战斗爆发后，所有居民都逃难到伦敦去了，故而此地显得出奇的安静。乘务员带他走下台阶，那儿等着一辆汽车，车灯炫目，那是唯一可见的电灯光。乘务员把他交给司机后，和他道了别。

“您会全力帮助我们的。”他抓紧赖德伍得的手，模仿着他主人的口气。

赖德伍得一坐定，他们就向夜幕进发了。他们稍稍停了一下，然后汽车轻快地开下了车站的斜坡。他们转了一个又一个弯，在别墅的巷子里拐来拐去，最后开上了大路。汽车开足马力，在黑夜里狂奔。星光下，周围一团漆黑，整个世界神秘地蹲伏着，无声无息地隐去了。马路两边的景物静悄悄向身后飞驰，人去屋空的惨白色别墅和黑洞洞的窗子令他联想起无声的骷髅队列。身旁的司机很少说话，或许是路况不允许他说话。他没好气地用一个字回答赖德伍得简短的问题。探照灯的光柱无声地扫过南部天空，这是汽车周围荒芜的世界里唯一的生命踪迹。

很快，马路的两边出现了巨大的黑刺李幼苗，马路因此变得更黑了；还有狗尾巴草和高大的麦瓶草，以及和树一样高的巨型野荨麻，黑色的剪影在头上一闪而过。过了凯斯顿，他们上了一个山坡，司机放慢速度。他把车停在山顶，发动机叫了一阵便停了下来。“那儿。”他说，戴着手套的粗大手指在赖德伍得眼前一晃，指着那边一个黑乎乎的东西。

那东西远远看上去好像是个巨大的土坝，高耸入云，顶上跳动着探照灯发出的强光。那些光柱在云层和山地中扫来扫去，好像在描画神秘的符咒。

“我不认识路。”司机终于开口了，很显然他害怕继续前进。

这时一束探照灯光从天空扫到他们身上，好像受惊了似的停下，仔细地打量着他们，令他们睁不开眼。他们将手遮在眼睛上方，试图顺着光线看清前面的路。

“前进。”赖德伍得过了一会儿说。

司机仍然迟疑不决，他试图表达这种情绪，还是说：“我不认识路。”

最后他还是冒险上路了。“走吧。”他说，然后启动了马达，那道白光紧紧跟着他们。

对赖德伍得来说，他们已经好久没有在地球上待着了，好像正忐忑不安地冲过一片发光的云彩。嘟，嘟，嘟，嘟，汽车不断地发出声响——不知是受了哪根冲动神经的支配——司机不停地按着喇叭。

他们总算拐进了一条围着高高篱笆的巷子，陷入了黑暗的洼地，接着通过几座房子，又碰到了那炫目的灯光。有一段时间，汽车驶过一片秃秃的高地，他们仿佛悬挂在了广袤的空间里。更多的巨草在他们的周围升起，呼啸过去。突然他们面前跳出一个巨人，下肢在探照灯光的照耀下闪闪发光，上身黑黑的，映衬着夜幕。“喂！”他叫道，“停！前面没路了。是赖德伍得父亲吗？”

赖德伍得站起来，含糊地叫了一声作为回答，接着科萨尔出现在他身旁的路上，抓住他的双手，把他从汽车里拉了出来。

“我的孩子怎么了？”赖德伍得问。

“他很好，”科萨尔说，“他伤得不太重。”

“你的孩子们呢？”

“很好。他们全都很好。但是我们还是被迫打了一仗。”

那个巨人正和司机说着什么。汽车调头时赖德伍得站在一边，突然科萨尔消失了，一切都消失了，他陷入了彻底的黑暗中。探照灯尾随着汽车回到了凯斯顿山顶。他看着这小小的车辆消失在光环里。这产生了奇怪的效果，好像汽车根本没有移动，而是光环在移动。一片在战争中饱受摧残的接骨木树丛闪动着憔悴的身影，然后又被漆黑的夜晚吞没了。赖德伍得转向科萨尔模糊的轮廓，一把抓住了他的手。“我被关起来了，被蒙在鼓里，”他说，“整整两天。”

“我们用神食向他们还击，”科萨尔说，“明摆着的！三十发。嗯！”

“我从凯特汉那儿来。”

“我知道。”科萨尔的脸上掠过一丝苦笑，“我想他正在消痕灭迹。”

二

“我的儿子在哪里？”赖德伍得说。

“他很好。巨人们正等着你的口信。”

“是的，但是我的儿子——”

他和科萨尔走下一条长长的、倾斜的隧道，灯光呈红色，时明时暗，然后走进了巨人们建造的巨大矿井窝。

赖德伍得的第一印象是，这是一个巨大的舞台，周围是高高的悬崖，地面上堆着很多东西。这里漆黑一片，只有不停旋转于头顶的探照灯的反光和远处角落里忽明忽暗的红光，那儿有两个巨人在叮叮当当地敲打着什么。在亮光的照耀下，他看见了高空下为科萨尔的孩子们建造的旧工棚和游戏棚的熟悉轮廓。它们似乎悬挂在崖顶上，被凯特汉的炮轰得七扭八歪。有迹象表明，上面布置了大量的枪械，附近还有成堆的巨型圆筒，也许是弹药。下面宽阔的空间里，大型机器和不为人知的物体散乱地堆放着。巨人们在这些东西和不稳定的光线里出现又消失，他们巨大的身影和他们走动其间的东西比例很相称。有些人忙碌地工作着；有些人或坐或躺，好像想尽量睡一下；旁边的一个人，身上缝着绷带，躺在松枝做的担架上，显然是熟睡着。赖德伍得看着他们模糊的身影，他的眼睛在移动的轮廓之间游移。

“我的儿子在哪儿，科萨尔？”

后来，他看见了他的儿子。

他的儿子正坐在一面巨大钢墙的阴影里。黑色的影子只能通过他的动作来辨认，五官看不清。他手托下巴坐着，好像很疲倦，也好像陷入了沉思。在他身边，赖德伍得发现了公主的身影，也是通过影子判断出来的。随后，当远处铁块的亮光反射过来时，他看见了一张红润而温柔、被阴影勾勒得无限妩媚的脸。她手扶钢墙站着，俯视着她的情郎。她似乎在对他窃窃私语。

赖德伍得本想走过去。

“现在，”科萨尔说，“首先由您传达口信。”

“是的，”赖德伍得说，“但是——”

他打住了。他儿子这会儿正抬起头来和公主说着什么，但是声音太小他们无法听见。小赖德伍得抬起了脸，她弯下腰去，说话前看了看周围。

“但是如果我们被打败了……”他们听到了小赖德伍得小声说。

她停顿了一下，红色的强光照亮她噙满泪珠的眼睛。她向他靠得更近，声音更低了。他们的动作、他们柔和的声调是多么的亲密无间，以至让整整想了儿子两天的赖德伍得觉得，他在那儿是多余的。突然他克制住自己。也许是一生中第一次，他意识到儿子对父亲的意义远远大于父亲对于儿子的意义；他意识到，未来完全支配了过去。在这儿，在两个情侣中间没有他的位置。他的角色已经结束了。顿悟后，他立即转向了科萨尔。他们的目光相遇了。他的口气变得斩钉截铁。

“现在，我要传达口信。”他说，“随后，很快一切会就绪。”

这个矿井太大又太杂乱，以至赖德伍得费了很多周折才走到一个能对他们所有人讲话的地方。

他和科萨尔沿着一条陡峭的坡道，穿过一个机械联锁的拱门，进入一条横跨矿井底部的深深的过道。这条过道宽阔而空旷，但相形之下还是比较窄，与其周围的一切产生了协同效应，加强了赖德伍得自身的渺小感。它变得好像是一条挖掘出来的峡谷。头顶上，黑色悬崖上高挂的探照灯炫目地旋转着，阴影来回地闪动。巨大的嗓门在上面对喊着，召集巨人们来开作战会议，来听凯特汉摆出的条件。过道向下倾斜，通向黑色的空间，通向阴影、神秘和未知的事物，赖德伍得踌躇的脚步慢慢前行，科萨尔则信心百倍地大步前进。

赖德伍得的脑子一片迷乱。

两个人走进了最黑暗的地方，科萨尔抓住了同伙的手腕。黑暗中，他们不得不缓慢地前进。

赖德伍得忍不住说："所有这些都很奇怪。"

"很大。"科萨尔说。

"是奇怪。奇怪的是我居然会感到陌生，从某种意义上说，我是这一切的肇始者。这——"

他沉默了片刻，斟酌着话中令人费解的意思，然后在黑暗中朝悬崖方向做了一个手势。

"我以前没有想到过这个。我一直很忙，时间就这样一年年过去了。但是在这儿，我看到了新的一代，看到了新的感情，新的需求。所有这些，科萨尔——"

科萨尔现在能看见他指着周围景物的模糊手势。

“所有这些都是青春。”

科萨尔没有回答，他那不规则的脚步继续向前迈着。

“这不是我们的青春，科萨尔。他们正在接管一切。他们以自己的感情、自己的经历、自己的方式开始了他们的生活。我们制造了一个新的世界，但这不是我们的世界，甚至没有情感上的相通。这个伟大的地方——”

“我筹划了这一切。”科萨尔说，他的脸凑过来。

“可是现在呢？”

“啊！我已经交给了我的儿子们。”

赖德伍得可以感觉到科萨尔手臂轻轻的挥动，虽然他看不见。

“的确如此，我们的时代结束了，或者差不多结束了。”

“这就是你要传达的口信？”

“是的。然后——”

“我们的时代结束了。”

“哦？”

“当然我们两个老家伙已经出局了，”科萨尔说，露出熟悉的勃然大怒的口吻，“我们当然已出局了，明摆着的。人人生而有时。现在他们的时代开始了。这就对了。我们是拓荒者。我们做完我们的工作就离开。明白吗？这就是死亡的意义。我们贡献了我们所有微不足道的智慧和感情，然后这一代应运而生了。一代又一代！非常简单。这有什么不好？”

他停下来引赖德伍得走下台阶。

“是的，”赖德伍得说，“但是我觉得——”

他的话没有说完。

“这就是死亡的意义。”他听到科萨尔仍然在坚持，“还有什么别的解决方式吗？这就是死亡的意义！”

三

经过多次的迂回、上坡，他们来到了一个突出的壁架。在这儿可以更大范围地俯瞰矿井，而且赖德伍得可以让所有人听见他的讲话。巨人们已经在下面集结，高高低低地围住了他，等待着聆听他带来的口信。科萨尔的大儿子站在头顶上方的土坝上观察着探照灯照出来的东西，因为他们担心对方破坏停战。角落里大机器旁的工人背着光站着，轮廓清晰可辨；他们赤身露体；他们的脸转向赖德伍得，但仍不时留心着他们无法放下的铸件。赖德伍得在忽明忽暗的灯光里能隐隐约约地看见附近的人影，但是稍远的人还是很模糊。他们从朦胧中走来，又消失在朦胧中。这些巨人尽量把矿井里的灯光调暗，时刻警惕从附近黑暗里跳出来的进攻部队。

不时有些光线扫过来，照出这些高大而强壮的身影，桑德兰的巨人们穿着重叠交错的金属片，其他人穿着皮革、编织绳或编织的金属，依各自的条件而定。他们或坐，或用手倚在和他们一样强大的机器和武器上面，或站得笔直。他们的脸忽隐忽现，眼睛放射出坚定的目光。

赖德伍得清了清嗓子，但并没有开始。他儿子的脸在融融的火光中闪现了一会儿，抬头看着他，既温柔又坚毅。于是他把嗓音提高到大家听得见，好像在越过一道海湾，隔空和儿子说话。

“我从凯特汉那儿来。”他说，“他派我来，转达他的条件。”

他顿了一下。“我知道这些条件是办不到的，因为我看见你们都团结在一起；这些条件无法办到，但是我还是带来了，因为我想看看你们大家，还有我的儿子。我想看看我的儿子。”

“告诉他们什么条件。”科萨尔说。

“这是凯特汉提出的。他希望你们分开，然后离开他的世界。”

“去哪儿？”

“他不知道。可能是世界上的某个地方，单独划开的一大片地区。而且你们不能再制造神食，不能生儿育女，除此之外，你们可以按照自己的方式了此一生，然后永远结束。”

他不再说话。

“就这些？”

“就这些。”

接着是死一般的寂静。笼罩着巨人们的黑暗似乎在若有所思地看着他。

他感到胳膊上被碰了一下，科萨尔给他拿了张椅子，这张椅子在成堆的巨物里就像一个木偶家具。他坐下来，两腿交叉，然后把一条腿搁在另一条腿的膝盖上。他紧张地拽着靴子，感到自己渺小而紧张，像光天化日下一个荒唐的摆设。

后来响起了一个声音，他的注意力才从自己身上移开。

“你们已经听到了，弟兄们？”阴影里发出了一个声音。

另一个人回答：“我们听到了。”

“怎么答复呢，弟兄们？”

“给凯特汉的吗？”

“回答是‘不行’！”

“然后呢？”

沉默片刻。

接着一个声音说：“这些人说得对。从他们的角度来说其实是这个道理。他们杀掉比他们大的新兴人类、动物、植物和所有大的东西是有理由的。他们试图屠杀我们也是对的。他们说我们不能与同类结婚也是对的。从他们的角度考虑，他们没错。他们明白——现在我们也应该明白了——侏儒和巨人是不共戴天的。凯特汉一遍又一遍地说过——清清楚楚地说过——不是他们活，就是我们死。”

“我们现在还不到五十人，”另一个说，“而他们有数不清的人。”

“可能是这样。但是情况就是我所说的那样。”

然后是长时间的沉默。

“我们会死吗？”

“苍天不容！”

“那他们呢？”

“也不会。”

“但是这就是凯特汉提出的条件！他要我们自生自灭，一个一个死去，直到剩下一个人，然后最后一个也会死去。他们将砍光所有巨大植物和杂草，杀掉所有巨大的低等生命，焚毁神食的踪迹，永远终结我们和神食。这样，侏儒的世界就安全了。他们会继续而且永远安全，过着他们的侏儒生活，互相表现他们侏儒的善良和侏儒的残酷。他们也许会建立某种侏儒的太平盛世，终结战争，结束人口膨胀，坐在全世界这么大的城市里表演侏儒艺术，互相崇拜，直到世界开始冰冻。”

角落里，一块铁片重重地摔在了地上。

“弟兄们，我们知道该怎么做了。”

在跳动的探照灯光里，赖德伍得看见许多诚恳而稚气的脸转向他的儿子。

“现在制造神食很容易。我们将神食供应给全世界也会很容易。”

“你的意思是，赖德伍得弟兄，”黑暗里传出一个声音，“让小人们吃神食？”

“还有别的办法吗？”

“我们还不到五十人，而他们却有上百万。”

“但是我们能坚持下来。”

“只是到目前为止。”

“如果这是上天的意愿，我们就能坚持下去。”

“是的。但是想想死去的人！”

另一个声音打破了寂静。“死去的人？”那个声音说道，“想想未出生的人。”

“弟兄们，”小赖德伍得说，“除了和他们战斗，我们还能做什么？如果打败了他们，我们就迫使他们吃神食。他们现在无计可施，只能吃神食。设想如果我们不继承传统，而按照凯特汉的建议做傻事！设想我们能够这样做！设想我们放弃心中悸动的伟大事业，抛弃我们的父辈为我们做的一切，您，爸爸，是您为我们做了一切，当我们的时代来临时，我们却变得腐朽虚无！那以后呢？他们的小世界会依然故我吗？我们是人类的孩子，他们可以反对我们，和我们开战，但他们能征服巨型化吗？即使他们能消灭我们每一个人，那又怎么样？这会拯救他们自己吗？不会！因为巨型化已经传播到国外，不仅在我们身上，不仅在神食里，而是存在于万物的宗旨里。它已经成为万物的本性，已经是宇宙的一部分。生长再生长，从开始到结束，这就是生物，这就是生命的法则。还能有其他法则吗？

“去帮助别人吗？”

“帮助他们生长，再生长。除非我们想帮助他们失败……”

“他们将全力来征服我们。”一个声音说。

接着是另一个声音说：“那又怎样？”

“他们会开战的，”小赖德伍得说，“如果我们拒绝他们的条件，我毫不怀疑他们会开战。我的确希望他们能公开宣战。假设最终他们提出和平，就更容易攻我不备。不要犯错啊，弟兄们。无论怎样，他们都会开战。战争已经开始，我们必须死战到底。除非做出明智的决定，否则我们很快会发现，像我们原来那样活着只能帮他们制造更好的武器，来对付我们的孩子和我们的族类。眼下还只是战斗的开端。我们的一生都将充斥着战斗。我们中的一些人将在战斗中牺牲，一些人将被伏击。没有轻松的胜利，即使是胜利，我们也会付出惨痛的代价。这一点是确定无疑的。可那又怎么样呢？只要我们守住一个立足点，只要当我们死去的时候，可以在身后留下更多继续战斗的人！”

“那么明天呢？”

“我们将散播神食，我们将用神食渗透世界的每个角落。”

“假设他们会讲和呢？”

“我们的条件是神食。两全其美、大小共存都不是办法，水火不相容。父母亲有什么权利说，我的孩子只能拥有我所拥有的亮光，只能长到我长到的尺寸？我是不是说出了你们的心声，弟兄们？”

一阵附和的低语回应了他。

“说出了即将成为成年男子女子的孩子们的心声！”黑暗中一个声音说。

“说出了‘新人类’母亲的心声……”

“但是对下一代而言，还会存在大和小。”赖德伍得说着，注视着儿子的脸。

“很多代人都会面对这样的情况。小的将阻碍大的，而大的会压迫小的。这是不可避免的，父亲。”

“会存在冲突。”

“无休止的冲突，无休止的误会。人生就是这样。大的和小的不能互相理解。但是在人类世界上出生的每一个孩子身上，赖德伍得父亲，都潜伏着某种巨大的种子——等待着神食。”

“那我再去找凯特汉，告诉他——”

“您就和我们待在一起，赖德伍得父亲。我们的回复会在黎明时分到达凯特汉那儿。”

“他会开战的。”

“那就来吧。”小赖德伍得说。弟兄们纷纷表示同意。

“铁烧红了。”一个声音叫道。在角落工作的两个巨人开始有节奏地敲打，奏出强劲有力的伴奏音乐。金属发出比以前亮得多的光芒，使赖德伍得对这个营地看得比以往更清晰。他环顾整个长方形的建筑，庞大的战争器械严阵以待。远处更高一点的地方矗立着科萨尔家的房子。赖德伍得的周围站着年轻的巨人们，高大而英俊，盔甲闪闪发光，他们在为明天做好准备。看见他们，他心花怒放。他们是那么洒脱强大！那么高大而优雅！他们的举动是那么坚定！他的儿子在他们中间，还有第一个女巨人——公主殿下……

他的脑海里跳出了最奇怪的反差，回忆起了聪明而渺小的本辛顿。本辛顿的手摸着第一只巨型小鸡的胸部绒毛，站在他那间按传统风格装修的房间里，当简堂姐“砰”地关上门时，他将信将疑地从眼镜上方张望着……

二十一年前的事好像就发生在昨天，历历在目。

突然，一种奇怪的怀疑攫住了他：这个地方和眼前的巨物只是一场梦而已；他在做梦，而且行将醒来，醒来后发现自己还在书房，巨人们被屠杀，神食被压制，而自己是一个阶下囚。人生不是向来如此吗——始终都是被监禁的囚徒！这是梦幻的顶峰，也是梦幻的终结。他将在流血和战斗中清醒，发现他的神食是最愚蠢的幻想，而且他对营造一个巨大未来世界的希望和信念不过是无底的腐烂水池上的彩色油膜。小东西是不可战胜的！

这种沮丧、这种幻灭逼近的感觉是那么强大，那么深远，他不由得站了起来，用握紧的拳头压迫眼睛，保持了一会儿，不敢再次睁开，生怕这个梦境一去不复返。

巨人孩子的议论声夹杂着铁匠的叮当敲击声令他的怀疑开始消退。他听见了巨人们的说话声，还有他们在周围活动的声音。这是真实的，肯定是真实的，和那些令人烦恼的事一样真实！而更为真实的是，这些巨大的东西代表着新兴事物，而狭小、人类的兽行和虚弱都是要退出历史舞台的事物。赖德伍得睁开了眼睛。

“完成了。”一个铁匠说。他们放下了榔头。

一个声音在上面响起。站在土坝上的科萨尔的儿子转过身来正对着大家说话。

“我们并不是要把小人们赶出这个世界，”他说，“以便能永远占有他们的地盘，我们只是超越了他们的狭小，向更高处迈出了一步。我们为之奋斗的就是这一步，但不是为了我们自己。我们在这儿，弟兄们，是为了什么？为实现注入我们生命的精神和目标。我们不是为自己而奋斗，因为我们只是世界生命暂时的手和眼。是您，赖德伍得父亲这么教育我们的。生命通过我们和小人在看着这一切，学习着这一切。生命肯定要通过我们的言语、出生和行动，传给更大的生命。这个地球并非休息之地，也非游戏之所，否则我们可以引颈向刀——小人的刀子，我们并不比他们有更多的生存权利。而他们呢，则可以让位于蚂蚁和害虫。我们不是为自己战斗，而是为生长，为永续的生长而战斗。明天，不管我们是活着还是死去，生长将会通过我们征服一切。这就是生命的永恒法则。根据苍天的意愿生长！从这些裂口和缝隙里生长出去，从这些阴影和黑暗中发展出去，走向巨大，走向光！变得更大！”他慢慢思索着，“变得更大，兄弟们！然后——再大一些。生长，再生长。生长到获得上天的友谊和理解，生长到地球成为区区一个脚凳……直到生命彻底消除了恐惧，然后传播到——”他的手臂挥向空中，“那儿！”

他的声音停止了。一柱探照灯的白光转过来，在他身上停留了一会儿，巨人神采飞扬，把手举向了天空。

他闪耀了一瞬间，无畏地看着星空的深处，穿着盔甲，朝气蓬勃，坚如磐石。灯光离去后，他成了星空下一个巨大的黑影，一个巨手一挥足以震慑苍穹和群星的巨大黑影。

H.G. 威尔斯年表

1866 年　9 月 21 日，出生于伦敦肯特郡布罗姆利。

1874 年　进入布罗姆利学院读小学。

1880 年　在温莎一家布店做了一个月的学徒工。
在萨默塞特一所乡村学校担任很短一段时间的小学老师。

1881 年　在米德赫斯特给一名药剂师当学徒。
在米德赫斯特语法学校学习。
在南海镇一个布料市场当学徒。

1883 年　在米德赫斯特语法学校担任小学老师。
拓宽自学范围，开始广泛学习自然科学和政治经济学。
为参加全国理科考试做准备。

1884 年　进入伦敦肯辛顿科学师范学校（皇家科学院的前身）学习，主修由托马斯·赫胥黎授课的生物学和动物学。

1885 年　在夏季考试中获得一等荣誉，再次获得奖学金。

1886 年　很快对主课失去兴趣，而对文学和政治学兴趣倍增。
在威廉·莫里斯家里参加社会主义集会。
撰写有关社会主义的论文并向学校的辩论协会投稿。
创办《科学学派杂志》（*Science Schools Journal*）并担任主编（直至 1887 年 4 月）

1887 年　期末考试地质学不及格，失去奖学金，离开师范学校且未能获得学位。

在北威尔士的霍尔特学院任教。

在一场校内足球比赛中遭到撞击，造成肾破碎和肺出血，被迫从霍尔特学院辞职。

全身心投入写作。

1888 年　在伦敦的亨利豪斯学校任教。

《时空长河中的寻金羊毛者》（*The Chronic Argonauts*）在《科学学派杂志》上连载，这也是《时间机器》（*The Time Machine*）的部分初稿。

1890 年　通过伦敦大学的考试，被授予伦敦大学理学学士学位。

获得生物学一等荣誉和地质学二等荣誉。

被选为动物学协会会员。

被大学函授学院聘为生物学专业学生的助教。

1891 年　第一篇学术论文《独特之物的重新发现》（*The Rediscovery of the Unique*）刊登在《半月评》（*Fortnightly Review*）上。

1893 年　出版《生物学教程》（*Text-Book of Biology*），开始职业记者生涯。

肺出血复发，决定放弃教学工作，专攻写作。

开始在伦敦各类刊物上发表短篇故事、小说、剧评以及各类主题的文章。

1894 年　《国家观察家》（*National Observer*）刊登其七篇连载（3 月至 6 月），后整编为作品《时间机器》。

1895 年　《时间机器》在《新评论》（*New Review*）上连载（1 月至 5 月）。5 月，海尼曼公司（Heinemann）将该书出版发行。

出版短篇小说集《与一位大叔的对话选段》（*Select Conversation with an Uncle*）和《失窃的细菌与其他事件》

（*The Stolen Bacillus and Other Incidents*）以及小说《神奇之旅》（*The Wonderful Visit*）。

1896 年　出版第二部科幻小说《莫罗博士岛》（*The Island of Dr. Moreau*）以及家庭小说《机会之轮》（*The Wheels of Chance*）。

1897 年　与阿诺德·本涅特开始了长达一生的通信。

出版《隐身人》（*The Invisible Man*）、《普拉特纳的故事和其他》（*The Plattner and Others*）、《三十个奇怪的故事》（*Thirty Strange Stories*）、《水晶蛋》（*The Crystal Egg*）、《星》（*The Star*）和《某些个人私事》（*Certain Personal Matters*）。

1898 年　见到亨利·詹姆斯、约瑟夫·康拉德、福特·马多克斯·休弗（后称为福特）以及史蒂芬·克雷恩。

出版《世界大战》（*The War of the Worlds*）。

1899 年　出版《昏睡百年》(*When the Sleeper Wakes*)和《时空传说》（*Tales of Space and Time*）。

1900 年　出版《爱情和鲁雅轩》（*Love and Mr. Lewisham*）。

1901 年　出版《月球上的第一批来客》（*The First Men in the Moon*）和社会学著作《预期》（*Anticipations*）。

1902 年　应邀在皇家科学研究所演讲。

出版小说《海上女王》（*The Sea Lady*）和非小说类作品《发现未来》（*The Discovery of the Future*）。

1903 年　加入社会主义团体费边社。

参加了名为“系数”的讨论组。

与乔治·萧伯纳、西德尼·韦博和碧翠斯·韦博兄妹以及弗农·李成为好友。

出版《十二个故事和一场梦》（*Twelve Stories and a*

Dream）和非小说类作品《制造人类》（*Mankind in the Making*）。

1904 年　出版科幻小说《神食》（*The Food of the Gods and How It Came to Earth*）。

1905 年　出版小说《现代乌托邦》（*A Modern Utopia*）和《基普斯》（*Kipps*）。

1906 年　赴美国巡回演讲，见到西奥多・罗斯福、马克西姆・高尔基和布克・T. 华盛顿。

出版科幻小说《彗星来临》（*In the Days of the Comet*）以及非小说类作品《美国的未来》（*The Future in America*）、《社会主义与家庭》（*Socialism and theFamily*）。

1908 年　与萧伯纳和韦博兄妹产生分歧并因此离开费边社。

出版科幻小说《大空战》（*The War in the Air*）以及非小说类作品《新世界》（*New Worlds for Old*）、《一劳永逸的事物》（*First and Last Things*）。

1909 年　出版小说《托诺・邦盖》（*Tono-Bungay*）、《安・维罗妮卡》（*Ann Veronica*）。

1910 年　出版《波利先生的故事》（*The History of Mr. Polly*）。

1911 年　出版短篇小说集《盲人乡及其他故事》（*The Country of the Blind and Other Stories*）、《墙上之门及其他故事》（*The Door in the Wall and Other Stories*）、小说《新马基雅维利》（*The New Machiavelli*）和非小说类作品《地面游戏》（*Floor Games*）。

1912 年　出版小说《婚姻》（*Marriage*）和非小说类作品《伟大的国家》（*The Great State*）、《威尔斯的伟大思想》（*Great Thoughts From H. G. Wells*）、《威尔斯的思想》（*Thoughts From H. G. Wells*）。

1913 年　出版小说《感情热烈的朋友》（*The Passionate Friends*）和非小说类作品《小型战争》（*Little Wars*）。

1914 年　访问俄国。

出版小说《获得自由的世界》(*The World Set Free*) 和《哈曼先生的妻子》（*The Wife of Sir Isaac Harman*）以及非小说类作品《一个英国人看世界》（*An Englishman Looks at the World*）、《结束战争的战争》（*The War That Will End War*）。

1915 年　出版小说《比尔比》（*Bealby*）、《辉煌的研究》（*The Research Magnificent*）以及非小说类作品《世界的和平》（*The Peace of the World*）、《战争与社会主义》（*The War and Socialism*）。

1916 年　出版以第一次世界大战为主题的小说《布特林先生看穿了它》（*Mr. Britling Sees It Through*）以及非小说类作品《世界将要发生什么？》（*What Is Coming*？）和《重建的要素》（*The Elements of Reconstruction*）。

1917 年　暂短的宗教信仰经历促成了小说《一位主教的心灵》（*The Soul of a Bishop*）和非小说类作品《上帝是看不见的王》（*God the Invisible King*）的出版。

1918 年　受聘于英国信息部，从事战争宣传工作。

加入国际联盟筹建委员会。

出版《第四年：展望世界和平》（*In the Fourth Year: Anticipations of World Peace*）和《英国民族主义与国际联盟》（*British Nationalism and the League of Nations*）。

1919 年　出版小说《不灭的火焰》（*The Undying Fire*）。

1920 年　出访俄国，见到列宁、托洛茨基、高尔基、莫拉·巴德勃格。

出版《阴影下的俄国》（*Russia in the Shadows*）以及广受好评的畅销书《世界史纲》（*Outline of History*）。

1921 年　访问美国，参加在华盛顿召开的世界裁军大会。

出版《新历史教学》（*The New Teaching of History*）。

1922 年　出版《世界简史》（*A Short History of the World*）和《世界史纲》（*Outline of History*）修订版。

出版《华盛顿与和平的希望》（*Washington and the Hope of Peace*）以及小说《心脏的密所》（*The Secret Places of the Heart*）。

加入劳工党，竞选国会议员失败。

1923 年　竞选国会议员再次失败。

出版小说《神秘世界的人》（*Men Like Gods*）和《梦想》（*The Dream*）、非小说类作品《社会主义与科学动机》（*Socialism and the Scientific Motive*）、《劳工的教育理想》（*The Labour Ideal of Education*）以及传记《一个伟大校长的故事》（*The Story of a Great Schoolmaster*）。

1924 年　《大西洋月刊》（*The Atlantic*）出版《威尔斯作品集》（*The Works of H. G. Wells*）。

1925 年　出版小说《克里斯蒂娜·阿尔贝塔的父亲》（*Christina Alberta's Father*）和非小说类作品《世界事务预测》（*Forecast of the World's Affairs*）。

1926 年　与天主教作家希莱尔·贝洛克就《世界史纲》（*Outline of History*）发生争论。

出版小说《威廉·克里索尔德的世界》（*The World of William Clissold*）。

1927 年　出版《威尔斯短篇小说集》（*The Short Stories of H. G. Wells*）以及小说《与此同时》（*Meanwhile*）和非小说类作品《遭到修正的民主》（*Democracy under Revision*）。

1928 年　出版《凯瑟琳·威尔斯之书》（*The Book of Catherine Wells*）。

出版小说《布莱沃锡先生在兰波岛》（*Mr. Blettworthy on Rampole Island*）以及非小说类作品《世界的走向》（*The Way the World is Going*）、《公开的密谋》（*The Open Conspiracy*）。

1929 年　在德国议会发表演讲，演讲内容被整理成《世界和平的共识》（*The Common-Sense of World Peace*）并出版。

出版了电影剧本《曾是国王的国王》（*The King Who Was a King*）和儿童读物《托米历险记》（*The Adventures of Tommy*）。

1930 年　与其儿子 G.P. 威尔斯以及朱利安·赫胥黎共同出版教科书《生命的科学》（*The Science of Life*）。

出版小说《帕尔厄姆先生的独裁》（*The Autocracy of Mr. Parham*）和非小说类作品《通往世界和平之路》（*The Way to World Peace*）。

1932 年　出版小说《伯尔平顿沦落记》（*The Bulpington of Blup*）、教科书《劳动、财富与人类的幸福》（*The Work, Wealth, and Happiness of Mankind*）和非小说类作品《民主之后》（*After Democracy*）。

1933 年　出版《科幻小说集》（*Scientific Romances*），收录了其七部最受欢迎的作品。

出版小说《未来世界》（*The Shape of Things to Come*）。

担任国际笔会主席。

1934 年　出访苏联和美国，见到约瑟夫·斯大林和富兰克林·罗斯福。

出版《威尔斯自传》（*Experiment in Autobiography*）。

1935 年　与导演亚历山大·柯达合作，制作电影版《未来世界》（*The Shape of Things to Come*），1936 年以《笃定发生》（*Things to Come*）之名发行上映。

1936 年　出版非小说类作品《剖析挫折》（*The Anatomy of Frustration*）和《世界百科全书的设想》（*The Idea of a World Encyclopedia*），小说《槌球手》（*The Croquet Player*）和剧本《创造奇迹的人》（*The Man Who Could Work Miracles*）。

1937 年　担任英国科学促进会 L 分会主席。

出版小说《新人来自火星》（*Star Begotten*）、《布林希尔德》（*Brynhild*）、《剑津之旅》（*The Camford Visitation*）。

1938 年　出版小说《兄弟》（*The Brothers*）、《关于多洛雷斯》（*Apropos of Dolores*）和非小说类作品《世界的大脑》（*World Brain*）。

开始澳大利亚巡回演讲之旅。

1939 年　出版小说《神圣的恐惧》（*The Holy Terror*）和非小说类作品《一位共和激进分子的寻找激流之旅》（*Travels of a Republican Radical in Search of Hot Water*）、《人类的命运》（*The Fate of Homo Sapiens*）、《新世界秩序》（*The New World Order*）。

1940 年　赴美进行巡回演讲。

出版非小说类作品《人的权利》（*The Rights of Man*）、《战争与和平的共识》（*The Common Sense of War and Peace*）、《两个半球还是一个世界？》（*Two Hemispheres or One World?*），以及小说《黑暗树林中的婴孩》（*Babes in the Darkling Wood*）、《驶向阿勒山》（*All Aboard for Ararat*）。

1941 年　出版最后一部小说《小心驶得万年船》（*You Can't Be Too Careful*）以及另一部作品《新世界指南》（*Guide to the New World*）。

1942 年　出版《科学与世界思想》（*Science and the World Mind*）、《征服时间》（*The Conquest of Time*）和《菲尼克斯》（*Phoenix*）。

发表题为《论幻觉在高等后生动物个体生命延续中的特质——兼论智人类》（*On the Quality of Illusion in the Continuity of Individual Life in the Higher Metazoa, with Particular Reference to the Species Homo Sapiens*）的动物学博士论文。

1943 年　被授予博士学位。

出版《克鲁克斯·安萨塔》（*Crux Ansata*）。

1944 年　出版 1942—1944 年的论文集。

1945 年　出版最后两部书《穷途末路的心灵》（*Mind at the End of Its Tether*）和《快乐的转折》（*The Happy Turning*）。

1946 年　8 月 13 日，在伦敦的家中去世。